혐오스런 마츠코의 일생 下

혐오스런 마츠코의 일생 下

야마다 무네키 지음 — 지문환 옮김

북스토리

contents

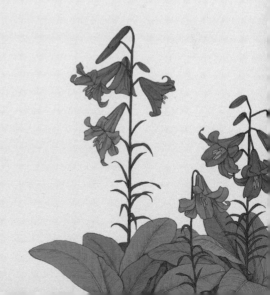

제3장

죄

1

1974년 1월.

　나는 조수석에 몸을 던진 후에 힘들게 자동차 문을 닫았다. 그 메마른 소리에 담배 냄새로 가득 찬 공기가 흔들렸다.

　"수고했어."

　오노데라가 라크● 담뱃갑을 내밀었고, 나는 한 개비를 입에 물었다. 오노데라가 금색 라이터로 불을 붙이자 라이터 불이 희미하게 그의 얼굴을 비췄다.

　● 일본에서 1974년 당시 잘 팔리던 미국 담배.

"라이터 바꿨네?"

"듀퐁으로 바꿨어. 지포는 이제 지겹기도 하고 촌스러
워 보이더라고."

나는 허공을 향해 연기를 내뿜고는 시트에 기대어 눈
을 감았다.

"히터 좀 꺼줄래?"

"더워?"

오노데라가 왼손을 내밀어 히터 스위치를 끄자 엔진의
진동 소리만 들렸다. 이어서 기어를 넣는 소리가 들리고
곧 차가 움직였다.

"여기를 치로링 마을이라고 하더라."

"치로링 마을?"

"왠지 어울리는 것 같지 않아?"

나는 눈을 떴다.

중심가의 도로변에 서 있는 건물들은 크기, 형태, 색상
이 모두 가지가지였다. 성곽처럼 생긴 것도 있고, 서양식
궁전 같은 것도 있고, 무슨 모양인지 알 수 없는 것도 있
을 만큼 다양했다.

처음 이곳에 왔을 때가 생각났다. 오노데라의 붉은 쿠
페를 타고 3일 동안 여기저기를 둘러보면서 이곳까지 왔
다. 교토에서 오사카 산을 넘어서 하마오츠를 지났다. 비

와 호수를 오른쪽에 끼고서 161호 국도를 타고 북쪽으로 오는데, 논밭이 있는 넓은 평야 너머 저편에 건물들이 보였다. 그 건물들은 모두 여태껏 본 적이 없는 기이한 모양을 하고 있어서 나는 그곳에 유원지가 있는 줄 알았다. 그러나 그곳이 바로, 오노데라가 말했던 오고토의 성인 유흥가였던 것이다. 타이쇼지 강과 비와 호수의 서쪽이 맞닿는 곳에 터키탕 허가가 나서, 이미 그 당시에 10여 군데가 영업하고 있었다. 지금도 새로운 업소가 공사 중이어서 1년 후에는 터키탕만 40곳이 넘을 예정이라고 한다.

이 주변에는 일반인들이 사는 주택은 없고, 성인들을 상대로 하는 유흥업소, 그곳에서 일하는 종업원들과 몸 파는 여성들이 살고 있는 맨션과 모텔, 기둥서방들이 모이는 마작 가게, 그리고 그들의 배를 채워주는 음식점들뿐이었다.

"치로링 마을이라……."

차는 오고토의 중심가에서 161호 국도까지 나왔다. 여기서 좌회전하여 타이쇼지 강을 넘어선 곳에 4층짜리 맨션이 있다. 갑자기 땅부자가 된 사람들이 터키탕 종업원을 상대로 세를 놓기 위해 지은 건물인데, 그곳의 202호가 나와 오노데라가 사는 집이었다. 다다미 6장짜리와 4장

반짜리 방 2개에 역시 4장 반 남짓한 거실 겸 부엌이 있고, 나름대로 욕실과 화장실도 있었다. 나는 큰방을 사용하고, 오노데라는 작은방에서 잤다.

집으로 돌아와서 오노데라에게 오늘 번 돈을 건네주자 그는 그것을 세어본 후에 자기 방으로 갔다. 나는 수돗물을 한 모금 마시고 내 방으로 들어왔다. 옷을 벗고 침대에 엎드리자 잠시 후 오노데라도 들어와서는 침대에 올라와 나에게 안마를 시작했다. 어깨, 등, 허리, 허벅지, 종아리를 천천히 안마해준다. 피곤함이 사라지면서 침대에 빨려 들어갈 듯한 기분이 되었다.

"어떻게 할래?"

오노데라가 안마를 마치고 물었다.

"잘래."

"히터는?"

"그냥 켜놔."

오노데라가 침대에서 내려서서 내 몸에 이불을 덮어주고 불을 껐다. 그가 방을 나가는 소리가 들리자 나는 한숨을 내쉬었다.

또 하루가 지나가는구나, 라고 생각했다.

정오가 다 된 시간에 눈을 떴는데, 몸이 땀에 흠뻑 젖어 있었고 목도 아팠다. 히터를 끄지 않은 것 같아서 속옷 위에 스웨터를 걸친 후 히터를 끄고 방을 나왔다.

나는 부엌 식탁에 놓인 메모를 보고는 냉장고를 열고, 랩으로 싸놓은 샌드위치를 꺼내서 먹었다. 계란프라이와 잘게 썬 오이에, 머스터드소스를 듬뿍 섞은 마요네즈. 오노데라는 보기와는 다르게 요리를 잘했다. 특히 생선 요리를 할 때 식칼을 다루는 솜씨는 대단했다. 냉장고에서 우유를 꺼내 마셨다. 우유가 입 옆으로 흘러서 입 주변을 손으로 훔쳤다. 식사를 마치고 욕실에서 샤워를 했다.

몸에 목욕 타월을 두르고 욕실을 나왔다. 나는 잠시 망설인 후에 컵에 수돗물을 받고, 냉장고에서 0.1그램의 마약, 귀이개, 그리고 주사기를 꺼냈다. 귀이개를 사용해서 쌀알 크기만 한 덩어리를 퍼서 주사기 속으로 넣었다. 피스톨을 물에 적신 후에 주사기에 꽂아 덩어리를 눌러서 퍼뜨렸다. 컵에 바늘을 넣어 물을 빨아들인 후에 피스톨을 살짝 눌렀다. 왼쪽 팔뚝을 수건으로 묶고 혈관을 손으로 때리고 나서는 오른손으로 주사기를 들고, 팽창한 혈관에 바늘을 들이댔다.

아아, 또 주사를 놓고 있어. 안 되는데.

순간의 가책은 어느샌가 사라져버리고 손은 저절로 움직이고 있다. 바늘을 혈관에 꽂고, 피스톨을 잡아 빼내니

혈액이 역류하여 주사기가 빨갛게 물들었다. 입으로 수건을 풀고 피스톨을 서서히 눌러 넣었다.

눈을 감는다. 다리가 차가워진다. 닭살이 돋는다. 머리카락이 쭈뼛 솟으며 파도를 친다. 몸이 붕 떠오른다. 눈을 떴다. 세상이 선명해 보였다.

"오, 하고 있군."

오노데라의 목소리. 문 앞에 오노데라가 서 있었다. 오늘 아침 일찍 은행에 가서 어제의 수입을 예금하고 왔을 것이다. 그가 자기 방에 들어갔다. 금고 문을 여는 소리가 들리더니 잠시 후 돌아왔다.

"딱 좋아. 나도 해야지."

오노데라가 익숙한 손놀림으로 준비를 하고, 순식간에 자신의 팔에 주사를 놓았다. 곧 푹 팬 눈이 반짝반짝 빛나기 시작하고 숨소리가 거칠어졌다.

"우리 너무 자주 하는 거 아닐까?"

내가 오노데라를 바라보며 물었다.

"이 정도는 괜찮아. 진짜 중독자들은 하루에 두세 번이나 한다더라고. 그리고 약이 몸에 나쁜 건 식사를 제대로 하지 않기 때문이지. 잘 먹으면 괜찮아."

"오늘도 마작 했어?"

"응."

"질리지도 않나 보네."

"그것말곤 할 게 없잖아."

"그런가?"

나는 몸에 두른 목욕 타월을 풀어 바닥에 떨어뜨렸다. 오노데라는 씨익 웃으며 나를 안아서 들어 올렸다. 내 방 침대에 나를 눕히고 그도 올라왔다.

나는 가게 앞에 세운 오노데라의 자동차에서 내렸다.

거리를 걷고 있자니 우리와 비슷해 보이는 사람들이 눈에 띄었다. 차는 국산 고급차 혹은 외제차고 남자는 이탈리아제나 프랑스제 양복과 비싸 보이는 셔츠를 입고 있었다.

나는 검은 바탕에 금색 글씨로 '제왕(帝王)'이라고 크게 쓰여 있는 간판 아래로 들어갔다. 제왕은 오고토에 와서 처음으로 면접을 본 가게였다. 주인은 오십 대 여자였는데, 금발에 화장이 짙고 풍만한 육체에 반짝거리는 보라색 원피스를 입고 있었다. 내가 하카타의 미나미신치에서 일했다고 말하자, 그녀는 코로 담배연기를 훅 내뿜으며 기분 나쁘게 말했다.

"그렇게 유행에 뒤처지는 곳하고 비교하면 곤란한데."

이 말에 나는 화가 나서 실제로 내 기술을 봐달라고 대

들었다. 바로 그 자리에서 가게 종업원인 사십 대 남자를 상대로 실제 상황에 들어갔다. 그 남자는 10분도 안 되어 사정을 하고 나는 당당하게 채용되었다. 기명은 유키노로 하기로 했고 나를 상대한 그 남자 종업원은 해고당했다.

채용되기는 했으나 경쟁이 심해서 톱이 되지는 못했다. 주인의 말에 의하면 오고토는 스스키노, 가와사키, 요코하마, 치바 등 전국의 유명한 대형 사창가에서 실력을 갈고닦은 베테랑 창녀들이 집결하는 곳으로, 하루가 다르게 신기술이 개발된다고 했다. 나카스의 '백야'에서 톱이 되었던 나였지만 여기서는 수많은 창녀 중 하나일 뿐이었다.

다만 톱이 되지는 못해도 수입은 두 배가 넘게 늘어났다. 1인당 가격이 높을 뿐 아니라 하루에 상대하는 손님 수가 장난이 아니었다.

이날 첫 번째 손님은 부동산으로 벼락부자가 된 사람이었다. 배가 불룩 튀어나온 대머리로, 웃으면 두툼한 입술 사이로 금이빨이 번쩍거렸다. 한바탕 정사가 끝나자 대머리가 실룩실룩 웃으면서 말했다.

"어때? 30만 엔 줄 테니, 내 애인이 되지 않을래?"

"남편한테 물어보고."

내가 담담하게 대답하자 그는 곧바로 재미없다는 표정으로 말했다.

"뭐야, 기둥서방이 있는 거야? 그럼 다른 데서 찾아봐야지"라며 바로 돌아가 버렸다. 이 사람은 이 동네에서는 유명한 사람으로, 어떻게든 애인을 만들려고 했다. 소문에 의하면, 부인은 부인대로 교토에서 젊은 남자와 놀아나고 있다고 한다.

두 번째 손님은 출장으로 오츠에 온 회사원이었는데 언뜻 보면 점잖아 보이지만 출장을 가면 그 지방의 창녀촌에 꼭 들르는 색골이었다. 내가 하카타의 미나미신치에서 왔다고 하자 하카타 여자들은 정이 많아 정말 좋다고 칭찬해주었다. 나도 덩달아 기분이 좋아져서 최고의 서비스를 제공했다.

세 번째는 외근 중인 젊은 세일즈맨이었다. 몸은 비쩍 마르고 얼굴은 마치 표주박처럼 생겼는데, 엉뚱한 말만 지껄이다가 침대에 들어가자 건방지게 이거 해라, 저거 해라, 명령하면서 난폭하게 들이댔다. 아파서 살살 하라고 부탁했더니 오히려 자기가 화를 냈다. 조금만 더 심하게 굴면 가게의 남자 직원을 부를까 생각하기도 했다.

네 번째는 한눈에 봐도 알 것 같은 이 방면의 선수. 아마도 다른 창녀의 기둥서방 짓을 하면서 할 일이 없자 찾아온 사람일 것이다. 직업병이라고 하면 이상하지만, 이런 사람들은 여자들에게 엄청 잘해주고 팁도 많이 준다. 나는 긴장하지 않고 편안하게 일할 수 있었다.

다섯 번째도 비슷한 부류였는데, 몇 번인가 나를 찾아온 단골이었다. 밖에서 만나자고 끈질기게 꼬드기는데 아무래도 내 기둥서방이 되고 싶은 눈치였다. 내가 이번에도 무심하게 거절하자 그가 대꾸했다.

"나, 네 기둥서방 알고 있는데, 너는 모르겠지만 야마시나의 집에서 딴 여자를 끼고 있더라고. 그것도 열아홉 살짜리 여대생이야."

누가 그런 말 믿을 줄 알고.

언제나 다섯 번 상대하고 나면 피곤함이 갑자기 몰려와 그 부분이 저리고 발목이 무거워진다.

여섯 번째는 취객이었다. 벌건 얼굴을 한 마흔 살 남짓한 회사원. 취한 사람치고는 점잖게 즐기고 갔다.

일곱 번째도 취객. 쉰 살이 넘은 돼지. 기온*에서 동료와 한잔하고 택시를 잡아타고 여기까지 왔다고 했다. 잘난 척하는 말투를 쓰는, 내가 제일 싫어하는 스타일이다.

여덟 번째는 초짜라서 마음이 놓였다. 젊은 사람인데

●교토의 유흥가.

학생인 것 같았다. 이런 곳이 익숙하지 않은지 내내 안절부절못했다.

아홉 번째는 또 취객. 목소리도, 태도도 시끄럽고 건방졌다. 오늘은 재수 없는 날인가 보다.

열 번째. 취객. 이 시간이 되면 맨 정신으로 오는 손님은 거의 없다. 술 냄새 진한 입김이 내 얼굴에 뿜어져 나올 때마다, 뒈져라, 하며 마음속으로 외쳤다. 정신적으로도 육체적으로도 한계에 다다랐지만 얼굴은 여전히 웃고 있었다.

열한 번째. 젊은 취객. 거의 쓰러지기 일보 직전으로 탈의실에 들어가자마자 잠들어버렸다. 나도 엄연히 일하고 있는 곳이기 때문에 깨워 보내려 했지만 그럴 수 없었다. 서비스 시간이 다 되었으니 나가라고 말하자 갑자기 울기 시작했다.

"오늘이야말로 총각 딱지를 떼고 싶었는데."

나는 입으로는 위로의 말을 건네면서, 휴우, 다행이다, 하며 몰래 혀를 날름 내밀었다.

마지막 손님을 내보낸 후에는 깨끗이 샤워를 하고, 거품 쇼를 할 때 몸에 발랐던 로션을 씻어내렸다. 이 로션이 몸에 남아 있으면 피부가 금방 거칠어졌다.

일할 때 입는 옷을 벗고 평상복으로 갈아입을 때는 있

는 힘, 없는 힘 모두 빠져나갔다. 오늘 일당을 주인에게 받고 가게를 나온 것은 새벽 2시. 가게에서 30미터 정도 떨어진 도로에 오노데라의 쿠페가 기다리고 있었다. 쿠페에 다가가자 문이 열렸다. 나는 한숨을 내쉬고는 조수석에 지친 몸을 던졌다.

"수고했어."

오노데라가 라크를 내밀었다. 내가 고개를 옆으로 젓자 그는 라크를 집어넣고 차를 출발시켰다.

"혹시 들어본 적 있어? 여기, 치로링 마을이라고 부른다는데?"

"뭐라고?"

"치로링 마을. 왠지 어울리는 거 같지 않냐?"

"치로링 마을이라고……."

나는 차창 밖으로 눈을 돌렸다.

"그 얘기, 전에도 하지 않았나?"

"그런가? 했었나?"

"했어. 두 번째야."

아니, 세 번째일지도 모르겠다. 아무렴 어때…….

"내일 쉬는 날인데 뭐 할까?"

"또 비와 호수 한 바퀴 돌까?"

"이제 지겨워."

"그럼 교토로 눈요기나 하러 갈까?"

나는 고개를 저었다.

"피곤해?"

"당연하지."

"수입은?"

"15만 엔. 팁도 포함해서."

오노데라가 휘파람을 불었다.

"휘파람 불지 마."

"미안."

"이번 달에 얼마나 벌었지?"

"250만 엔은 넘었을 거야."

"신기록인가?"

"확실히 신기록이지."

"그러니까 피곤하지."

"마약 말인데, 새로운 게 나왔더라고. 진짜 좋아! 물에 떨어뜨리면 쉭쉭 소리를 내면서 이쪽저쪽으로 튀어 다니더라."

오노데라가 즐거운 듯이 웃으며 말했다.

나는 속으로 마약을 하기보다는 한 달만이라도 쉬고 싶다고 생각했다.

정오가 지났는데도 침대에서 일어날 수가 없었다. 식사도 하지 않고 이불 속에 처박혀 있었다. 오노데라가 끈질기게 요구했지만 거절했다. 오노데라는 기분이 나빠졌는지 밖으로 나갔다. 또 마작을 하거나 창녀촌에 가겠지. 오랜만에 쉬는 날인데 같이 놀아주지 못해 미안하다고 생각했지만 몸이 말을 듣지 않았다.

전화벨이 울렸지만 없는 척하기로 했다. 오노데라가 건 전화라면 샤워하고 있었다고 둘러대면 된다.

전화벨이 계속 귀에 거슬리도록 울리는 바람에 할 수 없이 스웨터를 걸치고 부엌에 나와 수화기를 들었다.

"여보세요?"

"유키노인가?"

눈이 커졌다. 많이 들어본 목소리. 그리운 목소리.

설마⋯⋯.

"아카기 씨?"

"아직 기억하고 있군."

"아카기 씨? 정말 아카기 씨예요?"

"응, 아카기야. 잠을 깨운 모양이군."

"괜찮아요. 일어나려고 했는걸요."

"잘 지내는 모양이네, 유키노. 아니, 지금은 어떤 이름을 쓰고 있는지 모르겠지만."

"지금도 유키노예요. 아카기 씨는 잘 지내나요? 지금도 홋카이도인가요?"

"응, 덕분에 잘 지내. 홋카이도에서 조용히 지내고 있어. 유키노는 어때?"

"그럭저럭……."

"다행이네. 마음이 놓여."

"여긴 어떻게 알았어요?"

"아야노에게 들었지."

"아아, 아야노 언니! 보고 싶네. 뭐하고 있을까? 연락 안 한 지 꽤 되었는데."

"그게 말이야, 유키노……."

아카기 씨의 목소리가 낮아지고, 나는 좋지 않은 예감에 무의식적으로 몸이 경직되었다.

"아야노가…… 죽었어."

순간 숨이 멎었다.

"정말……요?"

"유키노에게는 알려줘야 할 것 같아서 말이야."

"거짓말이죠. 거짓말이야, 아카기 씨 무슨 말을……. 농담치고는 너무 심하지 않아요, 정말……."

"농담이 아니야."

나는 검은 전화기를 내려다보았다. 두 눈이 다이얼의

숫자에 고정되었다. 심장이 미친 듯이 뛰기 시작했다.

"유키노?"

"……도대체 왜?"

"사귀던 남자가 죽였다고 하더라고."

흡 하고 숨을 들이마셨다.

"아사노 테루히코라고 기억나?"

"아사노?"

"백야에 있던 젊은 놈이야."

바닥 청소를 하던 젊은 남자의 옆모습이 어렴풋이 떠올랐다. 스무 살이 겨우 넘었을까? 일은 성실하게 했지만 말수가 적고 사적인 대화는 거의 하지 않았던 것 같다. 그러고 보니 아야노가 백야를 그만두고 바로 얼마 후에 아사노도 가게를 나오지 않았었다.

"그 아사노가, 아야노 언니하고……?"

"센다이에서 같이 살았던 모양이야. 그때부터 사귀었는지, 가게를 그만두고 사귀기 시작했는지는 알 수 없어. 아마도 가게를 그만두고 난 후인 것 같아."

"그래도, 왜 아사노가……."

"아사노 그놈, 마약을 하고 있었다는군."

아카기 씨의 그 말에 등줄기가 싸늘해졌다.

"마약으로 제정신이 아닌 상태에서 집 바깥까지 아야

노를 쫓아가서, 길 한복판에서 칼로 찔렀다더군. 아야노는 가슴을 찔려서 즉사한 모양이야."

"아야노 언니도 마약을 했나요?"

"아니, 아야노는 하지 않은 것 같아."

아야노가 마약을 하지 않은 것은 왠지 위안이 되었다.

"유키노?"

"언제인가요? 아야노 언니가 죽은 게?"

"2주일 전이라고 하네. 실은 최근에 아야노 꿈을 꾸었어. 그리 좋은 꿈이 아니어서 안 좋은 예감이 들었는데, 요시토미가 전화를 한 거야. 아사노가 약물중독이 돼서 아야노를 찌른 것 같다고. 오늘 경찰이 가게에 와서 아야노와 아사노에 대해 조사하고 갔어. 그쪽으로도 경찰이 갈지 몰라. 예전 가게와는 관계없다고 말해줘. 관계고 뭐고 백야에서 약은 금지였잖아. 아사노 그 녀석도 그때는 하지 않았었다고. 마약 하는 놈들은 눈을 보면 금방 알 수 있거든."

"……아사노는 지금 어디 있죠?"

"경찰서에 있어."

"……."

"오랜만에 전화해서 좋지 않은 소식만 전하는구면."

"아녜요……. 고마워요."

"유키노, 너도 무리하지 마. 오고토에 적응하느라 힘들겠지만 마약만은 손대지 마."

"……."

"이봐, 설마, 유키노……."

"아뇨, 전 괜찮아요. 백야에서 아카기 씨에게 배운 걸 잘 지키고 있으니까요."

"그래. 그러면 됐어."

"죄송해요. 걱정 끼쳐드려서."

"싱거운 소리 하지 마. 유키노, 힘든 일이 있으면 걱정하지 말고 나한테 말해. 언제든지 달려갈 테니까. 주소와 전화번호를 알려줄 테니 적어둬."

나는 아카기 씨가 말한 대로 메모를 했다.

"……유키노, 난 말이야."

"네."

"너를 좋아했어."

"네."

"그러니까 넌 행복해야 돼."

"……고마워요, 아카기 씨."

수화기 너머에서 코를 훌쩍이는 소리가 들렸다. 그러고는 억지로 웃는 듯한 소리가 이어졌다.

"하하하……. 미안해. 어울리지도 않는 이야기를 입에

담았네."

"그렇지 않아요."

"그래. 아무쪼록 건강하게 지내."

"아카기 씨도 잘 지내세요."

"고마워."

"안녕히 계세요."

전화는 조용히 끊어졌다.

나는 천천히 내 방으로 돌아와 화장대 서랍에서 수첩을 꺼냈다. 주소록을 펴들고 전화기로 향했다. 아야노의 집 전화번호를 확인하면서 떨리는 손가락으로 다이얼을 돌렸다.

벨소리가 네 번 울리자 저편에서 전화를 받았다.

"네."

들어본 적이 없는 중년 여성의 목소리였다.

"사이토 씨 댁입니까?"

"그런데요."

"……전 스미코의 중학교 동창 카와지리라고 합니다. 스미코, 집에 있나요?"

"무슨 용건이신가요?"

"저……, 동창회를 하게 돼서 연락하고 있습니다."

"스미코는 죽었어요."

나는 눈을 감고 입술을 깨물었다.

"죽었다고요?"

"네, 부모 얼굴에 똥칠을 하고 죽었습니다."

전화가 끊겼다. 수화기를 전화기에 올려놓았다. 온몸이 굳어 움직일 수가 없었다.

편지를 쓰겠다고 약속했는데, 전화도 한 번 하지 않았다. 아직 반년도 지나지 않았는데, 아야노의 얼굴을 떠올리는 것도 드물었다. 나는 다리에 힘이 풀려 바닥에 털썩 주저앉았다.

눈물이 볼을 타고 흘러내렸다. 그 상태로 한동안 엉엉 울었다.

얼마나 울었을까. 나는 눈물이 마른 후에 방 안을 둘러보았다. 난장판인 침대, 아무 데나 벗어놓은 속옷, 구석까지 퍼져 있는 역한 체액 냄새, 냉장고에는 마약……. 내일이 되면 다시 가게에 나가 알지도 못하는 10명 이상의 남자에게 몸을 판다. 지쳐 빠져서 집에 돌아오고, 눈을 뜨면 마약을 하고, 오노데라와 뒹굴고, 가게에 나가서 손님을 맞는다.

계속 그런 생활의 반복일 뿐이었다. 일을 한다는 충만감 같은 것은 손톱만큼도 느낄 수 없었다. 몸과 마음을 계속 마모해가는 생활일 뿐이었다.

여기서 나는 대체 무얼 하고 있는 걸까?

그날 밤, 오노데라는 돌아오지 않았다. 나는 식탁 의자에 앉은 채로 멍하니 밤을 지샜다. 이윽고 밖이 밝아왔고 한 가닥의 붉은빛이 창을 뚫고 들어왔다.

먼지가 빛 속에서 조용히 퍼졌다.

아침 햇살을 보는 게 몇 년 만일까?

몸은 시들었고 신경은 지칠 대로 지쳐 있었으나 먹고 싶지도 자고 싶지도 않았다. 마약을 하면 잠시 기분은 좋아지지만 아야노를 죽인 약을 몸에 넣고 싶은 생각은 추호도 없었다. 아카기 씨에게 거짓말을 했기 때문에 괜히 꺼림칙한 기분도 들었다.

오전 10시가 넘어 현관문이 열리고 오노데라가 콧노래를 부르며 나타났다. 그는 나를 보며 어색한 듯이 웃었다.

"벌써 일어났어? 이렇게 이른 시간에."

오노데라가 싱크대에서 양치질을 하더니 가래를 배수구에 뱉었다. 타월로 입을 닦고 나를 슬쩍 보며 말한다.

"왜 그래? 기운이 없잖아. 아직 약 안 했어? 이번 건 끝내줘. 물에 떨어뜨리면 쉭쉭 하는 소리가⋯⋯."

"저기, 오노데라."

"뭐야."

"이야기할 게 있어. 잠깐 앉아봐."

"왜 그러는데?"

오노데라가 코웃음을 치며 거만한 표정으로 앞에 놓인 의자에 앉았다. 그러나 내 얼굴을 힐끗 보곤 바로 눈을 내리떴다.

"뭐야, 표정 한번 무섭네."

"있잖아, 나 이제 그만두려고 해."

"뭘?"

"일 말이야."

오노데라의 눈썹이 쓱 올라갔다.

"그만두고 뭘 하려고?"

나는 양무릎을 식탁에 대고 몸을 앞으로 내밀었다.

"오노데라."

"왜?"

"조리사 자격증 딸 생각 없어?"

"조리사?"

"그래서 둘이 조그만 음식점을 하는 거야. 오노데라가 주방에서 요리를 하고, 내가 홀에서 서빙을 하는 거지. 물론 나도 조리사 자격증을 따서 요리도 하고 말이야. 그러면 돈은 지금보다 조금 벌지 몰라도 둘이서 오래 일할 수 있잖아. 좋은 생각이지?"

오노데라가 몸을 옆으로 돌려 자세를 고쳤다. 의자에

등을 기대고 다리를 꼬았다.

"가게를 하려면 돈이 필요할 텐데."

"그 정도 돈은 있을 거 아냐. 3천만 엔은 있을 거야. 그 정도 있으면 조그만 가게쯤은……."

순간 오노데라가 눈길을 피했다. 나는 얼굴에서 핏기가 사라지는 것을 느꼈다.

"오노데라!"

목소리가 떨렸다.

"왜 그래?"

"예금통장 보여줘."

"지금 말이야?"

"그래, 지금 당장."

"왜? 돈에 대해서는 내게 맡기겠다고 했잖아."

"확인해두고 싶어. 지금 얼마나 있는지."

오노데라가 한숨을 쉬며 혀를 찼다.

"빨리 보여줘!"

오노데라가 씁쓸한 표정으로 일어섰다. 자신의 방으로 들어갔다가 금방 돌아와서는 예금통장을 내 앞에 툭 하고 내던졌다.

나는 통장을 열고 찍혀 있는 숫자를 바라봤다. 눈이 휘둥그레졌다. 오노데라는 부루퉁한 얼굴로 다른 곳을 보고 있다.

"뭐야, 이게?"

"통장이야, 보면 알잖아."

"그걸 몰라서 묻는 게 아니잖아. 왜 예금 잔고가 줄은 거야!"

나는 소리를 치며 벌떡 일어섰다. 의자가 뒤로 넘어지며 큰 소리를 냈다.

오노데라가 곁눈으로 나를 노려봤다.

"어쩔 수 없었어. 엄청난 불경기에다가, 물가가 얼마나 비싸졌는지 알아? 집 월세도 내야 하고, 약도 비싸고 말이야."

"그런 것쯤은 나도 알아. 그렇지만 이건 말도 안 돼. 매달 2백 몇십만 엔의 수입이 있었단 말이야!"

"아……!"

오노데라가 불쾌한 괴성을 질렀다.

"이런 식으로 숨길 수 있는 게 아니잖아. 대체 어디에다 썼어?"

오노데라가 이를 드러내며 기분 나쁘게 웃었다.

"미안해, 마작 해서 잃었어."

"거짓말하지 마!"

"정말이야, 정말로 마작이란 게……."

"여자구나!"

오노데라의 웃는 얼굴이 딱딱하게 굳어졌다.

"나 말고 여자가 있어. 그 여자에게 쏟아부었구나, 그렇지?"

"이봐, 무슨 말 하는 거야. 딴 여자가 있을 리 없잖아. 매일 너랑 같이 있는데."

"야마시나의 맨션에 열아홉 살 여대생하고 딴살림 차렸다면서?"

오노데라의 얼굴이 창백해졌다. 나는 오노데라의 반응에 더 당황했다. 웃어넘길 이야기라고만 생각했다. 바보야, 말도 안 되는 소리 하지 마. 당연히 이런 대답이 나와야 했다.

그런데 오노데라의 이 창백한 얼굴은…….

"……그래? 정말이야? 내가 딴 남자에게 몸 팔고 있는 사이에 정말로 그 여자를 만나러 갔었단 말이야?"

"아니……. 그건, 그게 아니고."

오노데라의 눈이 이리저리 움직였다. 당황한 나머지 어떻게 하면 좋을지 모르고 있었다.

나는 마룻바닥에 울며 주저앉았다.

"너무해……. 내 몸 팔아서 모은 돈을 그런 젊은 애에게 퍼주고……. 도대체 나를 뭘로 보는 거야! 바보 취급 하지 마!"

오노데라가 내 옆에 쭈그리고 앉아서 내 어깨를 껴안았다.

"잘못했어, 미안해."

"만지지 마!"

"더 이상 바람피우지 않을게. 그런 젖비린내 나는 애하고는 깨끗하게 헤어질게. 이제부터는 너밖에 없어. 그러니까 앞으로 1년만 더 해라, 응? 이번에는 정말 저금할 테니까. 그러면 함께 작은 식당이라도 하자고."

"더 이상은 싫어. 못 하겠어. 이젠 지쳤어. 피부도 거칠어졌고, 몸매도 망가졌고."

"아니야, 유키노는 아직도 충분해. 아, 맞다!"

오노데라가 일어서더니 냉장고에서 주사기와 약을 꺼냈다. 항상 그랬듯, 주사기에 마약을 넣고 피스톨로 으깨어 수돗물에 녹인다.

"유키노, 아무리 지쳐도 이거 한 번만 맞으면 힘이 난다. 그렇지? 평소의 유키노로 돌아와."

오노데라가 바늘을 위로 했다. 바늘 끝에서 액체가 튀어나왔다.

나는 머리를 저으며 뒷걸음쳤다.

"더 이상 싫어, 놓지 마……. 마약은 이제 싫어……."

오노데라가 믿지 못하겠다는 눈빛으로 나를 쳐다봤다.

"왜 그래? 이번 건 끝내주는 거라니까, 지금까지와는 달라."

"이젠 싫어……. 약은 싫다니까!"

오노데라가 내 팔을 꽉 잡았다.

"여하튼 한 번만 맞아봐, 진짜로 마음에 들 테니까."

"싫어, 놔!"

"가만히 있어."

"싫다니까!"

나는 나도 모르게 오노데라의 얼굴을 할퀴었다.

오노데라가 비명을 질렀다. 나는 허공을 휘젓는 오노데라의 손을 피해 도망쳤다.

"유키노!"

나는 식탁을 돌아 싱크대로 달려갔다. 발치의 싱크대 문을 열고 식칼을 잡아 뺐다. 묵직하게 느껴지는 칼을 눈앞에 들고 오노데라와 마주 섰다.

오노데라가 입언저리를 실룩거리며 히죽댔다.

"저런, 식칼을 들고 나서셨다, 이거지."

나는 어깨가 들썩일 정도로 거칠게 숨을 쉬며 오노데라를 노려봤다.

"이거 재미있는데. 해보시지, 찌르려면 찔러봐."

나는 열이 머리끝까지 뻗쳐 오노데라를 향해 뛰어들었다. 눈을 감고 앞을 향해 식칼을 내밀었다.

"이래 봬도 나도 남자라고. 남자를 우습게 보면 큰코다칠걸."

나는 손목을 잡혀 뒤틀렸다. 움직일 수가 없었다. 눈을 뜨니 바로 앞에 오노데라의 얼굴이 보였다.

"뭐야, 왜 그래? 그렇게 엉거주춤한 자세로 나를 찌르려고?"

분해서 눈물이 흘러넘쳤다. 오노데라를 노려보며 그의 얼굴에 침을 뱉었다. 오노데라의 뺨에서 침이 흘렀다.

오노데라가 불쌍하다는 눈빛으로 나를 바라봤다.

"아주 타이밍이 좋아. 미안하지만 말이야, 야마시나의 그 여대생 이름이 리카코라고 하는데, 아무래도 이제 리카코한테 가봐야겠어. 리카코도 진작부터 나하고 함께 살고 싶다고 했는데, 나도 리카코랑 궁합이 잘 맞는 것 같단 말이야."

오노데라의 눈동자가 사악하게 변했다.

"리카코는 너하고 달리 순진해. 반듯하고, 부지런하고, 청순해. 알겠어? 넌 본래 터키탕 여자인 주제에 너무 건방져. 창녀 주제에 요조숙녀인 척, 잘난 척하고 말이야. 이참에 너도 새로운 남자 만나서 다시 시작해보지 그래?

사실은 너를 노리는 놈이 있는데, 그 녀석 소개해줄까? 그게 서로 좋은 거 아냐? 그렇지?"

"나쁜 자식……. 죽여버릴 거야, 죽여버릴 거야……."

"너, 바보 아니야?"

오노데라가 손목을 조여왔다. 그 순간 손가락에 힘이 빠져서 식칼이 손에서 아래로 떨어졌다.

오노데라의 입이 크게 벌어졌다. 집 안에 끔찍한 비명이 울려 퍼졌다. 그는 나를 밀어냈다.

내 손에서 떨어진 식칼의 끝이 오노데라의 발등을 찔렀던 것이다. 오노데라가 주저앉아 발에서 식칼을 뽑아냈다. 검붉은 피가 뿜어져 나왔다.

"아파, 빌어먹을, 아파!"

오노데라가 발을 누르고 괴로워서 몸부림쳤다. 바닥에 떨어진 식칼 끝이 붉게 물들어 있었다. 나는 칼을 집어 들어 양손으로 잡고서 힘차게 머리 위로 휘둘러 올렸다.

"유키노, 유키노, 의사, 의사를 불러줘, 어……?"

올려다보는 오노데라의 얼굴이 얼어붙었다. 나는 소리를 지르며 칼을 내리꽂았다. 오노데라의 목과 오른쪽 어깨 사이에 칼이 파고들었다. 나는 양손으로 칼의 손잡이를 잡은 채 오노데라의 몸에서 칼을 빼냈다. 그 반동으로 엉덩방아를 찧었다. 오노데라의 목에서 선혈이 솟아올

랐다. 오노데라가 눈을 크게 떴다. 입을 뻐끔뻐끔 움직인
다. 오노데라는 슬로모션처럼 천천히 옆으로 쓰러졌다.
심장박동에 따라 붉은 피가 멈추지 않고 쏟아졌다.

"구…… 구급차……."

아래에서 희미한 목소리가 들려왔다. 오노데라의 손발
이 경련을 하기 시작했다. 드디어 그것도 멈췄다. 아무
소리도 나지 않고 조용해졌다.

마룻바닥과 벽에 붉은 핏자국이 어지럽게 퍼져 있고,
발밑에는 커다란 핏덩어리가 굳으려고 했다.

나는 오노데라의 곁에 쭈그려 앉았다.

"오노데라……, 오노데라?"

오노데라는 대답이 없었다.

나는 일어섰다. 식칼을 바닥에 던지자, "땅" 하고 소리
가 나며 뒹굴었다. 크게 숨을 내쉬었다. 온몸이 떨렸다.

아아, 끝나버렸네, 내 인생.

나는 피에 물든 속옷을 벗어서 버렸다. 욕실로 들어가
거울을 봤다. 거울 속엔 창백한 얼굴에 긴 머리를 헝클어
뜨리고, 눈을 치켜뜨고, 입을 반쯤 벌리고 서 있는 여자
가 있었다. 볼에는 핏방울이 붙어 있었다.

샤워를 하고 피를 씻어냈다. 욕실에서 나오자 비릿한 피 냄새가 온 방에 퍼져 있고, 피에 물든 오노데라는 아직도 눈을 뜬 채로 쓰러져 있었다. 눈꺼풀이라도 내려줄까 하다가 그만두었다.

내 방으로 돌아와 드라이어로 머리를 말렸다. 새 속옷을 입고 정성스레 화장을 했다. 옷장을 열어 옷을 골랐다. 구석에 걸려 있는 회색 점퍼를 잡아 꺼냈다. 하카타에서 테츠야가 입던 옷. 아직 버리지 않았던 것이다.

그때가 좋았는데.

돈은 없었지만 테츠야가 곁에 있었다. 가끔 난폭해지기는 했지만, 테츠야는 날 필요로 했고, 나에게도 테츠야가 필요했다. 지금 와서 생각해보면 서로의 상처를 보듬어주던 나날이었다. 그게 왜 그렇게도 달콤했는지. 내 가슴에서 어린애처럼 흐느껴 울던 테츠야. 비록 마약을 하며 찰나의 쾌락을 경험하기도 했지만 그 시절처럼 만족스러웠던 적은 한 번도 없었다.

어떤 옷을 입을지 결정했다. 아래는 바지를 입고, 위는 흰 블라우스에 손으로 짠 스웨터, 그리고 테츠야의 점퍼. 이런 뒤죽박죽의 모습이 제일 나답다. 그렇지, 테츠야?

속옷과 수중에 있던 현금 전부와 예금통장, 그 외에 휴대품들을 스포츠 가방에 넣었다.

전화로 택시를 불렀다. 전화 옆에 어제 써놓은 메모가 있었다. 아카기 씨의 주소와 전화번호. 그것을 한참 바라보다가 좍좍 찢어서 변기에 흘려보냈다.

가방을 들고 현관으로 걸어갔다. 현관 손잡이에 손을 올려놓고 돌아보니, 오노데라의 마네킹 같은 눈이 천장을 바라보고 있었다.

"안녕, 오노데라. 나도 곧 따라가겠지만, 당신이 있는 곳은 아닐 거야. 잘 있어."

그리고 잠시 망설이다가 또 한 마디를 했다.

"미안해, 하지만 오노데라도 잘못했어."

현관문을 열자 햇빛이 흘러들어왔다. 빠르게 집을 벗어나 택시를 탔다. 나는 일부러 냉정하게 행동했다.

"오고토 온천 역까지 가주세요."

운전수에게 말하자 택시가 출발했다.

오고토 온천 역에서 디젤열차에 탔다. 비와 호수 서쪽을 지나서 오츠에 내렸다. 그러고는 국철로 갈아탈 예정이었다. 그러나 죽을 장소를 어디로 할 것인가는 아직 정하지 않았다.

나는 역사 안을 목적 없이 걸었다. 인파를 헤치고 한적한 곳으로 떨어져 나와 기둥 뒤에 섰다. 웅성거림이 끊이지 않고 들려왔다. '녹색 창구'라는 표시가 눈에 들어왔다.

나는 아직 신칸센을 타본 적이 없었다. 하카타까지 개통이 되지 않았고, 오고토에 올 때는 오노데라의 차를 타고 왔기 때문에 신칸센을 탈 필요가 없었다.

텔레비전에서나 보던 꿈 같은 초특급 열차. 그걸 타면 단 몇 시간 내에 도쿄에 갈 수 있었다.

도쿄.

아직 한 번도 가보지 못한 대도시. 그곳에 가면 뭔가가 변할지도 모른다. 모든 과거로부터 도망갈 수 있을지도 모른다.

나는 녹색 창구에서 도쿄행 티켓을 구입했다. 승차권, 지정석 특급권을 모두 합쳐 4천 엔이 조금 넘는 금액이었다.

오츠에서부터 도카이도 본선을 타고 가다가 교토에서 내렸다. 플랫폼에서 계단을 올라가 구름다리를 건너 도쿄 방면이라고 쓰여 있는 신칸센 플랫폼에 내려섰다.

오후 1시 13분, 도쿄행 '히카리 32호' 열차가 들어왔다. 심장이 쿵쾅대는 것을 느끼면서 열차에 발을 들여놓았다. 내 자리는 통로 좌측의 창가로 옆은 비어 있었다. 좌석에 앉아 가방을 무릎 위에 놓았다. 열차가 조용히 움직이기 시작했다.

몸을 등받이에 기댔다. 머릿속이 온통 하얗게 되는 기분을 느끼며 나는 잠에 빠져들었다.

눈을 떴을 때 이상한 꿈을 꾼 것 같은 생각이 들었다.

남자를 식칼로 죽이다니. 왜 그런 꿈을 꾸게 된 것일까? 오노데라라는 남자의 이름까지 기억하고 있었다. 그건 그렇다 치고, 내가 창녀가 되었다니 정말 너무 끔찍한 꿈이었다. 테츠야? 맞아, 그 남자도 꿈에 나왔지. 1년 연하인 너무나 귀여운 남자. 아카기라는 아저씨도 있었다. 얼굴은 무서웠지만 사실은 자상한 사람이었다는 생각이 들었다. 1명 더 있었는데 이름이 생각나지 않는다. 아무려면 어때. 슬슬 일어나야 하는데. 아무래도 학교에 지각할 것 같아.

아니다. 이 진동과 소리. 나는 열차에 타고 있다. 왜? 그래. 수학여행의 사전 답사인가? 아니, 답사가 아니라 이게 바로 수학여행인가? 수학여행은 벌써 다녀온 것 같은데.

눈을 떴다.

차창 너머로 후지 산이 솟아 있는 게 보였다. 푸르른 초록에 새하얀 정상. 잠이 달아나버렸다. 숨이 멎을 듯한 아름다운 풍경에 눈을 빼앗겨버렸다.

왜 후지 산이……. 아직도 꿈속인가?

내 모습을 내려다봤다. 무릎 위의 가방을 보고, 가방 손잡이를 잡고 있는 손을 봤다. 손톱 밑에 검붉은 피가 남아 있었다. 이건 모두 현실이었다.

절망이 몸속에서 북받쳐 올라왔다.

점퍼의 옷자락을 꽉 잡고 스며들어 있던 냄새를 들이마셨다. 테츠야와 함께 있는 듯한 느낌이 들었다. 눈시울이 뜨거워졌다.

테츠야.

내 마음은 무너지려 하고 있었다. 방법은 없지만 테츠야가 보고 싶었다.

그리고 내가 죽을 장소를 찾아냈다.

오후 4시가 넘어 도쿄에 내렸다. 역무원에게 미타카로 가는 방법을 물어봤다. 가르쳐준 대로 추오 선으로 갈아타고 40분 정도 걸려 미타카에 도착했다. 이미 해가 기울어가고 있었다.

미타카 역 플랫폼에서 계단을 내려가 개찰구를 나선 곳에 주변 지도가 있었는데, 지도에 의하면 타마 강˙ 상수(上水)는 역 바로 옆을 흐르고 있었다.

● 다자이 오사무가 자살한 강 이름.

테츠야가 다자이 오사무의 환생이라면 나는 야마자키 도미에●인 것이다. 왜 그때 테츠야의 뒤를 따라가지 않았을까? 그때 함께 죽었다면 이런 상황이 되지는 않았을 텐데. 할 수 없지. 여기가 바로 종착역이다. 그리고 나는 테츠야가 있는 곳으로 간다. 테츠야는 틀림없이 나를 기다리느라고 안절부절못하고 있을 거야.

개찰구를 나와 왼쪽으로 방향을 틀었다. 길을 따라 벚나무 가로수가 쭉 서 있었다. 내려다보니 완만하게 경사진 제방이 보였고, 그 밑에 석재를 쌓아 만든, 수로인 듯한 도랑이 가로놓여 있었다. 폭 2, 3미터, 깊이 1미터 정도. 그러나 정작 가장 중요한 물이 흐르지 않았다. 다자이가 뛰어든 곳은 어느 지점쯤일까? 자살할 정도였으니까 상당히 많은 물이 흐르고 있었을 텐데 말이다.

땅거미가 점점 깊어져 가고, 나는 타마 강 상수를 따라 걸었다. 아무리 걸어도 다자이 오사무와 야마자키 도미에가 뛰어든 지점을 알려주는 표지판 같은 것은 없었고, 또한 아무리 가도 수로엔 물이 흐르지 않았다. 벚나무 사이로 보이는 수로 밑에는 오물이 달라붙은 나무뿌리 같은 것만 있을 뿐, 물이 흐르는 소리조차 들리지 않았다.

─────────────

● 다자이 오사무와 함께 자살한 연인.

잘못 온 것일까? 그렇다면 여기는 타마 강 상수가 아니란 말인가?

나는 당황한 채 계속 걷는 수밖에 없었다. 수로는 역 주변의 상점가에서 논밭이 펼쳐진 곳으로 이어져 있었다. 완만한 커브를 그리며 계속 걷자 공원처럼 보이는 숲까지 들어왔다. 그 숲을 빠져나오자 완전히 해가 져서 가로등이 없어 발밑도 보기 힘들 정도였다.

숲을 나와 또다시 한참 걸어간 곳에 돌다리가 있었는데, 다리 난간에 '신바시'라고 새겨져 있었다. 다자이 오사무와 야마자키 도미에의 시체가 발견된 곳이 바로 '신바시' 옆이었고, 서로의 허리를 빨간 끈으로 묶었다는 얘기가 떠올랐다.

다리 중간에 서서 발아래의 어둠을 내려다보았다. 그러나 3미터 아래에서 흐르고 있어야 할 물소리가 전혀 들리지 않았다. 들려오는 것은 가끔 다리를 건너는 자동차 소리뿐이었다.

"이봐요, 뭐하는 거예요?"

깜짝 놀라 돌아보니 마흔 살 정도의 약간 살찐 남자가 서 있었다. 색이 바랜 점퍼를 입고 있었고, 키는 나보다 약간 작았다. 머리는 짧게 깎아올려서 얼굴 모양이 각져 다부진 듯이 보였으나, 눈빛은 어딘가 슬퍼 보였다. 그는 얇은 입술을 꼭 다물고 상체를 앞으로 내민 듯한 자세로 나를 보고 있었다.

"누구세요?"

"나는 이 앞에서 가게를 하고 있는 사람이오. 이 부근에서 본 적이 없는 사람이고, 그렇게 끔찍한 표정으로 다리에 서 있는 것을 보니 아무래도 신경이 쓰여서……. 방해했다면 미안해요."

나는 머리를 옆으로 저었다.

"저, 괜찮으시다면 한 가지 물어봐도 될까요?"

"뭡니까?"

"이곳이 타마 강 상수죠?"

"네."

"다자이 오사무와 야마자키 도미에가 빠져 죽은 곳 맞나요?"

"당신도 다자이의 팬인가요?"

남자가 피식 웃으며 물었다. 어깨에서 긴장이 풀리는 것이 확실하게 보였다. 남자의 눈이 강을 향했다.

"아하, 물이 없어서 실망하셨군요. 여기도 예전에는 검푸른 물이 흐르고 있있습니다. 강폭이 좁아 보여도 상당히 깊어서 물밑으로 갈수록 물결이 빨라지고 그 때문에 한번 빠져버리면 끝이죠. 웬만해서는 다시 물 위로 올라

오지 않기 때문에 자살의 명소가 되었고, 덕분에 '사람 먹는 강'이란 별명도 붙었어요. 동네 사람들 말로는 다자이가 죽고 나서 1년에 30구 정도씩 자살한 사람들의 시체가 떠내려와서, 아이들을 강 근처에서 놀지 못하게 했다는 말도 있습니다. 그러다가 7, 8년 전쯤 강 상류에 토목공사를 하더니, 그 이후로는 보시다시피 이런 상태가 되었습니다."

"그러면 타마 강 상수에는 더 이상 물이 흐르지 않는다는 말인가요?"

"그렇다는 말이죠."

나는 멍해졌다. 풋 하고 웃음이 터져 나왔다. 참을 수가 없어서 몸을 웅크린 채 가방을 안고 계속 웃어댔다. 배가 뒤틀려서 아파왔다. 숨을 쉬기도 힘들었다. 그래도 웃음이 수그러들지 않았다.

얼마나 웃었을까? 호흡을 가다듬고 얼굴을 들자, 남자는 아직도 그 자리에서 불안한 듯한 미소를 머금고 나를 보고 있었다. 가끔 지나가는 자동차의 헤드라이트가 남자를 비췄다.

"미안해요. 너무 어이없어서 이렇게 웃었어요. 이렇게 웃은 게 몇 년 만인지."

나는 일어서서 머리를 뒤로 젖혔다.

"당신, 큐슈 사람입니까?"

"어떻게 알았어요?"

"사투리 억양이 있어서. 어쩐지. 나도 나가사키 출생이거든요."

"저는 후쿠오카에서 태어났어요. 사가 현 쪽에 더 가깝지만."

"구체적으로 어디인가요?"

"오카와 시라고 아세요?"

"압니다. 가구 산지로 유명한 곳이죠."

"맞아요. 저희 집은 오노시마라는 곳인데, 치쿠고 강과 하야츠에 강에 둘러싸인 삼각주에 있어요. 아리아케 해가 가깝고. 아침에 눈을 뜨면 멀리서 어선의 엔진 소리가 들려오고……."

나는 숨을 깊게 들이마셨다.

"전 이곳에서 죽을 작정이었어요."

남자가 고개를 끄덕였다.

"그래서 당신이 말을 건 건가요?"

"물에 빠져 죽는 건 물이 없어서 안 되겠지만, 여기서 뛰어내리면 크게 다치는 것만은 분명해요. 혹시 움직일 수 없을 만큼 크게 다치면 밤에 추워서 얼어 죽을 수는 있겠죠."

"고마워요. 이제 괜찮아요. 죽으려 했던 생각도 어디론 가 싹 달아나버렸어요."

"머무를 곳은 있어요?"

"죽을 작정이었는데, 있을 리가 없죠."

"괜찮다면, 우리 집으로 오는 건 어때요?"

"초면에 그럴 수는 없죠. 가족들께도 민폐고요."

"나는 혼자 살고 있습니다. 좁은 집이지만 잠잘 곳 정도는 있죠."

나는 고개를 돌려 남자의 얼굴을 쳐다봤다. 남자가 멋쩍은 듯 시선을 돌렸다.

"오해하지 마세요. 흑심이 있어서 그러는 건 아닙니다. 나는 다만 당신이 상당히 곤란한 입장인 것 같아서……."

"알고 있어요."

남자가 물끄러미 날 쳐다봤다.

"고마워요. 그럼, 잠시 신세 좀 져도 될까요?"

"나는 시마즈 겐지. 이름을 물어봐도 될까요?"

"저는 유……."

"유……?"

"아니, 마츠코. 카와지리 마츠코가 제 이름이에요."

시마즈 씨의 집은 이발소였다. 바깥에 있는 삼색 회전

간판은 정지되어 있었다. 유리로 된 현관에는 '휴일'이라는 팻말이 걸려 있고, 현관 위에 있는 간판에는 '시마즈 이발소'라고 쓰여 있었다.

시마즈 씨가 열쇠로 문을 열자 샴푸 냄새가 났다. 형광등에 불이 들어왔다. 왼쪽 전면 거울 앞에 이발 의자 2개가 나란히 놓여 있었다.

나는 거울에 비친 나를 보았다. 거울을 보며 긴 머리를 손으로 만져봤다.

시마즈 씨가 스토브에 불을 붙인 후 주전자에 물을 붓고 스토브 위에 올려놓았다. 그러고 나서 그는 하늘색 작업복을 걸쳐 입었다.

"앉아요. 머리 좀 다듬어줄까요? 최신 스타일은 할 수 없지만."

"휴일인데, 괜찮아요? 그리고 저한테 말씀 편하게 하셔도 돼요."

"아, 알겠어요. 특별 서비스라고나 할까?"

나는 살짝 웃으며 의자에 앉았다.

"무조건 짧게 잘라주시고, 머리 스타일은 알아서 해주세요."

"오케이."

시마즈 씨가 뒤에 섰다. 내 목에 타월을 두르고 흰 천을

씌웠다.

"불편하지 않지?"

"괜찮아요."

그는 내 머리를 푼 후 분무기로 머리를 적셨다. 머리다발을 손가락 사이에 끼고, 머리카락 끝을 가위로 자르기 시작했다. 검은색의 머리카락 덩어리가 풀썩 하며 떨어지면서 시마즈 씨의 손가락이 마술이라도 부리듯이 움직였다. 내 머리에서 검은 것이 한 움큼씩 계속 떨어졌다.

나는 눈을 감고, 리드미컬한 가위 소리와 시마즈 씨의 손가락에 몸을 맡겼다.

시계의 초침 소리가 들렸다. 가게의 벽에 달려 있던 시계 소리겠지.

"궁금하지 않아요?"

나는 눈을 감은 채 물었다.

"뭐가?"

"왜 죽으려 했는지."

"이야기할 생각이라면 굳이 물어보지 않아도 말해줄 거라고 생각했지."

"당신이 어떤 사람인지 물어봐도 될까요?"

"그럼, 괜찮아."

"혼자서 살아요?"

"혼자야."

"가족은요?"

"마누라하고 여섯 살짜리 아들놈이 있었는데, 둘 다 3년 전에 죽었어, 교통사고로."

"어머, 미안해요."

"괜찮아."

"제 얘기도 들어줄래요?"

"그럼."

"저는 좋아하는 사람이 있었는데, 그 사람은 자신이 다 자이 오사무의 환생이라고 생각했어요. 그 사람, 자살했어요. 달려오는 기차에 뛰어들었죠."

시마즈 씨의 손가락은 내 머리 안에서 묵묵히 움직이고 있었다.

"그 후 여러 가지 일이 있어서……. 저도 죽기로 했어요. 그 사람 곁으로 가고 싶어 타마 강 상수에서 죽으려고 생각했지요. 그가 다자이 오사무의 환생이라면, 다자이가 죽은 타마 강 상수에서 죽으면 그가 있는 곳에 갈 수 있지 않을까, 하는 생각이었죠. 근데 정작 여기에 오니까, 타마 강에는 이미 물이 흐르지 않고 있다니. 야마자키 도미에 흉내 내기도 힘드네요……. 바보 같죠?"

"머리 감아야지."

"네."

"앞으로 구부려줘야겠는데. 미용실하고 다른 점이지."

시마즈 씨가 거울 밑의 손잡이를 앞으로 밀자 머리 감는 곳이 나타났다. 내가 상반신을 앞으로 구부리자, 그는 내 머리를 물에 적신 후에 샴푸와 린스로 감겨주었다. 시마즈 씨는 아무 말도 없이 나를 손님처럼 대하며 자기 할 일을 했다. 린스를 씻어낸 후에 수건으로 물기를 닦아내고 나서, 드라이어로 말렸다. 마지막으로 머리 모양을 정돈하고 스프레이를 뿌렸다.

"자, 다 되었습니다."

나는 눈을 떴다. 무의식중에 환성이 튀어나왔다.

단발머리는 생전 처음이었는데 머리칼은 옆으로 자연스럽게 흘러내리고 앞머리가 가볍게 이마를 가려줬다. 지적이고 청초해서 마치 내가 아닌 것 같았다.

나는 오른쪽, 왼쪽으로 얼굴의 방향을 바꿔봤다. 거울 속의 나는 미소를 짓고 있었다.

"어때? 잘 어울리는 것 같은데."

"고마워요. 너무 예뻐요."

"다행이네."

"얼마 드리면 되죠?"

"필요 없어."

"그러면 안 되죠."

그때 시마즈 씨의 배에서 꼬르륵 하는 소리가 제법 크게 났다. 그가 멋쩍은 듯이 머리를 긁적였다.

"실은 아까 밥 먹으러 가는 길이었거든."

내 배에서도 꼬르륵 하는 소리가 났다.

"그러고 보니 저도 어제부터 아무것도 먹지 않았네요. 그럼, 뭐 좀 만들어드릴까요?"

"그다지 밥을 해 먹지 않아서 쓸 만한 재료가 없을 거야. 역 근처에 가면 늦게까지 하는 선술집이 있긴 하지."

"미타카 역?"

"아니, 이노카시라 선의 이노카시라 공원 역이야. 걸어서 5분 정도 걸릴까?"

"가요. 제가 사드릴게요. 머리 잘라주신 답례로요."

"아니, 그러기엔……."

"그 전에 잠깐 기다려줄래요?"

"왜 그러는데?"

"이왕이면, 화장하고 싶어서요. 머리 감을 때 지워진 것 같아요."

선술집은 처마 끝에 빨간 등이 달려 있었고, 내부에는 딸랑 카운터석 4개와 유치원생이나 쓸 만한 테이블 2개가 있는 조용한 가게였다. 손님은 3명 있었는데, 모두 회사에서 퇴근한 듯한 남자들이었다.

나와 시마즈 씨는 테이블에 마주 앉았다. 메뉴는 시마즈 씨가 적당히 주문했다. 맥주로 건배를 하자, 닭꼬치, 고기감자, 어묵볶음, 참치회, 구운 주먹밥 등이 차례차례 나왔다. 시마즈 씨는 꽤나 배가 고팠는지 걸신들린 듯 먹어치웠는데, 그의 먹는 모습이 호쾌해 보여서 매력이 있었다. 나도 덩달아서 음식을 신나게 먹었다. 나름대로 손맛이 살아 있었다.

시마즈 씨는 나에 대해 이런저런 걸 물어보지도 않고 오직 이발사 초기 시절의 이야기만을 늘어놓았다.

"처음에는 견습생 형태로 용돈 정도의 월급을 받으면서, 이른 아침부터 밤늦게까지 하루 15시간 정도 일을 했지. 자는 시간도 부족했어."

"그만둘 생각은 안 했어요?"

"우리 집은 할아버지 때부터 대대로 이발사였기 때문에 다른 직업을 갖는다는 건 생각해보지도 않았어."

"그럼, 할아버지 때부터 하던 가게는요?"

"형들이 하고 있어. 분점도 낼 정도로 커져서 그 지역에서는 나름대로 유명하지."

"그 가게를 도와주지는 않아요?"

"여러 가지 사정이 있어서 집을 나왔어. 나도 오기가 있지. 이제 와서 돌아갈 수는 없어."

시마즈 씨가 어린아이처럼 입을 삐죽댔다.

"오랫동안 가보질 않았군요?"

"14, 5년쯤 되려나……."

"가보고 싶다는 생각은 안 드나요?"

"……부모님은 잘 지내실까, 그것만 궁금할 뿐이야."

"실은, 저도 3년 전에 가출했어요."

"그래서 도쿄로 온 건가?"

"도쿄는 오늘 처음 왔어요. 지금까지는 여기저기 돌아다녔죠."

배를 채우고 적당히 취해서 가게를 나오면서 내가 돈을 냈다. 시마즈 씨가 내려고 했으나, 내가 슬쩍 노려보자 점잖게 물러섰다.

나와 시마즈 씨는 어깨를 움츠리고 떨면서 집으로 돌아왔다. 시마즈 씨가 목욕물을 데워주었고, 나는 그보다 나중에 목욕을 했다. 우리 집에서는 남자가 먼저 목욕을 한다고 하자 시마즈 씨도 이해해주었다.

목욕을 하고 나오니 유카타가 준비되어 있었다.

"깨끗이 빨아놓은 거니까 입어."

죽은 아내의 것인 듯해서 약간 미안했지만 그냥 입기

로 했다. 시마즈 씨가 텔레비전이 있는 방으로 안내했는데 이미 요와 이불이 깔려 있었다. 서랍이 딸려 있는 옷장 위에는 약 상자와 기념품용으로 보이는 인형이 놓여 있었고 벽 쪽으로는 다리가 짧은 테이블이 놓여 있었다.

"좀 좁지만 이 방을 사용해. 추우면 전기 화로를 켜고."

"시마즈 씨는요?"

"건너편 다다미방에서 자면 돼."

"그래요. 여러 가지로 고마워요."

"잘 자."

"안녕히 주무세요."

시마즈 씨가 문을 닫았다.

전등을 끄고 요 위에 앉자 사방이 조용했다. 생각해보면 주택에서 자보는 건 정말 오랜만이었다. 오노시마의 집을 나온 이후로 아파트에서만 살았다. 집에는 그 집에 살아온 사람들만의 냄새가 배어 있고 가족의 역사가 새겨져 있기 마련이다. 그건 정말 좋은 것이다.

집 어딘가에서 괘종시계가 밤 11시를 알렸다.

나는 일어나서 문을 열고 복도로 나섰다. 생각보다 추웠다. 장지문이 닫혀 있는 방 앞에서 허리를 굽히고 귀를 기울였다. 양손을 손잡이에 대고 조용히 열었다. 주황색 야간 등이 은은하게 켜져 있었고, 시마즈 씨는 이불을 덮고 눈을 감고 있었다. 가슴이 천천히 상하로 움직였다.

나는 방으로 들어가 장지문을 닫았다. 방 안쪽에는 불단이 있었는데, 그 앞에 놓여 있던 여성과 남자아이의 사진이 보이지 않도록 덮고 불단의 문을 닫았다. 시마즈 씨 쪽으로 방향을 틀어 유카타를 벗고, 속옷까지 벗어 다다미에 떨어뜨렸다.

그 소리에 시마즈 씨가 눈을 떴다. 내 알몸을 올려다보는 그의 눈이 휘둥그레졌다.

"왜 그래……?"

나는 이불 속으로 들어갔다.

"아니……. 나는, 그런 마음으로……."

나는 시마즈 씨의 입술에 손가락을 댔다.

"부탁이에요, 나를 부끄럽게 만들지 말아줘요."

이렇게 속삭이며 그의 몸에 가까이 다가갔다.

다음 날부터 나는 가게의 일을 도왔다. 청소부터 증기 타월 준비하기, 돈 계산하기까지 하나하나 배웠는데 모든 것이 새로운 경험이라서 재미있었다. 시마즈 씨는 요령이 있다고 칭찬도 해주었다.

가게는 오래된 만큼 단골 손님이 많았다. 거의가 남자 손님으로 대부분 "항상 하던 대로 해주세요"라며 머리를 맡겼다.

그런 손님들에게 내 존재는 충격적이었던 것 같다. 시마즈 씨도 나를 어떻게 설명해야 할지 망설였지만, 먼 친척인데 잠시 일을 돕게 하고 있다는 애매한 변명을 늘어놓았다. 그러나 손님 중에는 그런 변명을 믿지 않는 사람이 많았다.

"어이, 시마즈 씨, 언제 소리 소문 없이 장가 간 거야?"라는 놀림을 받기도 했다.

시마즈 씨의 얼굴이 빨개졌다. 결국은 친척이 아니고 동거하는 상대라고 밝혀졌지만, 그렇다고 평판이 떨어지지는 않았고 오히려 역성 들어주는 손님들이 많았다.

"이제 내가 다 안심이 되네. 시마즈 씨, 좋은 사람입니다. 잘 부탁해요"라며 나에게 부탁을 할 정도였다.

시마즈 씨와의 하루하루는 믿을 수 없을 만큼 평온했다. 아침에 같이 일어나서 시마즈 씨는 가게 문 열 준비를 하고, 나는 아침을 만들었다. 아침 8시부터 저녁 7시까지 영업시간에는 시마즈 씨가 이발을 하면 내가 머릴감기거나 계산을 했다. 일이 끝나면 청소를 마치고 저녁 식사를 했다. 일요일 밤에는 밖에서 술을 마셨다. 밤에는 함께 목욕을 하고, 잠자리에서 사랑을 나눴다. 기분 좋은 피로감에 싸여 푹 자고, 아침 해와 더불어 눈을 뜨는 그런 두 달이 꿈처럼 지나갔다.

내가 두 공기째 밥을 듬뿍 담아 시마즈 씨에게 건네주면, 그는 "땡큐"라고 하며 받았다. 그는 언제나 밥이 마치 목에 빨려 들어가듯이 먹었다. 볼을 한껏 부풀려 굉장히 빠른 속도로 씹어 삼키는데, 마치 필름을 빠르게 돌리는 것 같았다.

내가 그의 그런 모습을 신기한 듯 바라보자 그가 볼을 부풀린 채 눈을 들었다. "왜?"라고 말하는 듯했지만, 밥이 입에 가득해서 뭐라고 하는지 알아들을 수가 없었다.

나는 킥 하고 웃었다.

"먹는 모습이 남자다워서요."

시마즈 씨가 흥 하고 코웃음을 치며 다시 먹기 시작했다. 식사 후 차를 마시면서 말했다.

"나는 형제가 6명이나 되었기 때문에 빨리 먹지 않으면 밥을 얻어먹기 힘들었지. 그래서 어릴 때부터 빨리 먹는 습관이 붙어버렸어. 그런데 이 나이가 되도록 고쳐지질 않아."

"고치지 않아도 좋은데, 목에 걸리지는 않아요?"

"1년에 두세 번 정도."

시마즈 씨가 너무 순진한 얼굴로 이야길 하자 나는 하하 하고 웃었다.

"그런데요, 가게에서 시마즈 씨를 뭐라고 부르면 좋을까요?"

"겐지 씨라고 하면 되지 않을까?"

"그래도 일과 사생활은 구별하는 게 좋지 않아요?"

"보기보다 보수적이네. 어떻게 부르고 싶은데?"

"생각해봤는데, 선생님이라고 하는 건 어떨까요?"

시마즈 씨가 마시려고 하던 차를 풉 하고 내뱉었다.

"나보고 선생님이라고? 제발 참아줘."

"그런가? 제가 가보았던 미용실에서는 모두 선생님이라고 부르던데."

"그런 어색한 말보다는 겐지 씨라든가, 당신이라든가, 아무튼 친숙한 표현이 좋겠어. 아무리 일하는 곳이라도 말이야."

"당신이라고 하는 건 약간 뻔뻔스러운 것 같아요. 부인도 아닌데 말이에요."

내 말에 시마즈 씨가 젓가락을 놓았다. 그는 묘한 표정으로 양손을 무릎 위에 모았다.

"그래서 말인데……."

"네?"

"아예 이참에 확실히 호적에 올렸으면 하는데."

나는 시마즈 씨의 얼굴을 쳐다봤다. 분위기가 심상치

않아 나도 들고 있던 밥공기와 젓가락을 상 위에 놓고 양손을 앞으로 모았다.

"그 말, 결혼하자는 거예요?"

"그래. 물론 당신이 싫다면 어쩔 수 없겠지만 말이야. 보다시피 나는 젊지도 않고, 조그만 이발소 주인에 불과해. 거절당해도 어쩔 수 없다고 생각해."

시마즈 씨가 자신 없는 듯 눈을 피했다.

나는 심장이 뛰었다. 날아오를 듯한 마음을 달래며 힘껏 미소를 지었다.

"시마즈 씨, 사실 아직 저에 대해서 잘 알지도 못하잖아요. 제가 어떤 여자인지 알게 되면, 틀림없이 경멸할 거예요. 저는 시마즈 씨에게 어울리는 여자가 아니에요."

"당신이 어떤 과거를 가지고 있는지 나는 잘 모르지만, 말하고 싶지 않으면 아무것도 말하지 않아도 돼. 과거의 일은 어찌 됐든 상관없어. 나는 다만…… 당신과 함께, 쭉 함께 살고 싶을 뿐이야."

나는 가슴이 북받쳐 오르는 것을 억누를 수가 없었다. 무리하게 웃으려 하다 보니 뺨이 떨려왔다.

"당혹스럽네요. 이런 말을 들을 줄은 꿈에도 생각 못 했는데."

나는 눈을 감고 아래를 내려다봤다. 숨을 크게 들이마

시고 내뱉었다.

희망을 갖자. 지금만큼은 희망을 갖고 앞날을 보자. 아무리 큰 슬픔이 닥쳐온다 해도.

나는 마음속으로 단단히 각오를 했다. 눈을 뜨고 시마즈 씨를 똑바로 바라보며 말했다.

"확실하게 말해줘요."

"뭘?"

"프러포즈하는 말."

시마즈 씨가 등을 세우더니 내 눈을 똑바로 쳐다봤다.

"마츠코, 나와 결혼해줘."

나는 숨을 깊이 들이마셨다.

"네."

시마즈 씨를 쳐다보는 내 눈에서 눈물이 흘러내렸다.

부엌에 들어오니 밖에서는 새가 지저귀는 소리가 들리고, 아침 햇살이 비치는 창문은 황금빛으로 빛나고 있었다. 이제 슬슬 타마 강의 벚꽃도 꽃망울을 터뜨리겠지.

나는 앞치마를 하고 쌀통에서 쌀을 꺼내 싱크대에서 씻었다. 씻은 쌀을 전기밥솥에 넣고 스위치를 누르고 나서 냄비에 물을 담아 불에 올렸다. 물이 끓을 동안엔 도마에서 무를 썰었다. 시마즈 씨는 무를 듬뿍 넣은 된장국을 좋아했다.

어젯밤의 대화를 생각하니 얼굴에 저절로 미소가 떠올랐다.

프러포즈를 받은 후 나는 시마즈 씨와 우리의 미래에 대해 이야길 나누었다. 시마즈 씨는 나중에 나도 이발사나 미용사 자격증을 따면 어떻겠냐고 했다. 그렇게 되면 나도 함께 이발을 할 수 있고, 만약에 미용사 자격증을 따면, 새롭게 여자 손님을 불러모을 수도 있다. 돈이 모이면 미용실을 별도로 차리는 것도 좋다. 그건 생각하지도 못했던 것이고, 정말 멋있는 아이디어였다. 나에게는 꿈만 같은 일이었다.

냄비의 물이 끓기 시작하자 가츠오부시를 넣고, 센 불에 확 끓인 후에 불을 끄고 가츠오부시를 걸러냈다. 새하얀 김과 함께 진한 국물이 올라왔다. 나는 김을 가슴 한가득 들이마셨다. 다시 불을 켜고 냄비에 무를 넣으려 할 때였다.

"뭐야, 당신들!"

가게에서 시마즈 씨의 화난 목소리가 들렸다. 나는 몸이 굳어졌다. 아직 문을 열기에는 이른 시간이었다. 게다가 시마즈 씨가 큰 소리를 내는 일은 거의 없었다.

나는 가스 불을 끄고 앞치마를 두른 채 가게로 나갔다.

가슴이 두근거렸다.

"당신 왜 그래?"

가게에는 양복 입은 남자 2명과 여자 경관 1명이 서 있었다. 3명이 함께 나를 쏘아봤다. 나는 경직되어 움직일 수가 없었다.

"안으로 들어가 있어!"

시마즈 씨가 돌아보며 나에게 소리를 쳤다. 얼굴은 뜨거운 물을 뒤집어쓴 듯 빨갰다.

"카와지리 마츠코지?"

남자가 물었다.

나는 고개를 끄덕였다. 다리가 떨리고 있었다. 방금 물은 남자가 경찰수첩을 꺼냈다.

"1월 28일, 시가 현 오츠 시의 맨션에서 31세의 오노데라 오사무가 흉기로 살해당한 사건으로 영장이 나왔다."

다른 형사가 종이를 한 장 보여주었다.

"뒤에도 경관을 배치했어. 단념해."

나는 시마즈 씨의 얼굴을 보았다. 그는 입을 벌린 채 눈도 깜박이지 않고 나를 쳐다보고 있다. 나는 형사 쪽으로 몸을 돌리고 말했다.

"알겠습니다. 준비할 테니까, 좀 기다려주세요."

여경관이 앞으로 나섰다. 키가 작고 피부가 하얀 편이

나, 몸매는 늠름했고 장딴지는 단단해 보였다.

"제가 함께 가겠습니다."

"도망가지 않을게요."

"아니, 함께 가야 합니다. 혹시나 예상치 못한 일이 발생하면 안 되니까요."

나와 여경관은 서로 노려보았으나 내가 먼저 눈을 피했다.

"이봐, 대체 뭐야. 마츠코가 뭘 했다는 거야!"

시마즈 씨가 나와 형사들을 차례로 보며 외쳤다.

여경관이 시마즈 씨의 옆을 지나가려 할 때 "안 돼!" 하며 그가 막으려 했으나 2명의 형사에게 저지당했다. 여경관은 태연하게 내 팔을 잡았다.

"사람들이 모여들기 전에 빨리 준비하는 게 신상에 좋을 거예요."

여경관이 앞을 보면서 재촉했다.

"내가 자살이라도 할 거라고 생각합니까?"

내가 물었지만 대답은 없었다.

나는 안으로 들어갔다. 뒤에서 시마즈 씨의 목소리가 들려왔다. 울먹이고 있었다.

"당신 말이야, 전국에 지명수배되었다는 사실을 몰랐어요?"

여경관이 조용히 물었다.

"하다못해 가명을 쓰겠다는 생각도 해보지 않았어요?"

나는 아무런 대답 없이 필요한 물건을 가방에 넣었다. 거울 앞에 앉아 립스틱을 발랐다. 거울 속의 여경관은 내가 립스틱을 삼키지 않을까 의심하듯이 냉정한 눈으로 바라보았다.

"끝났어요?"

"잠깐만요."

나는 오늘 아침 금방 배달된 신문에서 광고를 빼냈다. 뒷면이 백지인 두꺼운 것을 골라 뽑았다. 그곳에 립스틱으로 편지를 썼다.

고마워요. 짧은 시간이었지만 행복했어요. 날 잊어주세요.

마츠코.

2

"제일 멋진 여자라……."

번화가의 한복판에 있는 호텔답게 로비에는 비즈니스맨 스타일의 외국인이 많았다. 나는 고급 호텔에 발을 들여놓는 것 자체가 처음이라서 그다지 마음이 편하지 않았다. 쫓겨나지는 않을까 걱정하면서 자주색 양탄자 위를 걷다가 굵은 기둥 아래에서 소파를 발견하고는 우선 그곳에 앉았다.

주위에는 양복이나 정장을 입은 사람들뿐이고, 들려오는 말은 일본어보다 영어가 많을 정도였다. 프런트 담당자나 벨보이들도 밝은 표정을 지으며 자연스럽게 영어로 이야기하고 있었다.

나는 사와무라 사장에게 전화를 한 후에 히카리 아파트에 돌아가서 콧수염 난 이상한 놈의 방에다 대고 욕을 한바탕 해주고, 기타센주 역으로 향했다. 아직 시간이 있었기 때문에 역 근처의 패스트푸드점에 들어갔다. 히카리 아파트를 처음 방문했던 날 아침에 아스카와 함께 아침을 먹은 바로 그 가게다. 생각해보니 그때부터 이틀밖에 지나지 않았다.

햄버거와 감자튀김과 콜라로 배를 채운 다음에 닛포리로 나가 야마노테 선을 타고 도쿄 역까지 갔다. 마루노우치 중앙 개찰구로 나와서 근처의 파출소에 길을 물어보고는 배기가스가 넘쳐나는 에이타이 거리를 지나 팰리스 호텔에 도착한 것이다.

시계를 보니 조금 있으면 약속시간인 4시가 된다. 전화상의 느낌으로는 시간에 정확한 사람인 듯하니, 곧 도착하겠지.

프런트 옆에 있는 3개의 엘리베이터 중 가운데 것이 열리고, 북유럽 스타일의 금발 미녀가 나타났다. 검은 가죽 바지에 가슴이 파인 흰 셔츠를 입었다. 눈은 에메랄드그린이라고나 할까? 날 보고 웃은 것 같기도 했으나 아무 일 없이 서둘러 지나쳐가 버렸다. 터질 듯 볼륨감 있는 히프를 보면서 저 여자는 아니겠지, 라고 생각했다.

"쇼 군?"

금발 미녀의 히프에서 눈을 돌려보니 이번엔 동양 미녀가 서 있었다. 키는 나와 비슷했다. 표범무늬 캐미솔, 같은 무늬로 된 무릎까지 오는 스커트, 발에는 검은 하이힐, 스커트는 옆이 터져 있어 허벅지의 곡선이 들여다보였다. 확 드러나는 가슴이나 어깨는 윤기가 있어서 눈이 부실 정도다. 양쪽 끝이 위쪽으로 올라간 입술은 젖은 듯이 촉촉하고, 완벽하게 메이크업된 눈언저리는 매료당할 것 같은 빛이 서려 있었다. 붉은색으로 물들인 머리는 대담하게 뒤로 묶어서, 큰 진주가 박힌 귀걸이와 가늘고 긴 목이 훤히 드러나 보였다. 수영이나 에어로빅이라도 하고 있는 듯 균형 잡힌 몸매에 군살은 하나도 없었다.

나이는 서른 살 정도일까? 어찌 보면 더 젊은 것 같고, 어찌 보면 더 늙어 보이기도 하지만, 여하튼 자기 입으로 '멋진 여자'라고 할 수 있을 만큼 정말로 '멋진 여자'였다. 비교하는 것 자체가 미안할 만큼 아스카는 아직 어린아이 수준이다.

"아닌가?"

미녀가 머리를 갸웃했다. 나는 일어서서 차려 자세를 했다.

"네, 카와지리 쇼입니다."

"역시, 그럴 거라 생각했어."

약간 허스키한 목소리가 쿨하게 울렸다.

"어떻게 아셨습니까?"

"여기 분위기하고 제일 안 어울리니까."

"……."

"다시 한 번 내 소개를 하지. 나는 사와무라 메구미라고 해."

"카와지리 쇼입니다."

사와무라 사장이 피식 하고 웃었다.

"꽤 귀엽네. 이야기는 차에서 하자고."

사와무라 사장이 휙 하고 방향을 바꿔 호텔 정문 출구를 향해 걸어갔다. 나는 급히 사와무라 사장을 따라갔다.

호텔 밖으로 나오자 지하주차장에서 흰색 벤츠가 올라와 우리들 앞에 정지했다. 재빨리 호텔 벨보이가 뒷문을 열었다. 사와무라 사장이 "고마워"라고 하며 올라타고 나는 그 뒤를 따라 "고맙습니다"라고 말하며 탔다. 문이 닫히고 벤츠가 움직였다. 운전석에는 젊은 남자가 앉아 있었다. 룸미러에 비춰진 눈과 옆얼굴을 보니 상당히 잘생긴 얼굴이었다.

고급 호텔, 흰색 벤츠, 표범무늬 천으로 둘러싸인 미녀, 그리고 미남 운전수. 나와는 살고 있는 세계가 하늘과 땅

만큼 달랐다. 정말 달랐다. 진짜로 마츠코 고모가 이런 사람들과 친분이 있었을까?

"자, 묻고 싶은 게 뭐지?"

사와무라 사장이 양손을 배 위에 올리고 긴 다리를 꼬았다. 스커트의 슬릿이 펄럭 하고 벌어지자 선정적인 향기가 차 안에 꽉 들어찼다.

"참, 질문을 받기 전에 다시 물어보겠는데, 마츠코가 죽었다는 게 정말인가?"

"네."

"살해당했다는 것도 정말이야?"

"그렇습니다."

"누가 그랬는지도 모른다는 거지."

"경찰은 류 씨를 의심하고 있는 듯합니다."

사와무라 사장이 가늘고 긴 담배를 손에 들었다. 그러면서 나를 슬쩍 봤다.

"아, 괜찮아요. 피우세요."

사와무라 사장이 라이터를 꺼내어 귀찮은 듯이 불을 붙였다. 연기를 휴우 하며 내뿜었다.

"의심받을 만도 하지."

"류 씨는 범인이 아닙니다."

"당연하지. 나도 그 정도는 알아. 혹시 그 남자가 나에 대해서 뭐라고 했어?"

"보통 사람과 조금은 다르지만, 대단한 수완을 가진 사업가로 업계에서는 유명하다고 하셨습니다."

"후후, 그것뿐이야?"

사와무라 사장이 재미없다는 듯이 담배를 계속 피웠다. 한참이나 같은 자세로 담배를 피우던 그녀가 고개를 돌려 나에게 물었다.

"이봐 쇼 군, 내가 몇 살로 보여?"

"……서른 살 정도?"

사와무라 사장의 팔이 가까이 왔다. 그러더니 내 머릴 잡고 끌어안았다. 나는 사와무라 사장의 젖무덤에 얼굴이 처박혀 숨을 쉴 수가 없었다.

사장의 팔에서 힘이 빠지나 했더니 이번에는 쪽 하고 키스세례를 퍼부었다. 겨우 해방되어 멍해 있는 날 보고 사와무라 사장이 만면에 웃음을 지었다.

"틀렸습니다. 정답은 마흔아홉 살."

나는 턱이 빠질 정도로 입을 벌렸다.

마흔아홉 살이라면 우리 엄마와 동갑이잖아?

"자, 인사는 이 정도로 하고 본론으로 들어가자고."

사와무라 사장이 웃음을 거뒀다.

"듣고 싶은 게 뭐지? 내가 알고 있는 거라면 전부 다 이

야기해주지. 죽은 사람에게 미안한 이야기까지 다 해줄 수
도 있어."

나는 입술을 손으로 훔쳤지만 심장은 아직도 두근거렸
다. 룸미러를 보자 운전수는 눈썹 하나 까딱하지 않았다.

나는 크게 숨을 들이마시고 내뱉었다.

"저……, 마츠코 고모와 마지막으로 만나신 게 언제입
니까?"

"시마자키, 카오리 병문안 간 게 언제였지?"

"7월 9일입니다."

운전기사가 부드러운 목소리로 대답했다.

"7월 9일이야."

"그때 마츠코 고모의 모습이 어땠는지 말씀해주시지
않겠습니까?"

"그날 아다치 구의 병원에 병문안을 갔어. 사무실 여자
애가 입원했거든. 병실에 들렀다가 병원을 나가려고 대
기실 앞을 지나는데, 원무과 직원이 이름을 부르는 소리
가 들렸어. 카와지리 마츠코 씨라고. 나는 무의식중에 멈
춰 서서 그쪽을 봤어. 그러자 긴 의자에 앉아 있던 여자
가 일어서서 원무과 창구에서 돈을 내더라고. 같은 이름
을 가진 사람일지 몰라서 망설이긴 했지만, 눈 딱 감고
불러봤더니……, 그 사람이 18년 만에 만나게 된 마츠코

었어."

"살이 쪘다고 하던데요?"

"그래. 예전에 비해서는 살이 많이 쪘더군. 머리도 부스스하고, 입고 있는 옷도 구깃구깃한 티셔츠에 싸구려 스커트였어. 옛날과는 전혀 달랐지. 이름을 듣지 않았다면 절대 알 수 없었을 거야."

"마츠코 고모는 사장님을 금방 알아보았나요?"

"아마도. 나는 변하질 않았거든."

"……그렇겠네요. 마츠코 고모는 어떤 생활을 하셨습니까?"

"그것까지는 모르지. 주소도 가르쳐주지 않았고 말이야. 내 생각에 마츠코는 나를 만난 것이 부담스러운 듯한 느낌이었어."

"사장님께서는 마츠코 고모에게 어떤 말씀을 하셨나요?"

"주제넘다고 생각은 했지만, 우리 회사에서 일할 생각은 없느냐고 물었지. 보니까 애처로운 생각이 들어서이기도 했지만, 회사에 전속 미용사가 필요하기도 했거든."

"미용사? 마츠코 고모가 미용사였나요?"

"그래. 정말 솜씨 좋은 미용사였지. 몰랐어?"

나는 머리를 저었다.

"아까 류 씨가 학교 선생님이었다고 해서 깜짝 놀랐는데……."

"학교 선생님? 그건 내가 처음 듣는 소린데."

나와 사와무라 사장은 잠깐 동안 서로를 쳐다봤다.

사와무라 사장이 다시 앞을 쳐다봤다.

"뭐, 좋아. 그래, 어디까지 이야기했지?"

"카와지리 마츠코 씨에게 우리 회사에서 미용사로 일하지 않겠냐고 권유했다는 데까지입니다."

운전석에서 대답 소리가 들려왔다.

"고마워, 시마자키. 물론 공백 기간이 있으니까 금방 써먹을 수 있을지는 몰랐지만, 기회만은 주고 싶었거든. 마츠코에게도 확실하게 말했어. 그럴 마음만 있으면 얼마든지 기회를 주겠다고. 자신의 선택이 가장 중요하다고 말이야."

"마츠코 고모는 뭐라고 했죠?"

"말도 안 된다고, 할 수 없다고 계속 거절했어. 내가 자선사업가도 아니고, 굳이 의욕도 없는 사람까지 도와줄 수는 없지. 그래서 명함을 주고 생각이 있으면 연락하라고 하고 헤어졌어."

"결국 연락은 오지 않았군요."

"오지 않았어. 죽었다니 기다려봤자 올 수도 없었겠지

만 말이야."

사와무라 사장이 애처로운 듯 웃었다.

"그래도 기다리셨죠?"

"……기다렸지. 기다렸다기보다는 믿었다고 할까? 마츠코는 똑똑한 사람이니까, 이대로는 안 된다고 틀림없이 깨달을 거라고 생각했지."

사와무라 사장이 눈을 깜박였다. 담배를 입에 물고, 볼을 오목하게 하여 연기를 빨자, 담배 끝이 반짝하고 빛을 냈다. 그 후 담배를 재떨이에 비벼 껐다.

"18년 전에 두 분은 어떤 관계였습니까?"

"내가 가끔 가는 미용실에 마츠코가 미용사로 일하고 있었어. 그때는 지금과 반대로 내가 먼저 마츠코를 알아봤지만, 마츠코는 나를 알아보지 못했던 것 같았어. 그래, 무리도 아니지……. 그래, 그 남자가 마츠코와 만난 것도 같은 미용실이었을 거야."

"그렇습니까? 그 미용실은 도쿄에 있나요?"

"맞아, 긴자에 있는 미용실. 지금도 있을걸."

"그때는 아직 뚱뚱하지 않았나요?"

"그랬지. 훨씬 날씬했어. 예전 모습 그대로였다고나 할까. 아니, 오히려 예전보다 더 예뻐 보일 정도였어. 어쩌면 화장을 했기 때문인지도 모르겠지만 말이야."

사와무라 사장의 표정이 부드러워졌다.

"그 당시의 마츠코는 너무나 예쁜 눈을 가지고 있었지. 온 힘을 다해 뭔가를 향해 달려가는 느낌이었어. 나는 그런 사람을 좋아하거든."

"그런데 마츠코 고모는 왜 미용사가 되었을까요?"

"글쎄."

사와무라 사장이 장난치듯이 대답했다.

"여하튼 아까도 이야기했지만, 미용사로서 솜씨는 대단했어. 내 머리는 꼭 마츠코에게 부탁했지. 물론 옛날부터 알고 지냈다는 이유도 있었지만, 그뿐만은 아니었어. 다른 손님들에게도 꽤나 인기가 좋았거든."

"저, 처음으로 사장님이 마츠코 고모를 알게 된 건 어디죠?"

사와무라 사장이 갑자기 멈칫했다.

"그러니까, 미용실에서……."

"그때는 이미 알고 있었던 게 아닌가요?"

"내가 그런 말을 했던가?"

"하셨습니다. 전보다 예뻐졌다든가, 원래 친분이라든가……. 그러니까 그건 그보다 이전에 어디선가 만났다는 거죠?"

사와무라 사장이 혀를 찼다.

"저, 또 하나 기본적인 걸 물어봐도 될까요?"

"뭐?"

"사와무라기획은 어떤 회사죠?"

사와무라 사장이 한숨을 쉬었다.

"쇼 군, 그건 굉장히 무례한 질문이야. 그래도 한 회사의 사장을 만나는데, 그 회사의 기본적인 정보는 파악하고 와야지. 우리 회사는 홈페이지도 있고, 얼마든지 알아볼 수 있잖아. 시간이 없었다고는 하지 마. 그런 말은 자신이 무능하다는 말과 같은 말이야."

나는 미안해서 몸이 쪼그라들었다.

"죄송합니다."

"그래, 좋아. 우리 회사는 모델이나 배우를 데리고 있는 연예기획사야."

"연예기획사……. 유명한 사람이 많이 있나요?"

"사와무라기획이라는 이름, 정말 들어본 적 없어?"

사와무라 사장의 얼굴에 의미심장한 미소가 떠올랐다.

"쇼 군도 좋아할 거 같은데……. 성인 비디오 본 적 없어?"

"성인……. 그러면 사와무라기획에 소속되어 있는 배우들이란 게……."

"그래. 에로 배우나 스트립 댄서, 아니면 TV 드라마나 영화에서 유명 여배우의 대역으로 알몸이 되거나 하는 여자애들이지."

온몸에서 땀이 배어나왔다.

"그러면…… 마츠코 고모가 혹시 그 회사 소속?"

"아니. 전혀 관계없어."

마츠코 고모가 소속 배우였다면 사와무라 사장과의 친분을 이해할 수 있었다. 하지만 사와무라 사장의 표정은 거짓말이 아닌 듯했다. 도대체 나로서는 알 수가 없었다.

"꼭 알아야겠어?"

"네."

"할 수 없지. 그다지 밝히고 싶지는 않지만 말이야."

사와무라 사장이 잠시 생각에 잠겼다가 천천히 고개를 들었다.

"마츠코와 만난 지 벌써 27년이나 지났네……."

그녀의 입언저리에 알 수 없는 미소가 떠올랐다.

"우린 담장 안에서 만났지."

"네?"

사와무라 사장이 눈가를 찡그렸다.

"눈치가 없네. 교도소 말이야."

3

　판결문. 피고인을 징역 8년에 처함. 그중 살인죄 7년, 각성제 관리법 위반 1년으로 함. 미결구류일수 113일을 본형에 산입함.

　피고인은 1947년 8월 2일, 카와지리 츠네조와 타에의 장녀로서, 후쿠오카 현 오카와 시 오아자오노시마에서 태어남. 2년 후에는 남동생 노리오, 이어 3년 후에는 여동생 쿠미가 태어남. 아버지는 시청의 총무과에 근무하는 지방공무원으로, 가정은 경제적으로 안정되어 있고 아무 문제도 없었으나, 여동생이 세 살 때 큰 병을 얻어 입원, 이후에도 입원치료를 반복하게 되자, 피고인은 그때부터 아버지의 관심이 자신으로부터 떠나가는 것을 느끼고, 그것을 막아

보려고 한층 학업에 전념하여 성적은 항상 상위권을 유지했고 학급의 반장으로 선출되기도 함.

고등학교에 들어가서도 성적은 계속 상위권을 유지하여, 대학 선택에 있어서 이공계에 재능을 보인 피고인은 도쿄 소재 대학의 이공계에 진학하기를 희망했으나, 피고인의 아버지는 피고인이 그 지역의 대학교 문학부에 입학해서 교직원의 자격을 취득하고 그 지역의 학교에서 교사가 되기를 희망하였다. 피고인은 이 사실을 알고 자신의 희망을 관철시키지 않고, 아버지의 뜻에 따라 K대학 문과대에 합격함.

대학 4년간은 본가를 나와 대학 근처의 아파트에서 혼자 살았고, 그 사이에 친구들과도 친분이 좋았으며 나름대로 의미 있는 대학생활을 보냈으나, 특정한 남자 친구를 만드는 일은 없었다. 재학 중에 교사 자격을 취득하고, 졸업 후에는 아버지의 희망대로 고향에 있는 오카와 제2중학교의 국어교사로 부임함.

(…)

다음 날 아침 10시경, 오노데라 오사무가 귀가함. 피고인은 한숨도 자지 못했으나, 오노데라에게 몸 파는 일을 그만두고, 둘이서 작은 식당을 하자고 제안함. 작은 식당은 죽은 친구 S의 꿈이었고, 친구를 대신하여 자신이 꿈을 실현해주려고 생각했던 것이었으나, 오노데라는 그 제안에 난

색을 표시함. 오노데라의 태도에 의심을 품었던 피고인은 맡겨두었던 예금통장을 보여달라고 추궁한바, 오노데라는 건네준 돈뿐만 아니라, 그 이전에 저금해두었던 돈까지 마음대로 써버린 것을 알게 되어, 마치 오노데라가 친구의 꿈을 짓밟아버린 것으로 생각하여 흥분함. 말다툼하던 중에 오노데라가 바람을 피운 것까지 발각되어 이제 그런 생활에서 벗어나고 싶다고 생각하게 됨. 그러나 오노데라는 그런 피고인의 심정에는 아무런 이해심도 나타내지 않고, 도리어 마약을 하면 마음이 바뀐다고 하며 강제로 주사하려고 함. 오노데라를 피하기 위해 피고인은 식칼을 들고 상대했으나, 오노데라는 피하지 않고 해볼 테면 해보라고 도발했기 때문에 피고인은 충동에 휩쓸려 칼을 휘둘렀으나, 쉽게 손을 잡힘. 그 이후 넌 이제 꼴도 보기 싫다, 야마시나의 여대생과 함께 살기로 했다, 널 노리는 녀석도 있으니 그 녀석을 소개해주겠다 등 마치 오노데라는 피고인을 인간이 아닌 물건으로 취급하고 있다는 것을 느끼고, 후회의 눈물을 흘렸으나 남자의 힘에는 대항할 수가 없었음. 그러나 손목을 꺾여 잡힌 상태에서 칼이 떨어질 때, 우연히도 칼끝이 오노데라의 발등을 찔러 오노데라는 비명을 지르며 괴로워 몸부림침. 피고인은 이때를 이용해서 바닥에 떨어진 칼을 주워 오노데라에게 들어 올렸던 칼을 힘껏 내리쳐서, 오른쪽 경동맥 파열에 의한 출혈 과다로 죽음에 이르도록 살해함.

(⋯)

변호인은 피고인이 충동에 내몰려 전인격적 판단을 할 수가 없었으며, 미필적 고의로 범행에 이르게 되었고, 심신상실의 상태거나 적어도 심신쇠약의 상태에 빠졌던 것이라고 주장함.

(⋯)

확실히 오노데라의 언동이나 행위에 비난받아 마땅한 점이 많고, 힘이 센 남성이 강제로 마약을 주사하려 해서 자기방위를 위해 식칼을 꺼낸 피고인의 행위는 충분히 이해할 수 있는 범주에 속함. 또한, 허탈한 죽음을 맞이한 친구의 꿈을 자신이 대신하여 이루어주려고 한 행위는 아름답다고도 할 만함. 그러나 이미 중상을 입어 몸을 움직일 수 없으며 저항할 수 없는 상태에 빠진 남성에게 칼을 내리꽂은 행위는 실로 잔인하고, 그 결과도 또한 지극히 중대하여 정당방위의 범주를 크게 벗어난 것으로 판단되며, 피고인의 책임이 크다는 사실은 확실함. 마약을 지속적으로 사용하게 된 것도 오노데라가 권했을 때 거절할 수도 있었으나, 피로를 완화시켜준다는 유혹에 빠져버린 피고인의 정신적 유약함은 지탄받아 마땅함. 또한, 비교적 경제적으로 윤택한 가정에서 자라 고등교육까지 받았으면서도 이와 같은 상황에 다다르게 된 배경에는 병약한 여동생 때문에 아버지의 애정을 충분히 받을 수 없었다는 사정은 있으나, 자기중심적이고 충동적이며, 지극히 좁은 대인관계를 가지고 있다는 점 등은 피고인의 성격에서 비롯된 것이기 때문에 자업자득이라고 해도 부정할 수 없는 측면이 있음. 피고인의 이러한 성격은 사건 후에도 경찰에 자수하려고 하지 않고, 자살한 옛 연인 곁으로 가고자 타마 강 상수까지 갔으면서도 자살을 하지 않고, 우연히 말을 건 남성 S와 쉽게 남녀관계를 갖고 부부와 다름없는 생활을 시작하는 등 제3자가 보면 이해하기 어려운 행동으로 나타남.

(…)

마약에 대해서는 소변검사에서 나타나지는 않았으나 스스로 사용했음을 자백했고, 집의 냉장고에 남아 있던 마약을 스스로 자신의 것이라 인정하는 등 반성의 자세가 보이지만, 피해자에 대한 사죄는 충분하다고 보기 힘들고, 살인이라는 범죄의 중대함을 인식하고 마음으로 반성하고 있다고는 도저히 생각할 수 없음.

(…)

이상 피고인에게 있어 유, 불리한 제반 사정을 고려하여, 이미 언급한 형량이 적절하다고 판단하고 상기 내용과 같이 판결함.

1974년 8월.

"저쪽 방이야, 먼저 들어가."

여자 교도관이 내뱉는 목소리가 뒤에서 들려왔다. 색이 바랜 녹색 상의와 바지를 입은 이 교도관은 안경을 쓴 마흔 살 정도의 뚱보로, 화장이 이상하리만큼 짙었다.

나는 '취조실'이라고 쓰여 있는 방 앞에 서서 철문을 열었다. 한 걸음 들어가서 멈추자 내부가 깜깜했는데, 찰칵하는 소리가 나면서 형광등이 켜졌다. 그와 동시에 천장에 달려 있는 선풍기가 돌아가기 시작했다.

좁은 방이었는데 벽 쪽에 나무로 된 책상과 의자가 놓여 있었고, 바닥에는 중앙에 2개의 흰 선이 그어져 있었다. 그 옆에는 옷 바구니 같은 것이 2개 놓여 있고, 그중 하나에는 회색 물건이 들어 있었다.

내가 방 한가운데로 들어가자 교도관도 들어와서 철문을 닫고 잠갔다.

"입고 있는 옷을 벗어. 이제 긴장하지 말고."

나는 고개를 끄덕이고, 가방을 바닥에 놓았다. 스웨터와 청바지, 속옷을 벗어서 비어 있는 바구니에 넣었다.

"거기 2개의 선에 걸쳐서 서."

나는 지시받은 대로 했다. 교도관이 내 주위를 한 바퀴

돌았다.

"다친 곳은 없나?"

"없습니다."

"그럼, 저쪽에 있는 죄수복으로 갈아입어."

교도관이 회색 옷을 가리켰다. 방금 벗은 팬티를 집으려 하자 교도관이 말했다.

"속옷도 전부 갈아입어야 해. 이제부터는 모두 지급된 것을 입는 거야."

"이 옷들은요?"

"출소 때까지 여기에서 보관하게 되어 있어."

죄수복이란 건 바구니에 들어 있던 회색 상의와 바지였다. 세탁을 하기는 했지만 낡고 늘어져서 볼품없었다.

옷을 갈아입은 후 교도관의 지시대로 종이처럼 얇은 고무 슬리퍼를 신고 가방을 가지고 방을 나오자, 바로 옆방인 보안과로 데려갔다. 안으로 들어가자 보안과의 직원들이 일제히 쳐다보는 바람에 나는 멈춰버렸다. 선풍기 소리가 들렸다.

"앞으로 가."

교도관이 뒤에서 명령했다.

나는 고개를 숙이고 걷기 시작했다. 정면에 '과장'이라는 명패가 놓인 책상에 남색 제복을 입은 여성이 앉아 있었는데 내가 가까이 가자 일어섰다. 사십 대 중반 정도일까. 몸집이 크지는 않았지만 힘 있는 눈초리가 자못 늠름한 분위기를 내뿜고 있었다. 화장도 자연스러운 느낌이었다.

나는 그 여성의 책상 앞에 섰다.

"데려왔습니다."

교도관이 내 옆에서 경례를 했다.

"수고했어."

여성이 경례에 답을 했다.

"카와지리 마츠코 씨. 나는 보안과의 세가와입니다. 확인을 위해 본적, 이름, 죄명, 형기를 말하십시오."

"후쿠오카 현 오카와 시 오노시마 XX번지, 카와지리 마츠코, 살인과 각성제 관리법 위반, 징역 8년입니다."

나는 술술 답했다. 세가와 과장이 자료를 보면서 고개를 끄덕이고는 자료를 책상에 놓고 눈을 들었다.

"카와지리 씨, 이곳에서는 첫 번째로 교도관의 지시에 따라주셔야 합니다. 집단생활을 하기 때문에 개별 행동은 허락되지 않습니다. 그리고 징역은 강제노동과 같아서, 병에 걸리지 않는 한 일할 의무가 있습니다. 처음 며칠간은 관찰공장이라는 곳에서 당신의 일에 관한 적성을 조사해봅니다. 또한 분류과에서는 IQ테스트나 심리테스트, 면접이 이루어집니다. 관찰공장에 있을 동안은 독거방이라 부르는 개인실에서 혼자서 생활하지만, 방이 결정되면 잡거방이라는 다인실로 옮기게 됩니다. 여하튼 다른 사람들과 트러블을 일으키지 않도록 노력해주시기 바랍니다. 지금 당신은 4급이지만 월 1회 있는 심사회에서 인정받으면 진급이 가능합니다. 진급이 되면 대우도 다르고, 빠른 가석방 조치를 받습니다. 알겠습니까?"

"네."

세가와 과장이 한숨을 내쉬고 내 얼굴을 뚫어지게 쳐다봤다.

"당신, 국립대학을 나와서 중학교 선생님을 했군요."

이번엔 사무적인 말투가 아니었다.

"말세야, 말세."

입언저리에 체념한 듯한 미소가 떠올랐다.

"방은 제2동의 제3실. 데려가세요."

과장은 다시 사무적인 말투로 명령했다.

보안과 직원이 가방 속의 물건을 하나하나 점검했다. 나는 칫솔을 받았고, 가방 속의 물건들은 밖에서 입던 옷과 함께 출소할 때까지 보관된다.

또 다른 교도관과 함께 보안과를 나왔는데 이 교도관은 젊고 나보다도 나이가 어려 보였다. 옅은 화장을 한 그녀는 내 옆에 바로 붙어서 딱딱한 표정으로 보조를 맞추듯이 걸었다.

건물은 보기에도 딱딱한 시멘트 건물이었는데 중앙에 높은 탑이 솟아 있고, 그 탑을 감싸고 2층 구조의 감방이 줄지어 있었다. 교도관의 명령에 따라 나는 문을 열고 건물 안으로 들어갔다.

안은 너무나도 조용했다. 천장이 이상할 정도로 높고, 한여름인데도 싸늘할 정도였다. 교도관이 문을 닫자 그 소리가 건물 안에 울려 퍼졌다.

이곳에 또 다른 교도관이 기다리고 있었다. 첫 번째 교도관과 다른 사람이었으나 닮은 듯한 뚱뚱한 사십 대로 역시 화장이 짙었고, 머리는 곱슬곱슬한 파마에 눈에는 아이새도와 마스카라를 덕지덕지 칠해 도깨비처럼 보였다.

나는 이 교도관에게 인계되어 6번이라는 번호를 받고, 1층의 제3실로 갔다.

방은 다다미 2장 정도의 넓이로 사방은 콘크리트였고, 채광을 위한 높은 창은 철창살로 막혀 있었다. 다다미 위에는 요와 이불이 한 벌 있었고, 구석에는 나무로 허술하게 만든 변기와 세면대, 책상이 놓여 있었다.

"비치되어 있는 『수감자 준수사항』을 잘 읽어보도록. 그리고 취침시간이 되기 전까지 누우면 절대 안 된다. 알겠나?"

나는 "네"라고 대답했다.

교도관이 철문을 닫자, 자물쇠 구멍에서 찰카닥 하는 커다란 소리가 울려 퍼졌다.

나는 다다미에 앉아서 채광창을 올려다봤다.

검붉은 빛이 쏟아져 들어왔다.

나는 3일 전에 스물일곱 살이 되었다. 오노데라가 최초로 내 손님이 된 것이 작년 이맘때였을 것이다. 아카기 씨가 이미 가게를 그만두고, 아야노도 센다이로 돌아간 다음이었다. 1년 사이에 아야노가 죽고, 내가 오노데라를 죽이고 교도소에 들어오리라고는 꿈에도 생각하지 못했다. 아니, 꼭 그렇다고 말할 수만은 없을지도 모른다.

큐슈를 떠나기 직전, 오노시마 집에 들렀을 때 쿠미가 부둥켜안아서 무섭다고 느꼈다. 내가 이제부터 지옥으로 향하고 있다는 것을 어렴풋이 깨닫고 있었던 것은 아니었을까? 그렇다면 재판관이 말한 대로 모두가 자업자득인 것이다.

내 소식이 고향인 오노시마에도 알려졌을까? 경찰이 고향집을 방문하지 않았을까? 노리오는 어떤 생각을 했을까? 쿠미는? 엄마는? 재판이나 면회에 아무도 오지 않았다. 전국에 지명수배되었다고 했는데, 아카기 씨도 알고 있었을까? 시마즈 씨는 어떻게 지내고 있는지⋯⋯. 살인범과 동거했던 일을 후회하고 있을까? 나 때문에 이발소도 못 하게 된 것은 아닐까? 그에게 너무나 미안한 짓을 하고 말았다는 생각이 들었다.

그래도 오노데라에게는 여전히 미안한 마음이 생기지 않고, 오히려 오노데라가 내뱉은 말을 생각해보면 미움만이 되살아났다. 역시 나는 이상한 것일까? 자기중심적? 충동적? 지극히 좁은 대인관계? 정말로 그 말이 맞는 것일까? 나는 모자란 인간일까? 배려가 없는 인간일까? 인간으로서 자격이 없는 것일까? 그럴지도 모르겠다. 이제 어찌 됐든 돌이킬 수 없지만 말이다.

인기척을 느끼고 돌아보자 철문에 나 있는 창을 통해 교도관이 도깨비 같은 얼굴을 하고 들여다보고 있었다. 교도관은 아무 말도 없이 뚫어지게 내 모습을 살피고 있었다. 요란한 벨소리에 벌떡 일어나니 아침이었다. 벨소리가 멈추자 다시 조용해졌고, 나는 『수감자 준수사항』에 쓰여 있는 대로 세수를 하고, 이불을 정리하고, 간단하게 방 청소를 하고, 문을 향해 정좌했다.

"성명!"

구령이 울렸다.

곧 창으로 교도관의 얼굴이 나타났다. 날 건물로 데려온 그 젊은 교도관이다. 눈이 예쁘다고 생각했다.

"제3실, 성명."

교도관의 말이 무엇을 의미하는지 몰라 나는 고개를 갸웃했다.

"번호와 성명을 말하세요."

"빨리 해!"

젊은 교도관 뒤에서 재촉하는 소리가 났다. 날 알몸으로 조사했던 뚱보 교도관은 곤란한 듯 안절부절못하면서 말했다.

"번호와 이름이에요, 빨리."

"6번, 카와지리 마츠코."

창에서 젊은 교도관의 얼굴이 사라졌다.

"이상 없습니다."

뚱보 교도관에게 보고하는 목소리가 들리고, 두 사람의 발소리가 옆으로 이동해갔다. 조금 이따가 배식구로 아침밥이 들어왔는데, 된장국과 보리가 들어간 혼식 밥과 절인 반찬이었다. 구치소의 아침밥과 크게 다르지 않았다. 나는 묵묵히 다 먹었다. "그릇 반납"이라는 구령이 들려와서 식기를 배식구로 내놓았다.

"잘 먹었습니다."

이번에 창에 나타난 것은 마스크에 삼각 두건을 쓴 여성이었다. 그녀는 거리낌 없는 눈으로 나를 봤다. 화장은 하지 않았다. 이 사람은 수감자인 것 같았다.

교도소에서의 둘째 날, 나는 지급받은 의류, 속옷 전부에 이름을 수놓았다. 그러고는 다다미에 앉아 멍하니 창을 쳐다보며 지냈다. 저녁 8시를 넘기 전까지는 누울 수도 없었다. 저녁 식사 이후에 한 번 더 점호가 있고 나서야 하루가 끝났다.

셋째 날부터 관찰공장에 나가게 되었다. 아침 7시 반에 다른 수감자들과 함께 복도에 정렬하여 점호를 한 후, 보안과 직원의 감시하에 공장까지 행진했다. 관찰공장에 나온 신입 수감자는 날 포함해서 12명이었는데, 나는 종이 세공 작업을 분담받았다. 요령을 터득하기까지는 헷갈렸지만, 하다 보니 어느새 작업에 몰두하고 있었다. 내가 보기에도 예쁘게 된 것 같았다.

넷째 날 오후에는 분류과에서 IQ테스트, 심리테스트, 면접 등을 치렀다. IQ테스트를 받는 것은 소학교 이래 처음이었다.

다섯째 날에는 교육과에서 주관하는 신입 교육이 있었다. 강사는 나이가 많은 남성 교도관이었는데, 강의 내용은 주로 교도소의 규칙에 대한 것이었다. 나는 특히 진급에 관심이 갔다.

"질문 없습니까?"

강의 후, 마지막으로 강사가 방 안을 둘러볼 때 나는 손을 들었다.

"번호와 성명을 대십시오."

나는 쿵쾅거리는 심장박동을 느끼면서 일어섰다.

"6번, 카와지리 마츠코입니다."

"질문은 무엇입니까?"

"평가가 높으면 금방이라도 진급이 됩니까?"

"당신의 형기가 얼마죠?"

"8년입니다."

"그렇다면 적어도 1년 정도는 있어야 될 겁니다. 3급으로 올라가는 데 빨라야 1년이란 말이죠. 그 후에 2급으로 올라가려면 또 반년은 걸리겠고 거기에서 또 1급이 되려면 2년은 각오하는 게 좋아요."

"2급이 되면 미용사 직업훈련을 받을 수 있나요?"

강사가 기쁜 듯이 눈을 가늘게 떴다.

"그래요. 그 점에 대해 잠깐 보충설명을 하죠. 여기서도 미용사 훈련을 하고는 있지만, 미용학교는 카사마츠 교도소에만 있어요. 따라서 희망자는 우선 카사마츠에서 1년간 미용 실습생으로서 공부하고 졸업해야 합니다. 그 후 이곳으로 돌아와 미용실에서 견습으로 1년간 실습을 하고, 국가시험을 봐서 합격하면 미용사 자격증을 받을 수 있습니다. 그러나."

강사가 말을 끊고 엄숙한 눈초리로 방 안을 둘러봤다.

"미용 실습생이 되기 위해서는 심사를 받고, 소장님의 허가를 받을 필요가 있습니다. 그러기 위해서는 우선 초범일 것, 그리고 성실하며 규칙 위반을 하지 않는 것이 최소한의 조건입니다. 카사마츠 미용학교에 가는 것도 1년에 2, 3명뿐입니다. 알겠습니까? 그만큼 험난한 길이라는 겁니다."

강사의 얼굴이 누그러졌다.

"너무 절망적인 이야기만 한 것 같은데, 희망적인 이야기도 하나 하겠습니다. 우리 교도소의 미용실에는 일반인 손님들이 많습니다. 왜일까요? 값이 싼 데다가 미용사의 기술이 뛰어나기 때문이죠. 이곳에서 자격을 취득하고 출소해서 자신의 가게를 차린 사람도 많습니다. 이곳은 아무래도 교도소라서 제한이 많지만, 본인의 의지 여하에 따라서는 많은 일이 가능합니다. 이 정도 설명이면 되겠습니까?"

"네. 감사합니다."

나는 고개를 깊이 숙이고 자리에 흥분한 채 앉았다. 교도소에서 미용사 자격을 딸 수 있다고는 생각해보지도 못했다.

가능성이 거의 없다는 것을 알면서도 꿈을 꾸지 않을 수 없었다. 시마즈 씨와 둘이서 이발소를 꾸려나간다면 미용사 자격을 가진 나는 여성 손님까지 받을 수 있을 것이다. 언젠가는 가게를 확대하거나, 미용실 분점까지 내고 둘이서 힘을 합쳐서 행복을 쌓아가면……

바보 같은 생각을 하고 있네. 네 형기를 생각해. 가석방을 받는다 해도 5년이나 6년은 걸릴 텐데. 시마즈 씨가 그렇게 기다릴 리가 없지. 그러기는커녕, 너와 산 나날을 후회하고 있을 거라고. 아니라고? 그렇다면 왜 면회를 오지 않는 거지? 도쿄에서 멀기 때문에? 정말로 사랑했다면 거리는 문제가 되지 않지. 어차피 넌 시마즈 씨와 두 달간 함께 살았을 뿐인, 스쳐 지나가는 여자였던 거야.

나는 그렇게 울부짖는 이성을 틀어막았다.

꿈이라도 좋아. 환상이라도 좋아. 밑바닥까지 떨어진 곳에서 발견한 오직 한 가닥의 빛이요, 희망인 것이다. 그 희망에 매달리자. 그 이후는 생각하지 말자. 다른 일은 생각하지 말자.

9일째 되는 날의 오후, 나는 보안과에 불려가 제1공장에 배속되었다는 사실을 알게 되었다. 이곳은 초범자만 모인 공장으로 남성용 스포츠 셔츠 등 고급 제품을 만들고 있다고 했다. 방도 잡거방으로 옮기게 되었다.

저녁 식사 후, 나는 얼마 되지 않는 짐을 가지고 독거방을 나왔다. 눈이 예쁜 교도관에게 이끌려 제1동 제14호실로 향했다.

제14호실에는 이미 4명의 수감자가 생활하고 있었다. 교도관이 문을 열자 모두 일제히 정좌했다.

"오늘 밤부터 이 방에서 함께 생활하게 된 카와지리 마츠코 씨입니다. 사이좋게 지내시기 바랍니다."

"카와지리입니다."

나는 머리를 숙였다.

4명의 수감자는 살짝 머리를 숙이며 호기심 가득한 눈으로 날 올려다봤다.

문이 닫히고 교도관이 돌아가도, 누구도 다리를 풀려고 하지 않고 입을 여는 사람도 없었다. 계속 문을 향해 나란히 앉아 있었다.

내가 어찌할 바를 몰라 계속 서 있자, 왼쪽 끝에 앉아 있던 수감자가 자신의 왼쪽을 손가락으로 가리켰다.

"여기에 앉아, 빨리."

그녀가 숨죽인 목소리로 말했다. 오른쪽 끝의 수감자가 혀를 찼다. 내가 그 자리에 앉자, 얼마 후에 구령이 들려왔다.

"점호!"

금방 문이 열렸다. 2명의 교도관이 나타났다. 두 사람 다 처음 보는 얼굴이었으나, 역시 화장이 짙었다. 뒤에 서 있는 교도관이 명부 같은 것과 볼펜을 손에 들고 있었다.

"제14호실!"

앞에 서 있는 교도관이 말하자, 오른쪽 끝의 수감자부터 번호를 불렀다.

"하나!"

"둘!"

잠깐 사이에 내 차례가 됐다.

"어…… 다섯."

내가 어물쩍 말하자 가까이에 있던 교도관이 명부를 든 교도관에게 외쳤다.

"이상 5명, 이상 없습니다!"

문이 닫히는 것과 동시에 나를 뺀 수감자 넷이 입을 모아서 소리를 질렀다.

"감사합니다!"

그들은 소리를 지르기가 무섭게 일제히 다리를 풀고 기지개를 펴기도 하고, 팔을 돌리기도 했다.

나도 조심스럽게 다리를 풀었다. 이제부터 9시에 취침할 때까지가 유일한 자유시간이었다.

"당신 말이야, 남자를 죽였다면서?"

아까 오른쪽 끝에서 혀를 찼던 수감자가 말을 걸어왔다. 다리를 앞으로 뻗고 앉아 양팔을 상반신 뒤쪽으로 뻗고 있었다. 마흔 살 정도일까? 약간 검은 볼은 둥글게 부풀어올라, 마치 돼지 같았다.

"수면제 먹여서 재워놓고, 목 졸라 죽인 다음에 부엌칼로 토막 내서 버렸다며?"

"네?"

나는 무의식적으로 반문했다. 나머지 3명의 얼굴을 보니, 피하는 듯하면서도 겁에 질린 눈으로 슬쩍슬쩍 나를 보고 있었다.

"아니야?"

"사람을 죽이긴 했지만, 수면제로 재웠다거나, 토막 내거나 하진 않았습니다. 강제로 마약을 주사하려고 해서 칼로 내려쳤더니 그만 목에 찔려버려서……."

"뭐? 마약이라고? 마약 싫어해?"

아까 왼쪽 끝에서 내가 앉을 장소를 가르쳐준 수감자가 큰 소리를 냈다. 서른 살 정도로 보였는데, 얼굴색은 창백하고 볼은 병적일 정도로 말라비틀어져 있었다.

"그때는 하고 싶은 생각이 없었거든요."

"뭐야, 괴짜잖아."

"괴짜는 바로 너야."

돼지 얼굴이 말하자 말라깽이 얼굴이 곁눈으로 노려봤다. 말라깽이 얼굴이 내게 눈을 돌리고는 말했다.

"그럼, 금단증상은 없었어?"

"구치소에 있을 때, 조금 있었어요."

이상하게도 시마즈 씨와 함께 살 때는 금단증상을 느끼지 않았다. 사용 기간이 짧았던 탓인지 모르겠지만, 내가 마약을 했었다는 사실조차 잊어버리고 있었다. 그런데 체포되자마자 심하게 마약에 대한 충동이 커져서, 구치소 바닥을 뒹굴며 발작을 일으키기도 했다.

"이젠 괜찮아?"

"네."

"좋겠네. 나는 지금도 맞고 싶어 죽겠는 때가 있는데 말이야."

돼지 얼굴이 말라깽이 얼굴에게 물었다.

"출소해서 제일 먼저 하고 싶은 게 뭐야?"

"마약 한 방!"

말라깽이 얼굴이 가슴을 펴고 팔에 주사 맞는 흉내를 냈다.

"진짜 못 말려. 이년은 죽어야 고칠 수 있다니까."

"그래도 좋아. 나는 마약하고 같이 죽을 각오가 되어 있거든."

말라깽이 얼굴이 씩 웃었다. 앞니가 없었다.

돼지 얼굴이 끙 하고 힘을 주며 상반신을 일으켜 책상 다리를 했다.

"자기소개나 하자고. 나는 엔도 카즈코. 결혼사기로 들어왔지."

나는 입을 딱 벌렸다.

"이봐, 이봐, 믿어져? 이 얼굴로 결혼사기라니. 이 얼굴에 넘어간 남자 얼굴 한번 보고 싶네, 정말."

말라깽이 얼굴이 손뼉을 치면서 난리를 쳤다.

"시끄러, 여기 있는 동안에 뚱뚱해진 거야. 이봐, 마약 중독, 네 차례야."

"아, 이미 알겠지만, 마키노 미도리. 이름은 촌스럽지만, 본명이라는 말씀이죠. 물론 마약 중독이랍니다."

"진짜 못 말리는 바보야."

"넌 꼭 그런 식으로 말해야겠냐?"

말라깽이 얼굴인 미도리가 돼지 얼굴인 카즈코에게 혀를 내밀었다.

"이봐, 당신들도 자기소개해."

카즈코가 나머지 둘에게 재촉했다.

오른쪽에 조용히 앉아 있는 수감자는 매우 젊었다. 스무 살 정도일까? 교도소에서는 머리 길이가 정해져 있을 텐데, 어쩐 이유인지 이 수감자만은 머리가 짧고 남자처럼 보였다. 머리뿐만 아니라 서글서글한 눈 주위나 꽉 다문 입술은 듬직하고, 책상다리를 하고 있는 모습은 아주 멋있어서 아무리 봐도 남자 같았다. 그것도 꽤나 잘생긴 남자였다.

"아즈마 메구미, 상해 사건으로 들어왔습니다."

그녀가 낮은 음성으로 말하고는 뜨거운 눈빛으로 미소를 지었다. 순간 가슴이 두근거렸다.

"카와지리 마츠코입니다. 잘 부탁합니다."

"아즈마, 왜 또 추파를 던지고 야단이야. 또 칼부림 나도 나는 몰라."

카즈코가 질렸다는 듯 말했다.

마지막으로 남은 한 사람에게 시선이 집중됐다. 마흔 살 정도일까? 벽에 붙어 무릎을 껴안고 앉아 있었다. 아래를 내려다보고 있어서 얼굴은 볼 수가 없었다.

"당신도 자기소개해야지, 그 정도는 할 수 있잖아."

그녀는 카즈코의 재촉에 못 이기는 듯 천천히 얼굴을 들었다. 얼굴이 여위지는 않았지만 창백하고 생기가 없었다.

"신교지 루리코, 세 살 된 아들을 죽였어요."

기어들어 가는 목소리였으나 확실히 그렇게 말했다.

"그래, 이제 끝났네. 가능한 한 사이좋게 지내서 서로 빨리 석방되도록 노력하자고."

취침 전의 1분간은 반성의 시간이다. 자신의 범죄를 반성하거나, 그날의 행동을 반성하는 시간이지만, 나는 미용사가 되는 결심을 굳히는 시간으로 썼다.

잡거방의 넓이는 다다미 6장 정도인데, 내가 자는 곳과 화장실 사이에는 칸막이가 하나 놓여 있을 뿐이었다. 나는 제일 마지막으로 용변을 보고 이불 안으로 들어갔다. 옆에서 소변 냄새가 났다.

30분 정도 지나서 소등시간이 되었지만 아주 캄캄해지지는 않았다. 잠시 후에 다른 수감자들이 잠자는 소리가 들렸다.

나는 좀처럼 잠이 오지 않았다. 그러고 보니 요즘 꿈을 꾼 적이 없네, 라고 생각하는 사이에 어느새 잠이 들었는지 정신을 차리고 보니 벌써 아침이었다.

기상하고 나서 금방 세수, 이불 정리, 청소를 끝내고 문을 향해 한 줄로 앉았다. 이윽고 "점호!" 하고 구령이 떨어지고 어제와 같은 점호가 반복됐다. 그 후 배식 당번인 메구미가 가지고 온 아침 식사를 적당하게 나누어 묵묵히 먹기 시작했다. 이때도 규정에 따라서 문을 향해 한 줄로 나란히 앉아 먹었다.

7시가 되자 "출근!"이라는 구령이 울려 퍼졌다.

수감자들은 보안과 앞의 복도에 한 줄로 나란히 서서 점호를 하고 신체검사를 받은 후에 제1공장, 제2공장, 제3공장으로 각각 행진했다. 신입 교육 때 들은 이야기로는 각 공장마다 약 80명의 인원이 배속된다고 했다.

공장에 도착하면 라디오에서 흘러나오는 음악 소리에 맞춰 체조를 하고, 각자의 재봉틀 앞에 앉아 맡은 일을 하기 시작한다. 나는 첫날이기 때문에 삐져나온 실을 가위로 자르는 일을 맡았는데, 단조롭고 따분한 작업이었지만 현장 간수의 눈을 의식해서 열심히 작업했다.

진급하기 위해서는 월 1회의 승급준비회에 올라가 심사를 통과해야 하고, 그다음에는 누진심사회에서 최종적으로 승진될 것인가를 결정받는다고 하는데, 우선 승급준비회에 올라가기 위해서는 현장 간수에게 좋은 점수를 받을 필요가 있었다.

공장에는 재봉틀을 박는 소리만이 들려서 소근거리는 소리는 전혀 들리지 않았다. 공장의 여성 현장 간수 부장과 보조 간수 1명이 눈을 반짝이며 수감자들이 일하는 모습을 감독하고 있었고 나는 그들의 시선을 의식하면서 일을 해나갔다.

9시 50분부터 15분간은 휴식이었다. 금방 내 주위에

4, 5명의 수감자가 모여들었다.

"당신 말이야, 식칼로 남자를 죽이고 갈기갈기 찢어서 쓰레기봉투에 버렸다면서?"

알지도 못하는 수감자가 물었다. 휴식시간에도 간수들의 눈은 빛나고 있었다. 나는 속으로는 짜증이 났지만 담담한 표정으로 사실을 말해주었다.

"뭐야, 그런 거야? 시시하네."

모두 흥이 깨진 표정으로 흩어져버렸다.

점심 식사는 공장 식당에서 전원이 동시에 먹는다. 시간은 11시 50분부터 12시 반까지였는데, 식사가 끝나고 남은 시간은 자유시간이기 때문에 모두들 빨리 먹었다. 다만 전원이 다 먹을 때까지 아무도 자리에서 일어설 수 없기 때문에 혼자서 천천히 먹으면 다른 수감자들에게 눈총을 받게 된다. 나는 쓸데없이 주목을 받고 싶지 않아서 주위 상황을 보고 다 먹지 않았지만 젓가락을 놓았다.

오후에도 역시 15분간의 휴식시간이 있었고 오후 4시 반에 작업이 끝났다. 저녁 식사도 공장 식당에서 먹고, 다시 정렬하여 점호를 하고 감옥 건물로 행진했다.

감옥 건물로 돌아와 보안과 앞에서 다시 점호를 하고 신체검사를 받고 있을 때 조그만 사건이 일어났다.

"뭐야, 이게!"

보안과에서 일하는 세가와 과장의 목소리였다.

열외로 끌려 나간 사람은 같은 방의 메구미였는데, 부루퉁해 가지고 입을 꽉 다물고 있었다. 세가와 과장이 작은 종잇조각을 메구미의 눈앞에 내밀었다.

"이걸 너한테 준 사람이 누구야?"

"몰라요."

세가와 과장이 독사 같은 눈으로 메구미를 노려봤다.

"데려가!"

세가와 과장이 말하자 보안과 직원이 메구미의 팔을 잡고 어딘가로 데려갔다.

"또 독방으로 끌려가네. 너무 잘생긴 것도 문제야."

내 뒤에서 살짝 속삭이는 소리가 들렸다.

각자의 방으로 돌아가자 다시 점호가 있었다. 내가 있는 제14호실은 한 사람이 빠져서 4명이었다.

점호가 끝나면 자유시간이다. 이 시간에는 방에서 독서나 잡담을 하는 사람, 일본 전통 다도나 꽃꽂이, 일본 무용 등의 클럽활동을 하는 사람, 부업에 열을 올리는 사람 등 여러 부류가 있었다. 세탁이나 머리 손질도 이 시간에 해야 했다. 물론 세탁소나 미용실에 갈 때는 교도관의 감시를 받으며 일렬로 나란히 줄지어 가야 했다.

나는 카즈코와 미도리가 말하는 것을 들으며 시간을

보내기로 했다. 화제는 물론 조금 전에 독방으로 끌려간 메구미에 관한 것이었는데, 나는 여기서 처음으로 동성애를 의미하는 '친타라'라는 교도소 은어를 알게 되었다. 말하자면 메구미는 남자 역할의 동성애자로 인기가 많아서 여자 역할의 동성애자들이 러브레터를 건네준다는 것이다. 혹시 편지가 교도관에게 발각돼도 누구에게서 받았다고 절대로 말하지 않는데, 오히려 그런 남자다운(?) 모습이 더욱 여심을 자극하기 때문에 쪽지를 더 자주 받게 되고, 결과적으로 진급을 할 수 없다고 했다.

"연애가 그렇게도 좋을까? 뭐라 해도 돈이 최고야."

카즈코가 말하자, 미도리가 아니나 다를까 "말도 안 돼. 마약이 진짜 최고지"라며 되받아쳤다. 나는 경찰에 연행된 후 처음으로 소리를 내고 웃었다. 루리코는 그동안에도 쭉 아무 말 없이 고개를 숙이고 있었다.

드디어 반성의 시간이 되고 취침시간이 되어 불이 꺼졌다. 이불에 드러누워서, 이렇게 하루가 지나가는구나, 라고 생각했다. 그리고 곧 잠에 빠져들었다.

4

"마츠코 고모가 교도소에 간 적이 있다고요?"

사와무라 사장이 고개를 끄덕였다.

"뭘 잘못했는데요?"

"기둥서방을 죽였대."

"살인? ……마츠코 고모가…….."

나는 속이 씁쓸해지는 느낌을 받았다. 듣지 않는 게 나았을지도 모르겠다.

"상당히 나쁜 놈이었나 봐. 내가 생각하기에는 죽어도 싸지만, 재판관이 남자라서 그런지 징역 8년이나 받았어. 보통은 길어도 4, 5년인데. 8년은 너무 긴 것 같아. 왜 변호사가 항소하지 않았는지 이상할 정도야."

류 요이치가 살인 사건을 일으킨 건 알고 있었다. 그렇지만 설마 마츠코 고모마저도 살인을 저질렀으리라고는 상상도 하지 못했다.

나는 마츠코 고모가 외진 곳에서 고독하게 살았고, 생의 마지막에는 누군가에 의해 살해당한 불쌍한 여성이라고 생각하고 있었다. 그런데 마츠코 고모 자신이 살인자라니……. 어떤 사정이 있었는지 모르겠지만, 살인은 용서받을 수 없는 범죄다. 초라한 집에서 살해당한 것도 고모가 저지른 살인과 뭔가 관계가 있는 것일까?

마츠코 고모에 대해서 알면 알수록 더욱 좋지 않은 모습을 들추어내게 될지도 몰랐다. 그렇게 생각하니 마츠코 고모에 대해서 알고 싶다는 마음이 왠지 희미해지는 것 같았다.

"교도소에서는 성실하고 조신했지. 다만 교도관을 의식했는지 철저하리만큼 규칙을 지켰어. 더운 날 제초작업 같은 것도 정말 열심히 했지. 다른 사람들은 교도관의 눈을 피해 적당히 쉬엄쉬엄 했는데, 마츠코만은 아니었어. 하긴 그런 우등생을 싫어하는 족속들이 어디에나 있듯이 가끔은 해코지하는 수감자들도 있었던 것 같은데, 마츠코는 묵묵히 견뎌내더라고. 내가 기억하기로는 싸움을 하거나 규칙을 위반한 적이 한 번도 없었거든. 왜 그래? 갑자기 조용해졌네."

"설마 마츠코 고모가 사람을 죽였다고는 상상도 못 했거든요……."

"충격이었어?"

"네……."

"하긴 살인은 나쁜 거지. 그렇지만 쇼 군, 마츠코에 대해 알고 싶어서 여기 온 거지? 이해해주고 싶어서 그런 거 아니야? 그러면 왜 그녀가 그런 일을 하게 되었는지 확실히 알아보는 게 좋지 않을까?"

"그렇지만 살인은 살인이죠. 그리고 도대체 마츠코 고모는……."

"그럼, 이제 와서 나 몰라라 하겠다는 거야?"

나는 입을 다물었다.

"쇼 군, 혹시 마츠코가 청렴하게 살다 간 수녀님이라도 되는 줄 알고 있었어?"

"……."

"마츠코는 한낱 인간에 불과해. 섹스를 하기도 하고 똥을 싸기도 하는 인간. 다른 사람을 사랑하기도 하지만 상처를 주기도 하지. 쇼 군도 거짓말도 하고, 가끔은 가볍게 법도 어기잖아?"

"그렇지만 살인은……."

"그렇게 말하면 안 되지. 혹시 나중에 무슨 일이 일어날지 누가 알겠어?"

"……."

"마츠코가 살인을 저지른 건 사실이야. 하지만 힘없는 여자가 남자를 죽인 데에는 나름대로 사정이 있는 법이야. 알아보지도 않고 일방적으로 마츠코를 나쁜 사람으로 매도하는 건 좀 문제가 있다고 생각해. 게다가 이렇게 나까지 끌어들였으니, 이제 와서 나 몰라라 하지는 마. 여기까지 왔으니, 이번 일을 철저하게 조사해서 그녀의 삶을 나름대로 이해해줘. 그렇게라도 하지 않으면……."

사와무라 사장은 크게 숨을 들이마시고는 속삭이듯이 말했다.

"마츠코가 너무 불쌍하다고 생각하지 않니?"

또르르.

그때 마츠코 고모의 유골함에서 들렸던 희미한 소리가 귓속에서 되살아났다. 마치 마츠코 고모의 혼이 나에게 무엇인가를 호소하는 것 같았다.

"왜 그래?"

나는 얼굴을 들었다. 사와무라 사장이 걱정스러운 눈

으로 날 보고 있었다. 나는 결심하고 고개를 끄덕였다.

"하지만 어디서부터 손을 대야 할지……."

"사건에 대해 알고 싶으면 법원의 판결문을 읽어보면 될 거야."

"읽어볼 수 있나요?"

"읽어볼 수 있지, 시마자키?"

"형사재판의 경우 검찰청에 가서 신청하면 열람할 수 있습니다."

"그렇게 하면 돼. 자세한 사항은 오츠의 지방검찰청에 라도 물어봐."

"오츠? 시가 현에 있는 곳이요?"

"마츠코가 사건을 일으킨 곳이 시가 현이니까."

"사건을 일으킨 게 언제인가요?"

"마츠코가 교도소에 들어온 게 내가 입소해서 2년 되던 해였으니까, 1974년인가……?"

"미용실에서 다시 만난 건요?"

"그게 도쿄 디즈니랜드가 완성되기 1년 전이었으니 까……."

"1982년입니다."

"고마워, 시마자키. 1982년이네."

"그 미용실은 지금도 있다고 하셨죠?"

"있어, 긴자에. 위치는 약간 바뀌었지만."

"그 가게에도 가보겠습니다."

사와무라 사장이 웃음을 머금었다.

"그래도 굉장한 우연이었네요. 도쿄에는 수없이 많은 미용실이 있는데 말이죠."

"꼭 그렇지는 않아. 도쿄에 미용실은 수없이 많을지 몰라도 '아카네'라는 이름의 가게는 하나밖에 없었어. 지금은 '루주'라는 이름으로 바뀌었지만 말이야."•

벤츠가 속도를 늦추더니, 다시 팰리스 호텔로 돌아갔다. 여태까지 우치보리 도로를 빙빙 돌기만 한 듯했다.

"미안하지만 나는 이제 가봐야 해. 오랜만에 젊은 학생과 이야기했더니 즐겁네. 다시 만나자고."

사와무라 사장은 그렇게 말하며 양손으로 내 얼굴을 감싸안고 또다시 진한 키스를 했다.

키스의 여운이 남아 머리가 어지러웠으나 니시오기쿠보의 집에 도착할 즈음에는 제정신으로 돌아올 수 있었다. 아스카를 도쿄 역에서 배웅한 것이 아주 오래전인 것처럼 느껴졌지만 생각해보니 오늘 아침이었다. 오늘 하

• '아카네'와 '루주(rouge)'는 각각 일본어와 프랑스어로 '붉은색'이라는 뜻.

루 동안 너무나 많은 일을 겪었다. 그러나 아직도 해야 할 일이 남아 있었다.

나는 우선 인터넷으로 오츠 검찰청의 위치와 전화번호를 알아보았다. 오후 5시가 훨씬 넘었지만 여하튼 전화를 해보기로 했다.

벨이 네 번 울린 후에 전화를 받았다.

"오츠 지검입니다."

무뚝뚝한 남자의 목소리였다.

"저……. 판결문을 열람하고 싶은데요."

"공판 자료 열람 말씀이시죠? 잠깐 기다려주세요."

전화가 잠시 끊기고 검찰청답지 않게 경쾌한 음악이 흘러나왔다.

"네, 총무부 기록과입니다."

이번에는 여자가 전화를 받았다. 젊은 여자 같았지만 사와무라 사장과 만나고 나서는 여자의 나이를 섣불리 판단하지 않기로 했다.

"판결문 열람 절차에 대해 알고 싶은데요?"

"이미 끝난 사건입니까?"

"네. 1974년의……."

"그렇게 옛날 것입니까? 당사자이신가요?"

"아뇨, 당사자는 아니지만……."

"그렇다면 안 되겠는데요."

"아니, 왜 그런가요?"

"형사소송법에 의하면, 재판 완료 후 3년이 지난 판결문은 열람시켜드릴 수 없습니다. 당사자나 공판 관계자라면 가능합니다만."

"저, 친척입니다만."

"친척이요? 어떤 관계시죠?"

"사건의 피고인이라고 합니까? 그 사람이 제 고모입니다."

"어떤 사건이지요?"

"살인 사건입니다."

"그 고모 분은 지금 뭘 하고 계십니까?"

"돌아가셨습니다."

"……아, 그렇습니까?"

"사실 고모에 대해 전혀 아는 것이 없습니다. 돌아가신 건 얼마 전인데, 예전에 살인 사건으로 교도소에서 복역한 적이 있다는 사실을 알고는 무슨 사정이 있었는지 알고 싶어서요."

"그렇군요. 알겠습니다. 신청인이 친척 분이고, 당사자가 돌아가셨다면 허가를 받을 수 있을 것 같습니다만, 다만 자료가 아직 보관되어 있을지 어떨지……."

"파기되는 경우도 있습니까?"

"네, 너무 오래된 것이면 그럴 수도 있습니다. 잠깐 찾아볼 테니까요. 판결일이나 형이 확정된 날은 알고 계십니까?"

"1974년이라는 것밖에 모릅니다."

"죄명은 살인이었나요?"

"네."

"피고인의 이름은?"

"카와지리 마츠코입니다."

"카와지리 마츠코 씨요, 알겠습니다. 컴퓨터로 검색을 하는데, 시간이 조금 걸립니다. 잠시만요……. 아, 아직 보관되어 있는 것 같습니다. 열람신청서를 제출하셔야 하니까 신분증명서와 인감과 150엔짜리 수입인지를 준비해 오시기 바랍니다."

다음 날 아침 나는 9시 3분에 출발하는 히카리 117호를 타고 도쿄를 떠났다. 교토 역에서 비와코 선으로 갈아타고 오츠 역에 도착한 것은 12시 반. 역에 있는 식당에서 카레 정식을 먹은 후, 역 앞에 있는 안내지도판을 보고 오츠 지방검찰청으로 향했다.

오츠 지검은 역에서 200미터 정도 떨어진 법무국 합동청사 내에 있었다. 청사 입구에 서 있는 경비원에게 기록과에 가고 싶다고 말하자 건물 내의 안내창구에서 다시 물어보라고 했다. 안내창구는 건물에 들어가자마자 왼쪽에 있었다. 나는 앉아 있던 남자 직원이 알려준 대로, 매점에서 수입인지를 사서 엘리베이터를 타고 3층으로 올라갔다. 엘리베이터에서 내리자 오른쪽에 문이 열린 방이 있었는데, 팻말에 '검무관실'이라고 써 있고, 바로 밑의 괄호 안에 '기록과'라는 작은 글자가 보였다.

방에 들어가니 와이셔츠에 넥타이를 맨 남자들과 흰 블라우스를 입은 여자들이 복사를 하기도 하고, 책상에서 사무를 보기도 하고, 컴퓨터 작업을 하기도 했다. 모든 책상 위에 서류가 산더미처럼 쌓여 있었다.

"도와드릴까요?"

피부가 거무스름한 남자가 내 앞에 섰다. 목소리는 부드러웠으나, 시선에선 빈틈이 보이지 않았다.

내가 "판결문에 대한 일로 어제 전화한 사람인데요"라고 말하자 옆쪽에서 "아" 하는 소리가 들렸다. 돌아보니 체격이 좋은 여성이 일어서 있었다. 이십 대 후반 정도일까? 그녀가 기록 담당이라고 했다.

그 여성에게 다시 판결문을 열람하고 싶다고 말하자 열람신청서를 주었다.

나는 검무관들의 책상 옆에 나란히 놓여 있는 커다란

테이블에 앉아 신청서를 작성했다. 피고인 난에 '카와지리 마츠코', 열람 목적은 '기타'에 동그라미를 쳤다. 당사자와의 관계는 '조카'라고 적고 그 밑에 우리 집 주소를 쓴 후, '카와지리 쇼'라고 서명했다. 사건 번호나 형의 확정일은 컴퓨터로 검색해 결과를 알아본 후 써넣었다. 인감을 찍고 아까 구입한 수입인지를 붙여 신분증을 제시한 후 담당 여성 검무관에게 제출했다.

이제 드디어 마츠코 고모의 판결문을 볼 수 있다고 생각했는데 예상은 어긋났다.

"이 사건 자료는 창고에 있어서 열람은 내일이 돼야 가능하네요."

"네?"

열람이 다음 날에야 가능하다는 것은 생각하지 못했다. 그럴 거라면 미리 전화로 말을 할 것이지, 라고 속으로 짜증을 내면서 나는 청사를 나왔다. 지갑을 확인하니 돌아갈 차비를 빼고 그럭저럭 하룻밤 잘 돈은 있었다.

나는 일단 오츠 역으로 돌아와서 역 앞에 있는 파출소에 저렴한 비즈니스호텔이 어디에 있는지 물어보았다. 알려준 호텔은 걸어서 5분 거리였는데 파출소에서 친절하게도 호텔에 전화까지 해주었다.

체크인하기에는 너무 이른 시간이라서 시간도 때울

겸, 비와 호수에 가보기로 했다. 역 앞 로터리의 분수를 지나 가로수의 초록빛이 현란한 큰 도로를 따라 북쪽으로 나아가자 완만한 내리막길이 나왔다. 10분 정도 지루하게 계속 걸어가자 길이 평탄해지고 건널목이 나타났다. 마침 차단기가 내려와서 경보가 울리고 있었다. 초록색 전차가 지나간 후 건널목을 건너자 큰길이 나왔다. 이 큰길을 건너자마자 물가의 자갈 냄새가 코를 스쳤다.

나는 왠지 소풍이라도 온 듯한 기분이 되었다. 눈앞에 바다색의 넓은 호수가 펼쳐지자 나도 모르게 탄성을 내지르며 발걸음을 재촉했다. 이윽고 호숫가에 도착하니 흰 자갈이 깔린 광장이 있었는데, 광장에서 호수 안쪽으로 다리 같은 길도 놓여 있었다.

나는 바로 그 길을 걸어가보기로 했다. 길이는 100미터 정도인데 끝까지 가보니 내가 마치 비와 호수의 가운데에 떠 있는 듯했다. 호수에서 불어오는 시원한 바람이 전신을 휘감아 기분이 상쾌해졌다. 발밑의 아스팔트에서 물결의 진동이 잔잔하게 느껴졌다. 바로 왼편에는 흰색과 노란색 요트가 나란히 정박해 있었고, 호수 안쪽의 저 멀리에는 배가 지나가며 만든 듯한 하얀색 물결도 보였다. 하늘은 눈이 부실 정도로 푸르렀고, 커다란 뭉게구름도 보였다. 아스카의 목소리가 듣고 싶어져서 휴대전화로 아스카에게 전화를 걸었지만 부재중 서비스로 연결되었다. 나는 전화를 끊고 혀를 찼다.

다음 날, 9시 정각에 오츠 지방검찰청을 다시 방문했다. 기록과에 가서 담당 여성 검무관에게 알리고 어제 신청서를 작성한 커다란 테이블에 앉아 5분 정도 기다리자 담당 검무관이 두꺼운 서류 다발을 안고 돌아왔다.

"메모는 하셔도 되는데 복사는 할 수 없습니다. 규칙이니 지켜주세요."

"여기서 봐도 되나요?"

"그러세요. 다 보시면 알려주세요."

담당 검무관이 자신의 책상으로 돌아갔다.

자료는 꽤 두꺼웠는데 페이지를 넘기니 조서부터 진술서, 판결문까지 모두 있었다.

이 낡아빠진 종잇조각에 마츠코 고모가 저지른 살인의 전모가 기록되어 있었다. 나는 판결문부터 읽기로 했다. 검무관실은 몇 명의 사람이 서서 일을 하고 있어서 그리 조용한 편은 아니었지만, '판결문'이라는 단어를 본 순간부터 어떤 잡음도 들리지 않았다.

그곳에 기록되어 있는 것은 사건의 전모뿐이 아니었다.

마츠코 고모의 유소년시절부터 사건에 이르기까지의 경과가 놀랄 정도로 자세하게 쓰여 있었다. 부친의 애정을 쿠미 고모에게 빼앗겼다고 믿었던 소녀 시절. 원하던 삶을 살지 못하고 자신을 억눌러버렸던 청춘 시절. 수학여행지에서 일으킨 도난 사건은 류 씨가 말한 것이겠지. 역시 이 사건이 발단이 되어 가출한 거였군. 그 후에 작가를 지망하는 청년 Y와 동거를 시작했으나 Y가 자살했으며, Y의 친구인 O와 불륜관계를 맺고 나서 버림받아 자포자기 끝에 나카스에서 몸을 팔기(!) 시작한다. 소프랜드˙ 같은 곳일까? 나는 가본 적이 없지만……. 마츠코 고모는 이곳에서 S라는 여성과 알게 되고, 가게에서 한때 가장 인기 있는 창녀가 된다. 서서히 인기가 식어갈 즈음에 오노데라 오사무라는 손님의 제안에 따라 시가 현의 오고토로 거처를 옮긴다. 오고토에서의 생활은 너무 힘들어서 피로를 풀기 위하여 마약을 사용하게 되었는데, 사건이 있었던 전날, 친구인 S가 동거하던 마약 중독자에게 살해당한 것을 알게 된다. 고모는 마약을 끊을 결심을 하고 오노데라에게 작은 식당을 열자고 했으나 그게 발단이 되어 말다툼을 했고, 오노데라가 자신을 단지 이용했

˙일본의 성매매업소 형태 중 하나.

다는 것을 알게 된다. 오노데라가 강제로 마약을 투여하려 했기 때문에 식칼을 들고 저항한다. 오노데라에게 팔을 붙잡혀 몸을 움직일 수 없게 되지만, 오노데라의 손에서 떨어진 칼이 그의 발등에 꽂히는 우연이 겹쳐, 마츠코 고모가 그를 죽여버리게 된다. 그 후 자살한 예전의 동거인 Y의 뒤를 따라 죽기 위해 타마 강 상수로 갔지만 자살은 미수에 그친다. 그때 걱정하며 말을 걸어준 이발소 경영주인 남성 S와 동거를 시작하지만, 2개월 후에 수배 사진과 이름을 본 이웃의 신고에 의해 체포당한다.

판결문에서는 마츠코 고모의 성격이 사건의 근본 원인인 것처럼 기록하고 있다. 충동적이며 자기중심적이고, 휩쓸리기 쉬운 성격 때문에 길을 잘못 든 것이라고.

그러나 나는 그렇게 생각하지 않았다. 이 자료에 나타난 대로라면, 마츠코 고모는 몸을 파는 일에서도, 남자관계에서도, 서투를 정도로 정면으로 부딪친 것뿐이지 않은가?

어쩌면 나는 너무 호의적인 눈으로 보고 있는지도 몰랐다. 그러나 아버지가 말한 것처럼 마츠코 고모가 이상한 여자는 아닌 것 같았다.

오노데라를 살해하게 된 경과도 자세히 살펴보면 정당

방위에 가까운 상황이 아닐까? 사와무라 사장이 말한 대로 각성제 관리법 위반을 포함한다 해도 징역 8년은 너무 길었다.

마츠코 고모는 항소도 하지 않고 복역하고, 출소 후 미용사로서 훌륭하게 재기했다. 미용사가 된 것도 체포 직전까지 동거하고 있던 남자가 이발사였던 사실과 무관하지 않겠지. 그리고 미용실에서 사와무라 사장과 우연히 다시 만나고…….

모든 자료를 다 읽자 시간은 어느덧 오후 2시가 훌쩍 넘어 있었다.

피로에 지친 눈을 들자 테이블 맞은편에 마츠코 고모가 앉아 있는 듯했다. 고모는 성인식 때 찍은 그 흑백사진을 손에 들고 무언가를 묻고 싶은 표정으로 나를 보고 있었다.

오츠에서 비와코 선, 신칸센, 추오 선으로 갈아탄 후 도쿄에 돌아오니 저녁 8시가 넘었다.

방에 들어와 형광등을 켜고 잠시 망설인 후 아스카의 집에 전화를 했다. 벨이 여섯 번 울리자 상대방이 전화를 받았다.

"와타나베입니다."

아스카의 목소리였다.

"나야."

"누구?"

"누구라니, 쇼야. 남자 친구 목소리도 잊어버린 거야?"

"아, 아스카 친구?"

나는 당황해서 얼굴이 화끈거렸다.

"저, 아스카가 아닌가요……?"

"잠깐 기다리세요."

수화기 너머로 웃음소리가 들렸다. 타다닥 하는 발소리가 들리고 나서 다시 목소리가 들려왔다.

"쇼?"

"아스카. 방금 전화받은 사람 누구야?"

"언니야. 난 줄 알았다며?"

"그래. 목소리가 너무 똑같아서 말이야."

"덜렁대기는."

"뭐해?"

"나름대로 바빠. 쇼는?"

"오늘, 오츠 지방검찰청에 갔다 왔어."

"시가 현의 오츠? 검찰청이라니 쇼, 뭔가 나쁜 짓이라도 한 거야?"

나는 지금까지 있었던 일을 순서대로 설명했다.

성경을 떨어뜨리고 갔던 남자와 만난 일. 그의 이름은

류 요이치이고, 마츠코 고모의 제자였다는 것. 마츠코 고모가 살인을 하고 교도소에 가게 된 것. 그리고 오츠 지검에서 마츠코 고모가 살인을 저지를 때까지의 반평생을 알게 된 일.

아스카는 성경을 떨어뜨리고 간 남자의 정체에 대해서만 놀라는 소리를 냈고, 그 뒤의 이야기에 대해서는 대답도 하지 못하고 가만히 듣고만 있을 뿐이었다.

"마츠코 고모가 살인을 했다니……."

"그래도 이건 마츠코 고모 탓만은 아니야. 나는 죽은 남자가 더 나쁘다고 생각해. 마츠코 고모가 착실하게 형기를 마치고 미용사로서 재기했다는 사실은 정말 대단한 일이라고 생각해."

"……그건 그렇지. 하지만 마츠코 고모의 인생은 내가 생각지도 못했던 일이야."

"난 고모가 출소한 후에 근무했던 미용실에 가보려고 해. 아직 긴자에 있다고 하니까 혹시 고모를 기억하고 있는 사람이 있을지도 모르잖아."

"장소는 알아?"

"지금부터 찾으려고. 아스카, 언제까지 기기 있을 거야? 다시 돌아오지 않을 거야?"

"응……."

"왜? 무슨 일 있어?"

"아니, 아무것도 아냐. 조금 더 이곳에 있을 거 같아."

"그렇구나. 알았어."

"왜 그렇게 목소리에 힘이 없어?"

"아스카가 없으니까 재미가 없어."

"······고마워. 나도 항상 쇼를 생각하고 있어."

나도 모르게 웃음을 터뜨릴 뻔했다. 아스카답지 않은 대사였던 것이다.

"정말이야?"

"정말이지."

잠시 조용해졌다.

"자, 다시 전화할게."

"응."

수화기를 내려놓았다. 방금 목소리를 들었는데 더욱 쓸쓸해졌다. 이 느낌은 뭘까?

나는 정신을 차리고 역 앞에 있는 편의점에서 사온 도시락을 먹으면서, 인터넷으로 긴자에 있는 미용실들을 검색했다. 요즘에는 약간 유명한 미용실이라면 홈페이지 정도는 있었다.

결과 화면에 미용실들의 이름이 쭉 펼쳐졌다. 대부분 영어나 프랑스어를 알파벳 그대로 사용하고 있었다.

헤어샵 루주(Rouge).

딱 하나 있었다.

다음 날 아침, 나는 집 근처 역에서 출발해 유라쿠초 역에서 내렸다. 신주쿠나 시부야라면 몰라도 긴자에는 익숙하지 않아서 근처 파출소에서 '루주'의 위치를 확인하기로 했다. 긴자 5가 몇 번지라고 묻자 안경을 쓴 경찰관이 지도를 펴서 알려주었다.

가르쳐준 대로 하루미 도로를 잠깐 걷다가 은행을 끼고 돌아 골목으로 들어갔다. 시간이 일러서일까, 사람들은 많지 않았다. 왼쪽의 빌딩을 올려다보면서 걷다 보니, 긴자 크레스트 빌딩이라는 글자가 있었고, 걸려 있는 간판을 보니 틀림없이 '헤어샵 루주'가 3층에 있었다.

나는 좁은 입구를 지나 엘리베이터를 타고 3층에 올라갔다. 내리자마자 눈앞에 문이 있었다. 복잡한 무늬가 그려진 유리문에는 붉은색 글씨로 'Rouge'라고 쓰여 있었다. 준비 중이라고 쓰여 있었지만 불이 켜져 있는 것을 보니 사람은 있는 것 같았다.

문을 밀어보니 열렸다. 손님이 왔다는 것을 알리는 맑은 종소리가 울렸다.

가게 안에는 경쾌한 프랑스 팝송이 흐르고 있었다. 들어서면 바로 오른쪽에 원형 계산대가 있었다. 내부는 벽

한 면이 전부 거울이었고, 거울을 향해 사각 의자가 나란히 놓여 있었다. 인테리어는 흰색을 기본으로 하면서 곳곳에 빨강과 파랑을 섞어놓았다. 가게 이름이 루주이긴 하지만 빨간색에 집착하지는 않는 듯했다.

의자 저쪽에 유리 칸막이가 있었는데, 그쪽에서 인기척이 나는가 싶더니 사람이 튀어나왔다. 나와 비슷한 나이 또래의 여자애였다. 노란 티셔츠에 흰 반바지 차림. 손에는 걸레를 들고 있었고, 머리카락은 깜짝 놀랄 만한 핑크색으로 귀밑까지 오도록 가지런히 잘랐다.

"죄송합니다. 아직 준비 중인데요."

"저는 손님이 아니고요. 잠깐 물어보고 싶은 것이 있어 들어왔는데요."

여자애가 내 앞에서 고개를 갸웃했다. 이마에는 땀이 배어 있었다.

"옛날 이 가게에서 근무했던 카와지리 마츠코라는 사람에 대해서 알고 싶은데요."

"카와지리 마츠코 씨? 들어본 적이 없는데요. 언제쯤 근무하셨나요?"

"20년 정도 전입니다."

여자애가 당황한 듯이 웃었다.

"그럼 당연히 모르지요. 그때 저는 아직 태어나지도

않았는데."

"누군가 아는 분 안 계실까요?"

여자애가 양손을 허리에 올렸다.

"글쎄요. 20년 이상 근무하신 분이라면, 선생님뿐일 거예요."

"선생님이요?"

"이 가게의 사장님이요. 창업자세요."

"이곳에 오시기도 하나요?"

"지금도 계세요."

"정말이요? 만날 수 있을까요?"

"예약을 하지 않아서 안 될지도 모르지만, 한번 여쭤볼게요. 잠깐 이것 좀 봐주세요."

여자애가 걸레를 내게 내밀고는 '직원 전용'이라고 쓰인 문으로 들어갔다. 걸레는 새것처럼 순백색이었는데 희미하게 약품 냄새가 났다. 문득 발밑을 보니 바닥에 구두자국이 나 있기에 걸레로 닦았다. 깨끗하게 닦고 나자 약간 떨어진 곳에서도 더러운 자국을 발견했다. 내친김에 그곳도 닦고 있는데, 방금 전의 여자애가 돌아왔다.

그녀는 깜짝 놀라 "아! 안 돼요! 그걸로 바닥을 닦으면 안 돼요"라고 하며 걸레를 뺏어 들었다.

"이건 샴푸대 전용 걸레라고요"라며 울상을 짓는다.

"미안해요. 그런 줄 몰랐어요."

"그래요, 할 수 없죠. 당신에게 맡긴 내가 잘못한 거죠. 선생님이 만나고 싶다고 하세요. 왠지 당신이 올 것을 기다렸다는 듯한 말투였어요. 선생님 방은 저쪽 문으로 들어가서 오른쪽 방이에요."

나는 인사를 하고 직원 전용 문으로 들어갔다. 복도 끝의 오른쪽 방에 '사장실'이라는 팻말이 달려 있었다.

약간 긴장이 되었다.

노크를 하자, "들어와요"라며 활기차고 힘찬 소리가 들려왔다.

나는 "실례합니다"라고 하며 문을 열었다.

방은 다다미 6장 정도의 넓이였다. 정면 창에는 레이스 커튼이 쳐져 있고, 오른쪽 벽 옆에는 검소한 업무용 책상이 놓여 있었다. 책상 뒤에 앉아 있던 여성이 의자를 돌리며 일어섰다.

그녀는 키가 작아 내 어깨까지밖에 오지 않았고, 버섯 모양의 특이한 머리는 요염하게 빛을 발하고 있어서 마치 검은 사탕 같았다. 세로 줄무늬의 성긴 셔츠에 황록색 바지를 입고 있었고, 굽이 낮은 펌프스를 신었다. 팔다리는 가늘었다. 머리와 입고 있는 옷만 보면 십 대 여자애처럼 보였으나, 눈가에는 깊은 주름이 패여 있고 볼은 처져서 입술의 양끝을 짓누르고 있었다. 두껍게 화장을 하고 있지만 예순 살은 넘은 것으로 보였다.

"당신이 쇼 군?"

"네, 절 알고 계십니까?"

"사와무라 씨가 전화를 했지. 카와지리 쇼라는 아이가 올지도 모르니까 마츠코에 대한 이야기를 해주라고. 그리고 아직 애송이라서 세상물정 모르는 말을 하더라도 용서해주라고."

"그분이……."

"반가워. 나는 우치다 아카네. 이 가게의 사장이지. 자, 앉아. 나는 사와무라 씨하고는 달리 시간이 충분히 있거든."

5

나는 입소 1년 반 만에 4급에서 2급으로 진급했다. 2급으로 승격되는 게 결정되자, 미용학교에 입학 희망서를 제출하여 소장의 허가를 받았다. 그리고 그해 9월 말 미용 실습생이 되는 2명의 수감자와 함께 카사마츠 교도소로 호송되었다. 오사카 역에서 기후 역까지는 신칸센을 이용했는데, 그때 처음으로 신칸센이 하카타까지 개통되었다는 걸 알았다.

10월 1일에 개교식이 열렸고, 나는 전국의 교도소에서 모인 11명의 수감자와 함께 정식으로 미용 실습생이 되었다. 이후 미용학교에서 1년간에 걸쳐 커트, 파마, 세팅, 샴푸, 린싱 등의 두발 기술과 전통 머리, 메이크업, 매니

큐어, 마사지 등의 미용 기술, 그리고 옷 입히는 기술 외에 전염병학, 소독법, 피부과학 같은 위생 이론 등을 배웠다.

두발 기술을 배울 때는 실습용 인형을 사용했으나, 그 이외에는 미용 실습생 2명이 한 조가 되어 서로를 모델 삼아 연습했다. 특히 어려웠던 것은, 로트라고 불리는 도구로 머리 다발을 머리카락 끝에서부터 말아 올리는 로트 말기, 2센티미터 정도의 머리 다발을 머리카락 끝부터 조금씩 빙빙 말아서 컬을 주는 핀 컬, 빗과 손가락을 사용해서 웨이브를 만들어내는 핑거 웨이브였다. 모두 로션을 사용해서 연습하기 때문에 시작할 무렵에는 손이 미끄러지기만 하고 모양을 도대체 제대로 만들 수가 없었다. 로트 말기로 말아 올린 머리칼이 덜렁덜렁 처지기도 하고, 핀 컬의 경우에는 머리칼이 퍼석퍼석해지며 삐져 나오기도 했다. 하지만 매일 연습하자 멋진 모양을 만들 수 있었고 졸업할 즈음에는 로트 말기를 반에서 최고로 잘하게 되었다.

카사마츠에서 돌아온 후에는 교도소의 외부 미용실에서 견습사원으로 근무했다. 견습사원의 일은 주로 바닥 청소, 중간 린스, 정리 등의 잡일과 샴푸였다. 조금 지나자 드라이어로 머리 말리기를 시작했으나 처음에는 손님의 머리가 풍선처럼 둥글게 부풀어 올라서 선배가 다시 해야 했던 적도 있었다. 머리 말리기를 제대로 할 수 있게 되자 세팅에도 손을 대게 되고 마지막으로 커트를 맡기에까지 이르렀다.

내가 복역하던 교도소는 2개의 수로가 둘러싸고 있는데, 바깥쪽 수로에 있는 문에는 감시가 없고 누구나 출입이 가능했다. 이 문을 들어서면 오래된 회색 건물이 있는데, 이곳에 서무과, 분류과, 교육과, 소장실 등 중요한 사무실들이 모여 있었다. 나도 입소 첫날에는 서무과에 끌려가서 본적부터 이름, 죄명, 형기까지 말했었다.

안쪽에 파여 있는 수로에는 한 사람이 겨우 지나갈 정도의 철문이 있고 엄중하게 감시하고 있었다. 이 수로 안에는 감옥 건물과 공장 외에, 교도관들의 사령탑인 보안과 및 관리부장실, 의무과가 있었다. 기본적으로 수감자의 생활은 이 안에서 이루어졌다. 안쪽 수로의 바깥쪽까지 활동범위를 넓힐 수 있는, 얼마 되지 않는 보직 중의 하나가 미용 견습사원이었다.

미용실은 교도소 부지 안에 있으나 안쪽 수로의 바깥쪽에 있었다. '아카네'라는 이름의 미용실은 교도소 직원이외에 일반인도 이용이 가능했다. 미용 실습생은 매일안쪽 수로 바깥쪽으로 나와 아카네로 출근하며 출소 후를 대비하여 실제 훈련을 쌓는 것이다. 덧붙여서 말하면 수감자는 3개월에 한 번 머리를 자를 수 있고 파마는 5개월에 한 번 가능하지만, 아카네와는 다른 수감자용 미용실이 안쪽 수로 안에 있었다. 이름이 따로 있지는 않았지만 수감자들은 바깥세상에 대한 동경에서인지 이곳을 '내부 아카네'라고 불렀다. 이곳도 우리 미용 실습생들이 담당했다.

나는 아카네에서 1년간의 견습을 끝낸 후 국가시험에 합격했다. 동시에 1급으로 승격했고 1급임을 나타내는 빨간 배지를 받았다. 그리고 잡거방에서 거실이라는 곳으로 옮겨졌다.

거실은 1급 수감자용 독방으로 창호지로 둘러싸인 방에 책상과 작은 테이블과 옷장까지 갖춰져 있었다. 문에는 자물쇠가 없고 교도관의 허가 없이도 자유롭게 출입이 가능했다.

국가 자격증을 받았다고는 하지만 기초를 배웠을 뿐이었고, 아직 실력 있는 미용사가 되려면 멀고도 멀었다. 다행스럽게도 아카네에는 상당한 기술을 보유한 선배들이 많았고, 화요일과 금요일에는 외부 미용학교의 교장이 실기를 지도하러 와주어서 그런 사람들에게 기술을 배웠다.

특히 미용학교의 교장은 기술뿐만 아니라 손님 접대의 중요성을 가르쳐주었다. 샴푸 기술만 해도 손님을 안내하는 방법부터 얼굴에 수건을 덮는 방법, 샤워기를 잡는 방법, 더운물의 온도, 샴푸를 바르는 방법, 손가락 힘의 강약을 적절히 사용하는 법 등 세세하게 주의할 점이 상당히 많았다.

그 교장이 이렇게 말한 적이 있었다.

"가게 안의 어느 곳에 있더라도 손님이 보고 있다는 사실을 잊지 말 것. 손님의 눈은 의외로 예리하다. 1초라도 정신을 놓으면 손님은 금방 알아챈다."

나는 이 말을 들었을 때 백야에서 아야노에게 들은 말이 생각났다. 그리고 최악의 접객업소에서 최고가 되었던 경험이 있는 내가 미용 업계에서도 최고가 되지 못할 이유는 없다고 생각했다.

1급이 되면 도서 대출 보조나 강당 정리 등 교도소 내의 잡일도 해야 했다. 낮에는 아카네에서, 밤에는 내부 아카네에서 가위질을 하기 때문에, 여하튼 종일 너무나 바빠서 한겨울에도 추위를 느낄 수가 없을 정도였다.

그러다 보니 이미 형기는 미결구류기간을 포함해서 5년 5개월이나 지나 있었다.

미용 실습생은 견습사원을 포함해서 13명이 있었다. 2열로 서서 점호를 하고, 안쪽 수로의 철문을 지나 아카네에 도착하는 시간이 아침 7시 50분. 그 시간에는 이미 10명 정도의 손님이 문밖에서 기다리고 있었다. 물론 모두 바깥세상의 사람들이었다. 근처에 사는 주부들도 많이 있었으나, 한눈에 봐도 술집 여자 같은 손님도 있었다.

아카네에서도 교도관의 눈이 항상 배후에 도사리고 있었다. 아무리 손님의 호의라고 해도 사탕 하나만 받아도 미용실 근무가 금지되고, 급수도 내려간다. 그리고 손님의 주문 외에는 절대로 잡담을 해서는 안 되었다.

"카와지리, 이봐, 카와지리, 안 들려?"

나는 일하고 있는 중에 교도관의 목소리에 깜짝 놀라 돌아보았다.

오늘은 2년 전에 도치기 현에서 전근해온 에지마 교도관이 미용실을 담당했다. 통통하게 살이 올라서 수감자들로부터 붙여진 별명은 오뚝이였다. 삼십 대 중반의 독신이다.

"네, 죄송합니다. 무슨 일이십니까?"

"분류과장의 호출이다. 빨리 가봐."

"뭐라고? 내 머리, 어떻게 되는 거예요?"

손님이 머리를 돌렸다.

"죄송합니다. 다른 미용사와 교대하겠습니다."

"그러면 안 되죠. 내 머리는 이 언니가 해야 되는데."

"죄송합니다. 규칙이라서 어쩔 수 없습니다. 카와지리, 가봐."

"네."

나는 손님에게 고개 숙여 인사를 하고, 탈의실로 향했다. 탈의실에서 죄수복으로 갈아입고, 다른 교도관과 함께 회색 건물로 향했다.

2주 전에도 분류과장으로부터 호출을 받았다. 그 자리에서 가석방 이야기를 들은 적이 있었다. 나도 서서히 이야기가 나올지 모르겠다고 생각하고 있었기 때문에 뛰어오를 듯 기뻤다. 하지만 불안하기도 했다. 가석방이 되기 위해서는 인수자가 필요하다. 인수자가 결정된 후에 본 면접을 거쳐 정식으로 심리에 올라가고, 가석방을 허가할 것인지 기각할 것인지가 결정된다. 나는 남동생인 노리오를 인수자로 지정했다.

아카네에서 분류과로 갈 때는 자갈이 깔린 길을 50미터 정도 걸어야 한다. 도중에 오른편에 있는 바깥 수로의 문이 보이는데, 문 바로 너머로는 국도가 있어 자동차의 왕래가 보기 싫어도 눈에 들어왔다. 문에는 감시가 없기 때문에 잠깐만 뛰어가면 간단하게 탈옥할 수 있을 것으로 생각될지 모르지만, 상급자는 그런 바보 같은 짓은 생각하지도 않는다. 서투르게 탈옥을 시도했다가 강등당하기보다는 성실하게 복역해서 빨리 가석방을 받는 것이 좋기 때문이다. 그런데도 이 자갈길을 걸을 때마다 바람에 실려오는 배기가스조차 바깥세상의 향취 같아서 참을 수 없는 탈옥 충동을 느끼곤 했다.

나는 교도관과 함께 분류과에 들어가 분류과장인 시미즈 아사코 앞에 섰다. 이 사십 대 여성도 독신이었으나, 오뚝이와 달리 놀랄 만한 미인이었다. 흰 피부나 윤곽이 뚜렷한 얼굴 모습은 영화배우를 방불케 할 정도이고, 위로 추켜올린 머리에서도 그녀의 센스를 느낄 수 있었다. 교도소에는 젊은 교도관도 몇 명쯤 있었지만 교도소 경력 5년 5개월 동안 내가 아는 한 시미즈 과장을 능가하는 미인은 없었다.

그 시미즈 과장이 험악한 표정으로 나를 올려다봤다.

"카와지리, 용건은 이미 알고 있지?"

목소리가 처져 있다. 나는 몸을 경직시켰다.

"네."

"인수인 건인데, 후쿠오카의 보호관찰소가 동생에게 확인한 결과 유감스럽지만 인수 의사가 없다는 회답이 왔어."

"······그렇습니까."

예상은 했었다. 그러나 실제로 기절당하자 생각했던 것보다 참기 힘들었다. 나도 모르게 마음 깊은 곳에서는 노리오가 인수자가 되어 마중 나와주리라 기대했던 것일까?

"다른 사람은 없어?"

시미즈 과장의 부드러운 목소리가 허공에 잔혹하게 울렸다.

나는 머리를 숙였다. 간절한 마음으로 한 남자의 이름을 불러본다.

시마즈 겐지.

너무 뻔뻔하다고 할까? 잊어달라고 편지까지 써놓고 왔으면서도 이제 와서 인수인이 되어달라니.

그래도······.

그 사람은 내 과거는 아무래도 좋다고 했다. 나와 함께 살고 싶은 것뿐이라고 말했다. 그런 가슴 떨리는 말을 들어본 건 태어나서 처음이었다. 그 사람은 프러포즈를 했고, 나는 그걸 받아들였다. 그래, 호적에 오르지 않았어도 나는 그 사람의 아내다. 지금 나에게는 미용사 국가자격증이 있다. 손님의 평가도 좋다. 틀림없이 그 사람에게 도움이 될 것이라고 생각했다.

나는 얼굴을 들었다.

"시미즈 겐지 씨, 도쿄의 미타카에서 이발소를 운영하고 있습니다."

"어떤 관계지?"

"내연의 남편입니다."

"호적에는 올리지 않았군."

"결혼 약속을 했습니다."

"면회 온 적이 있나?"

"없습니다……."

시미즈 과장이 얼굴을 찡그렸다.

"그래도 그 사람이라면 틀림없이 마중 나올 거라고 생각합니다."

"알았어. 그렇게까지 말한다면, 도쿄의 보호관찰소에 연락해서 인수인이 될 의사가 있는지를 확인해보자고."

나의 부탁을 듣고 시미즈 씨는 어떤 표정을 지을까? 어떤 생각을 할까? 그리고 어떤 회신을 보낼까? 그런 상상을 할 때마다 숨이 막혀와 가슴을 쥐어뜯고 싶어졌다.

이제 슬슬 보호관찰관이 시미즈 씨를 찾아볼 시간이 되었는데, 어쩌면 벌써 찾아봤는지도 몰랐다. 그렇게 생각하니 일에도 집중이 되지 않았고, 샴푸와 린스조차 구별하지 못하는, 평소라면 절대 하지 않을 실수도 저지르고 말았다. 이럴 경우에는 구두 주의로 끝나지만 조금 더 심하면 가석방 심리에도 영향을 미치게 된다.

5년이라는 세월이 너무나도 무거웠다. 다만 두 달 같이 산 여자, 그것도 살인죄로 복역하고 있는 여자를 5년간이나 계속 기다리고 있을까? 그런 영화 같은 이야기가 정말 있을 수 있을까? 냉정하게 생각할수록 절망적으로 느껴졌다.

그러나…….

시미즈 씨는 나에게 결혼해달라고 했던 단 1명의 남자였다. 성실하고, 근면하고, 상대방을 생각해줄 줄 아는 남자다. 그런 남자의 사랑을 믿지 못한다면 이제 뭘 믿고 살아야 한단 말인가? 그런데 혹시 거절한다면…….

결론이 날 때까지 하루하루가 나에게는 생지옥 같았다. 시미즈 씨를 인수인으로 지명한 것을 후회하며 취소해버릴까, 하고 생각한 적도 있었다.

2주일 후, 아카네에서 손님의 머리에 로트를 감고 있을 때 시미즈 과장의 호출을 받았다.

나는 교도관과 함께 분류과로 향했다. 용건은 인수인에 관한 사항 이외에는 있을 리 없었다. 아카네로부터 회색 건물로 이어지는 자갈 깔린 보도를 힘껏 밟으며 마음속으로 몇 번이고 중얼거렸다.

'시마즈 씨의 사랑을 믿자.'

"데려왔습니다."

"시마즈 겐지 씨가 거절했다더군. 도쿄의 보호관찰관이 시마즈 씨에게 확인한 결과, 인수자가 될 생각이 없다는 대답을 들었다고 하네. 유감스럽게 됐어."

시마즈 과장이 하는 말 한 마디 한 마디가 현실이라는 칼이 되어 내 가슴을 찔렀다.

"왜……."

이발소를 그만두었나? 그래서 나를 맞이할 여유가 없는 걸까?

"가게는 있었나요?"

"이발소는 아직 있다더군. 하지만 5년 전과는 상황이 상당히 달라졌다고 하네. 내가 말해줄 수 있는 것은 여기까지야."

모든 것이 얼어붙었다. 몸이 떨려왔다. 폐가 굳어져서 숨을 쉴 수가 없었다.

"그럴, 그럴 리가 없습니다. 저는 그이의 아내인데, 그 사람은 저와 함께 살고 싶다고 했고, 호적에 올리겠다고,

사랑한다고……. 난 믿고 있어요! 사람을 잘못 찾은 겁니다. 다른 사람을 시마즈 씨로 착각한 게 분명해요."

"카와지리, 정신 차려. 시마즈 씨가 거절했어. 다른 사람이 아니야."

"그러면 아카기 씨를 불러주세요."

"아카기?"

"제가 일했던 터키탕의 매니저였습니다. 저를 좋아한다고 했습니다. 어려울 때는 언제나 달려오겠다고 했습니다. 아카기 씨라면 틀림없이 와줄 겁니다."

"연락처는?"

"그게 홋카이도의 야쿠모라는 곳에 집이 있다고는 했는데, 주소나 전화번호는 잃어버려서……."

"그렇다면 어떻게 해볼 도리가 없잖아!"

시마즈 과장이 고함을 지르며 주먹으로 책상을 쳤다. 그러고는 숨을 내쉬며 타이르듯이 말했다.

"이봐, 카와지리, 와카야마에는 인수자가 없는 수감자를 위한 갱생 보호시설도 있어. 또는 종교단체에서도 인수인이 되어줄 사람들이 있어. 그런 사람들에게 부탁해보면 어떨까? 물론 가족이나 친구가 인수인이 되어주는 편이 심사위원들의 심증을 굳히는 데는 유리하겠지만, 그 사람들이 그럴 의사가 없다거나 연락처를 모른다면 방법이 없잖아. 카와지리는 1급이고 평소의 근무태도도 훌륭했기 때문에 이제부터 별일 없으면, 가석방은 틀림 없어, 어때?"

나는 고개를 숙였다. 터져 나오는 오열을 참을 수가 없 었다.

"카와지리, 대답해."

"……네. 부탁합니다."

그 대답을 하는 것마저 힘들었다.

시미즈 과장은 나를 내보냈다. 직원들이 나를 뚫어져 라 쳐다보는 가운데 나는 분류과를 나왔다. 나는 교도관 에 이끌려 회색 건물 밖으로 나와 아카네로 향했다.

구름 한 점 없는 가을 하늘이었다. 바람에 날리는 낙엽 이 돌길 위에서 미끄러져 굴러다녔다.

"카와지리, 마음이 많이 아프겠어."

옆을 걷고 있는 교도관이 말했다. 5년 전에는 눈이 그 토록 예뻤던 그녀도 화장이 짙어졌고, 뚱뚱해졌고, 말투 도 거칠어졌다.

"하긴 아무도 마중 나와주지 않으면 쓸쓸하지. 하지만 그만큼 네가 저지른 범죄가 주위 사람들에게 피해를 끼 쳤다는 거야. 다시 한 번 반성하는 게 좋을 거야. 그래도 사람을 죽였는데 가석방이 될 수 있다는 것만도 고맙게 생각해야지."

나는 멈춰 섰다. 왼쪽으로 눈을 돌렸다. 바깥 수로의 문이 보였다. 감시도 없고, 누구나 왕래가 가능한 문. 바로 그 밖 국도에는 자동차와 트럭이 달리고 있었다.

"왜 그래?"

교도관이 내 얼굴을 들여다봤다. 나는 양손으로 교도관을 밀쳐버리고 발을 내디디며 뛰었다.

"멈춰!" 외치는 소리. 호루라기의 찢어지는 듯한 소리가 울려 퍼졌다. 나는 아무 생각도 없이 그저 달렸다. 누군가가 앞에서 끌어당기는 것처럼 계속 달렸다.

갑자기 뭔가가 허리를 덮쳤다. 얼굴이 지면에 부딪혔다. 눈에서 별똥별이 보였다.

"카와지리, 미쳤어?"

팔이 비틀리며 누군가에 의해 나는 땅에 꿇려졌다. 필사적으로 머리를 들어보니 문은 바로 앞이었다. 국도를 달리는 덤프트럭의 타이어가 눈앞을 지나갔다.

"너 바보 아니야? 이것으로 가석방도 사라졌어. 미용실에서 재봉틀로 돌아가는 거야. 알겠나!"

나는 일으켜 세워졌다.

강한 힘을 지닌 처음 보는 남자 교도관이 둘이나 있었다. 손대지 마. 저항하자 상의 단추가 날아갔다. 양팔을 남자 교도관에게 붙잡히고는 다리를 버둥댔다.

"가만히 있지 못해!"

나는 그들이 끌고 가는 대로 끌려갔다. 안쪽 수로의 철문을 지나갔다. 나는 징벌방이 아니라 진정방으로 들여보내졌다.

커다란 소리를 내며 두꺼운 문이 닫혔다. 자물쇠 잠그는 소리가 울렸다. 숨이 다할 때까지 소리를 질렀지만 그 소리는 콘크리트에 부딪혀 맥없이 반사되었다.

사방이 콘크리트로 둘러싸인 좁은 감방 안에서 나의 숨소리만이 들려왔다. 일반 감방용 창은 없고, 높은 곳에 채광용 창이 있을 뿐이었다. 화장실도 콘크리트로 둘러싸여 있었다. 이 방은 밭으로 둘러싸여 있기 때문에 아무리 소리를 질러도, 발광을 해도, 아무에게도 들리지 않았다. 내 목소리는 아무에게도 전달되지 않았다.

나는 바닥에 뒹굴다가 대자로 누웠다.

"바보."

콘크리트 천장에 대고 소리쳤다. 눈물이 하염없이 흘렀다.

이 사건 덕분에 나는 4급으로 강등되고, 잡거방으로 다시 옮겨졌다. 작업장도 미용실에서 제1공장으로 바뀌었다.

잡거방 동료였던 메구미는 내가 입소하고 10개월 후에 만기 출소했다. 미도리도 1년 조금 넘어 가석방을 받았으나 소문에는 출소 후 얼마 안 되어 죽었다고 한다. 카즈코는 나와 함께 2급으로 진급되어 형기를 반년 남겨두고 가석방되었다. "또 올게"라며 농담인지 진담인지 알 수 없는 말을 남기고 갔으나 아직까지 돌아온 것 같지는 않았다. 루리코는 얼마 전에 가석방이 결정되어 사회생활에 적응하기 위한 전용 감옥으로 옮겼다.

나는 다시 다 해어진 4급용 죄수복을 입고, 재봉틀을 돌리며 매일을 보냈다. 잡거방은 8인실이었으나 다른 수감자들은 처음에 나와 말을 하려고도 하지 않았다. 가석방을 눈앞에 두고서 탈옥하려다 미수로 그친 사건은 이미 널리 알려져, 나는 왠지 다가가기 힘든 상대로 취급받고 있었던 것이다.

그 후로는 담담하게 눈앞의 재봉틀만을 보고 하루하루를 보냈다. 나는 일을 성실하게 했고 문제도 일으키지 않았기 때문에 1년 후에는 다시 3급으로 진급했고 또 반년 뒤에는 2급이 되었다.

형기를 세 달 남겨두고 가석방을 받았고 가석방 주거지는 와카야마의 갱생 보호시설로 지정됐다. 그곳에는 20개 정도의 방이 있었고 최소한의 옷과 식사가 제공되었지만 언제까지나 머무를 수는 없었다.

보호관찰 기간을 이 시설에서 보낸 후 나는 혼자서 도쿄로 향했다.

1982년 4월.

서른네 살의 봄이었다.

도쿄 역에 도착해 신칸센에서 내려서 추오 선으로 갈아타고 미타카로 갔다. 그때와 같이 타마 강 상수를 따라 걸었다. 수로에는 여전히 물이 없었으나 길은 아스팔트로 포장되어 있었다.

다리에 도달했을 때는 이미 해가 지기 시작했다. 내 발은 시마즈 씨의 이발소로 향했다.

예전 도로변에는 논과 밭뿐이었지만 이제는 주택이나 상점, 빌딩도 지어져 있었다. 도로 폭도 넓어졌고 황색의 중앙선도 그어져 있었다. 당시의 모습은 어디에도 없었다. 8년 전의 내 기억은 거의 의미가 없었다.

길을 잘못 찾은 것일까, 생각하며 걷고 있을 때 이발소의 회전간판이 눈에 들어왔다. 나는 심장이 쿵쾅대는 것을 느끼면서 가까이 다가갔다. '헤어살롱 시마즈'라는 글씨가 보였다. 틀림없었다. 시마즈 씨의 이발소가 새롭게 개장한 것이다. 그러나 내 기억과는 어딘가가 달랐다.

그래, 가게의 위치가 달라져 있었다. 그 순간 내 기억과 눈앞의 광경이 겹쳐졌다. 옛날 '시마즈 이발소'가 있던 자리에는 이제 매우 밝은 분위기의 가게가 세워져 있었다. 넓은 주차장에 24시간 영업이라는 선전 문구가 걸려 있었는데, 처음으로 보는 스타일의 가게였다. 할머니가 혼자서 가게를 보고 있던 담배 가게는 고깃집으로 변했다. 단층 주택이 있던 곳에는 이층집이 들어섰고, 풀이 무성하게 자라고 있던 공터는 주차장으로 변해 있었다.

나는 헤어살롱 시마즈의 건너편에 섰다. 도로 너머에 있는 가게 안의 모습이 유리를 통해 보였다. 의자는 3개. 손님은 제일 앞쪽의 의자에 앉아 있는 중년 남자 한 사람뿐이었다. 머리를 자르고 있는 사람은 틀림없이 시마즈 씨. 그리운 마음에 가슴이 뜨거워졌다. 변하지 않았네. 아니, 약간은 야위었지만 그만큼 날렵해진 듯한 느낌이 들었다. 가끔 입을 움직이며 웃었고 진지한 눈으로 손님의 머리를 매만졌다. 손님도 기분이 좋은 듯 싱글대며 거울을 보고 있었다. 시마즈 씨의 가위질은 신선했다. 미용사가 된 나는 더욱 잘 알 수 있었다.

한 마디라도 이야기를 하고 싶었다.

나, 미용사 자격증을 땄어.

그것만이라도 말해주고 싶었다. 그대로 돌아가면 틀림

없이 후회할 것이다. 차갑게 문전박대를 당해도 좋다. 만나자. 만나야 한다.

도로를 건너려고 발을 내디디는 순간 시마즈 씨가 가게 안쪽으로 얼굴을 돌렸다. 나는 발을 멈췄다.

가게 안에는 시마즈 씨처럼 하얀 작업복을 입고 있는 여자가 있었다. 몸집이 작고 귀여운 여자. 나와 비슷한 나이일까? 그녀는 웃는 얼굴로 시마즈 씨와 이야기를 주고받고 있었다. 그 여자의 뒤에서 시마즈 씨와 꼭 닮은 작은 남자아이가 얼굴을 내밀었다. 아이는 여자의 허리에 매달려, 시마즈 씨를 올려다보고 있었다. 손님도 남자아이에게 말을 걸고 있었다. 가게 안의 웃음소리가 내가 있는 곳까지 들려오는 듯했다.

나는 등을 돌려 미타카 역으로 돌아가기 시작했다.

제4장

기묘한
인연

1

　미용실 '루주'의 사장실은 프랑스 국기를 모티브로 한 가게 안의 인테리어와 비교하면 메말라 보일 정도로 검소했다. 그러나 나는 밝고 색채가 풍부한 가게보다 오히려 이곳이 더 화려하게 느껴지는 듯했다. 우치다 사장의 개성 넘치는 패션 때문일까? 하긴 가게에서 개점 준비를 하고 있던 여직원의 패션 역시 만만치 않았다. 그 여자애에게는 없고 우치다 사장에게는 있는 것. 어쩌면 그것이 후광이라는 것인지도 모른다.

　이런저런 생각을 하면서 나는 사장이 말한 대로 소파에 앉았다. 우치다 사장이 직접 차를 타주었다. 인사를 하고 나서 한 모금 마시니 꽤 맛이 있었다.

"마츠코가 죽었다면서?"

우치다 사장이 입을 열었다.

"나이가 많지 않았지?"

"쉰세 살이었다고 합니다."

"한창나이인데⋯⋯."

아깝다는 듯이 우치다 사장이 얼굴을 찡그렸다.

"마츠코 고모가 이 가게에 온 것은 언제쯤이었나요?"

"사와무라 씨에게 전화가 와서 나도 당시의 일기를 찾아봤지. 보니까, 1982년 4월이더라고."

"마츠코 고모가 교도소에 있었던 건 알고 계셨나요?"

우치다 사장이 고개를 끄덕였다.

"살인을 했다는 것도 알고 있었지."

"본인이 말하던가요?"

"이력서에 정확하게 쓰여 있었어. 교도소 내에서 국가 자격증을 따고, 얼마 전에 출소했다고."

"교도소에서 미용사 자격증을 딸 수 있나요?"

"자네도 사와무라 씨에 대해서 알고 있지? 그 사람도 옛날에는 교도소에 있었어. 사와무라 씨만이 아니야. 이전부터 내 가게 손님 중에는 교도소에 있었던 사람들이 많았지. 야쿠자같이 겉모습만 봐도 알 수 있는 사람부터, 이야기를 하다가 갑자기 교도소 이야기를 해서 깜짝 놀라게 하는 사람까지 여러 종류야. 나도 이상하다고 생각하고 있었는데, 언제였더라, 사와무라 씨가 가르쳐주었어. 와카야마의 여자교도소에는 수감자의 직업훈련소로 이용되는 미용실이 있는데 그 가게 이름이 아카네라고. 쇼 군도 사와무라 씨에게 들었을 테지만, 여기도 전에는 아카네라는 이름이었거든. 그래서 교도소에 있던 사람들이 옛날이 그리워져서 들어오는 거라고 하더군. 나도 놀라서 오히려 교도소의 미용실과 같은 이름이라서 더 싫지 않느냐고 물어보니까, 교도소 안에서 미용실이란 곳은 제일 편하게 쉴 수 있는 천국이었다고 하더군. 사와무라 씨도 가게 이름에 이끌려서 들어왔다고 하던데."

"그런데 이름을 바꾸셨네요."

"13년 전인데 당시에 운영하던 미용실이 있던 빌딩이 철거되는 바람에 이 빌딩으로 이전했거든. 마침 쇼와시대*도 끝나고, 새로운 시대를 맞아 기분전환도 할 겸, 약간 멋쩍은 이름이기는 하지만, 프랑스어 루주로 바꿨어. 루주는 같은 빨강이라도 자주색보다 밝은 빨강이거든. 조금이라도 밝은 세상이 되었으면 하는 생각으로 붙인 이름이야. 교도소에 있던 사람들을 일부러 오지 말라고

● 히로히토 덴노 시대의 연호. 1926년~1989년.

했던 건 아니야."

우치다 사장이 장난기 넘치게 웃었다.

"마츠코 고모가 이 가게에 온 것도 가게 이름 때문이
었나요?"

"아마 그렇지 않을까? 본인한테서 들은 적은 없지만 말
이야."

"출소하고 바로 이곳에 왔다고 하셨죠? 그렇다면……."

"왜 그래?"

"마츠코 고모가 경찰에 체포되었을 때, 남자 이발사와
동거하고 있었답니다. 아마도 교도소에서 미용사 자격을
딴 것은 출소해서 그 남자와 다시 살아보기 위해서가 아
닐까 생각했거든요. 그런데 출소해서 바로 이곳으로 왔
다는 것은 그 남자와는……."

"그러니까 생각나는데, 면접 볼 때, 무슨 일이 있어도
성공한 모습을 보여주고 싶은 사람이 있다고 말했지."

"보여주고 싶은 사람……."

"마츠코가 처음 온 날은 생생히 기억하고 있지. 갑자기
가게에 들어와서 일을 시켜달라고 했어. 보통은 구인공
고를 보고 오잖아. 당시에는 나 이외에 미용사 2명과 견
습 1명으로 충분했기 때문에 모집을 하지 않았거든. 나
도 처음에는 거절하려고 했는데, 눈매가 대단하더라고.

절대로 포기할 것 같지 않은 느낌이었어. 문전박대를 해버리면 내가 살해당하지 않을까, 하는 생각이 들 정도였어. 그래서 특별히 영업시간이 끝날 때까지 기다리게 해서 인형 모델을 사용해 테스트했지. 그런데 못된 장난기가 발동해서 아주 어려운 문제를 냈어. 그때 가게에 있던 미용사도 할 수 있을지 모를 그런 이상한 문제를 말이야. 처음에는 마츠코도 당황했는지 순조롭게 하지 못하다가, 5분도 지나지 않아서 눈이 번쩍 뜨일 정도로 훌륭한 가위질 솜씨를 발휘했지. 뭔가에 이끌린 듯한 얼굴이었는데, 범접하기 힘든 분위기가 이런 거구나, 나도 압도되고 말았지. 집중력을 최고로 발휘했던 것 같아. 완벽한 마무리라고는 할 수 없었지만, 충분히 합격점을 받을 만한 실력이었지. 끝나니까 처음엔 재미삼아 보고 있던 우리 직원들이 박수를 치더라고. 가위를 잡은 지 3년 되었다는 말을 듣고, 또 한 번 놀랐어. 그다음에 곧 면접을 보고 채용하기로 했는데, 아무도 불만을 표시하지 못했어."

"교도소에 들어갔던 일로 거절할 생각은 없으셨나요?"

그때까지 온화하던 우치다 사장의 표정이 확 바뀌더니 엄한 눈으로 나를 쳐다봤다.

"이봐."

"……네."

"이 우치다 아카네를 그 정도로 보면 곤란해."

노인이라고는 여길 수 없는 힘 있는 목소리였다.

"죄…… 죄송합니다."

나는 무릎에 양손을 올리고 머리를 조아렸다.

"마츠코의 과거는 나 외에는 아무도 몰랐을 거야. 굳이 알릴 필요도 없다고 생각했거든."

우치다 사장의 얼굴에서 험악한 표정이 사라졌다.

"저…… 가게에서 일하는 태도는 어땠나요?"

"손재주가 있었고, 원래 머리가 좋은 사람이었어. 다만 항상 자신의 주위에 벽을 쌓고 있었지. 필사적으로 버티고 있는 느낌이었어. 그래도 뭐, 문제를 일으키는 것도 아니고, 손님에게도 웃는 얼굴로 요령 있게 대해서 평판이 좋았어. 일만 잘하면 나는 불만 없으니까 말이야. 그런 상태가 1년 정도 계속되었을까?"

우치다 사장이 숨을 깊이 내쉬었다.

"이상해진 건 그 남자가 가게에 나타난 후부터였어."

2

긴자의 아카네는 상가건물의 2층에 있었다. 의자 3개와 샴푸대가 1개뿐인 조용한 가게로, 넓이만 보자면 교도소의 아카네가 넓을 정도였다. 다만 인테리어는 비교할 수도 없을 정도로 세련되었다.

미용실 사장은 사십 대 여성이었고, 파리에서 유학을 해서인지 입구에는 당당하게 프랑스 국기가 걸려 있었다. 벽에는 파리의 명문 미용학교인 포뮬라에서 받은 아방세 코스 수료증과 일본 국내에서 열린 미용 콘테스트의 상장이 걸려 있었다. 그 밑에는 커다란 트로피가 금색 빛을 내뿜고 있었다.

시험과 면접에 합격한 나는 다음 날부터 직원으로 일

하게 되었다. 사장인 우치다 선생님 외에 직원은 3명. 이 중에 서른 살 전후와 이십 대 중반의 여성은 미용사이고, 스무 살 정도의 여자아이는 견습사원이었다. 서른네 살의 나는 직원 중에서 제일 나이가 많았다.

최연장자라도 신입이기 때문에 처음에는 샴푸나 마사지를 담당하면서 가게의 시스템이나 접객 방침을 배웠다. 일주일 정도 지나자 간단한 커트를 맡아서 하게 되었고, 도구를 놓는 곳이나 기기 사용방법을 모두 알게 되었을 즈음에는 다른 직원과 똑같이 일을 하게 되었다.

시마즈 씨와 만나는 것은 포기했다. 그러나 내가 다시 일어서서 미용사로서 재기한 사실은 어떤 방법으로든지 전하고 싶었다.

시마즈 씨의 행복한 생활을 보게 된 다음 날, 나는 부동산을 통해 아카바네에 있는 집에 월세로 살기로 했다. 보증인이 필요했기 때문에 교부받은 보호 카드를 가지고 보호관찰소에 가서 상담하자 보호관찰소에서 보증인을 연결해주기로 했다.

내게 남아 있는 것은 몸을 팔아서 모은 돈과 미용사 국가 자격증과 미용 기술뿐이었다. 여자 혼자 살아가기로 결심한 이상, 자신이 먹고살 돈은 자신이 버는 방법밖에 없다. 더 이상 몸을 팔 수는 없고, 술장사도 할 생각이 없었고, 남은 길은 미용사밖에 없었다. 아카바네의 직업소개소에서 미용실의 구인공고를 보았으나 끌리는 가게가 없었다. 기왕에 할 거라면, 번화가에서 기량을 테스트해보고 싶었고 문득 도쿄 역이 떠올랐다. 역 앞에 있는 공중전화 부스의 전화번호부를 들춰 미용실 항목을 찾아봤는데 '아카네'라는 가게 이름이 눈에 띄었다. 교도소의 미용실과 같은 이름이라니. 마지막 3년간 아카네에는 발을 들여놓지 못했지만, 나는 그 페이지를 찢어 전화부스에서 나왔다.

실제로 아카네에 찾아가보니 바로 금색 트로피가 눈에 띄었다. 거기에서 커트 콘테스트가 있다는 사실을 알게 되었다. 콘테스트에 나가서 우승하면 적어도 업계 내에서는 이름이 알려지지 않을까? 그리되면 시마즈 씨의 귀에도 들어가겠지. 나는 사장인 우치다 선생님에게 직접 테스트를 받기로 했다. 인형 모델을 사용하는 실기 테스트에서는 아웃사이드 스트로크 커트를 이용하여 털끝이 서 있는 것 같은 모양을 내도록 하는 과제가 출제되었다. 스트로크 커트는 머리 다발을 깎아내는 커트 방법으로 난이도가 높은 기술이다. 교도소의 강습에서 배운 적은 있었으나 실제로 해본 적은 거의 없었기 때문에 자신 있는 기술은 아니었다. 그것도 3년 전의 이야기였다. 그러나 진지하게 마음먹고 최선을 다한 결과 겨우 제한시간 내에 완성할 수 있었다. 테스트는 합격이었다.

우치다 선생님은 커트 콘테스트에 늘 나가는 분으로 몇 번이나 최우수상을 받았다. 직원들도 공부를 열심히 하고, 영업시간 이후에도 기술 공부를 위해 밤늦게까지 우치다 선생님의 기술 지도를 받았다. 물론 나도 참가했다. 이 시간이 제일 즐거웠다. 백야에서 테크닉을 공부할 때가 생각났다.

들은 바로는 콘테스트는 커트뿐만 아니라 와인딩, 즉 로트 말기의 속도와 정확성을 경합하는 콘테스트도 있다고 했다. 로트 말기는 자신이 있었기 때문에 콘테스트 종목을 바꿀까도 생각했지만, 이발사인 시마즈 씨는 로트를 사용할 일이 없기 때문에 로트 말기에는 흥미가 없을 것 같아서 커트 콘테스트만을 목표로 삼았다.

아카네에 취직해서 2개월째에 접어들자 처음으로 단골 손님이 생겼다. 백야에서 단골이 생긴 것도 2개월째였다. 손님을 대하는 마음가짐이나, 영업시간 외의 공부나, 지정 손님을 받는 시스템 등 터키탕과 미용실 사이에 생각지도 못한 공통점이 있다는 사실이 재미있었다.

날 지명해준 고객은 이십 대 후반 정도의 여성으로 흰 실크 정장을 입고 있었다. 볼은 통통했지만 눈과 코의 생김새는 배우처럼 윤곽이 뚜렷했고, 굴곡이 큰 웨이브 머리는 고상함을 풍기고 있었다. 그녀는 아카네의 단골 손님인 듯 이전에도 본 적이 있었는데, 우치다 선생님의 손님이었다.

나는 내 전용 왜건을 밀고 그녀의 곁에 섰다. 이미 견습 사원이 시작할 준비를 끝낸 상태였다.

"지명해주셔서 감사합니다. 카와지리입니다. 어떻게 해드릴까요?"

"여름 느낌이 나도록 짧게 잘라주세요."

어디선가 들은 적이 있는 목소리였는데, 생각이 나지 않았다.

"쇼트커트군요. 어떤 분위기를 좋아하십니까?"

"맡길게요. 내게 어울린다고 생각하는 스타일로 해줘요."

그 여성은 눈을 감고 있었다.

"……네."

나를 시험해보는 것이라고 생각했다.

나는 잡념을 떨쳐버리고 여러 각도에서 여성을 관찰했다. 둥근 얼굴에 속한다고 봐야겠지. 둥근 얼굴이긴 하지만 결코 뚱뚱하지 않고 고상한 얼굴이다. 큰 웨이브는 어울리지만 도도한 인상이 풍긴다. 짧은 머리로 같은 분위기를 연출하려면 앞머리를 넘겨서 이마를 노출시킨다. 마지막에는 빗과 무스를 사용해서 가볍게 끌어올리면 된다. 하지만 이 여성에게는 좀 더 부드러움이 풍기는 머리 모양이 어울릴 것 같다. 예를 들면 짧게 층을 낸 머리에 가볍게 파마를 하고, 핑거 블로로 러프한 느낌을 내면…….

나는 마음을 정하고 왜건에서 가위와 빗을 꺼냈다.

가위로 웨이브 진 머리를 대담하게 잘라내고 신중하게 층을 만들어갔다. 보통 때라면 가벼운 이야기를 하면서 가위질을 하지만, 나를 시험하고 있다고 생각하니 신경이 머리에 집중되어 아무런 이야기도 할 수가 없었다. 혹시나 해서 거울을 들여다보니 손님은 기분이 상한 것 같지는 않았다. 눈을 감은 채로 입언저리에 미소까지 짓고 있었다.

층이 완성된 후 파마용 약을 바르고 머리 다발을 만 위에 롤러 볼을 씌워서 침투시켰다. 파마가 끝난 후 스타일링제를 발라 핑거 블로로 끝마쳤다.

나는 완성된 순간 깊은 숨을 토했다. 나의 센스와 기술을 모두 쏟아부은 작품. 과연 긴자에서 통할 수 있을까?

나는 왜건에서 접는 거울을 꺼내 손님의 머리 뒤에서 펼쳐 보였다.

"어떻습니까?"

손님이 눈을 뜨고 딱딱한 표정으로 거울을 들여다봤다. 몇 초간의 침묵이 흘렀다.

거울 속의 여성이 눈을 들었다. 공격하는 듯한 시선으로 말했다.

"당신, 어느 미용학교를 나왔어?"

"……기후에 있는 학교인데요."

"카사마츠지?"

등에서 땀이 배어나왔다.

"어떻게 아시죠?"

여성의 표정이 환해지며 웃음이 터져 나왔다.

"그렇구나. 드디어 꿈을 이루었네. 잘됐어."

나는 거울에 비친 여성의 얼굴을 쳐다보면서 눈을 계속 깜박였다.

"마츠, 아직 모르겠어? 나야, 나."

여성이 작은 소리로 말했다. 눈매에서 뜨거운 시선이 느껴졌다.

나는 확 숨을 들이마셨다.

"메구미!"

커다란 소리를 지르고 말았다. 가게 안의 시선이 집중되었기 때문에 미안하다며 모두에게 머리를 숙였다. 다시 작은 목소리로 "아즈마 메구미?" 하고 되물었다.

"지금은 결혼해서 사와무라 메구미가 되었지."

"깜짝 놀랐어, 전혀 몰라봤네."

"그렇지?"

"메구미는 내가 여기 있는지 언제 알았어?"

"지난번에 왔을 때."

"아는 척해줬으면 좋았을 텐데."

"미안해. 장난기가 발동해서 말이야."

메구미가 혀를 내밀었다.

"마츠, 전혀 변하지 않았네."

"거짓말도 잘해. 벌써 서른넷이야."

"거짓말 아니야. 전보다 더 예뻐졌는데."

"여자 마음을 들뜨게 하는 건 여전하네. 결혼했다고 한 것 같은데, 혹시 상대가 남자야?"

메구미가 쓴웃음을 지었다.

"당연하지. 감옥에서만 남자 같았지. 막상 나오니까 못하겠더라고."

"축하해. 정말 몰라보게 달라졌네. 이렇게 여성스럽다니 말이야."

"그런 말 하지 마. 창피해."

메구미가 자신의 머리에 손을 댔다.

"마츠, 이 정도면 긴자에서도 충분히 통해. 나는 내 얼굴이 이렇게 부드럽게 보일 거라곤 꿈에도 생각한 적이 없어."

그 말을 듣자 전신의 긴장이 풀어졌다.

"다행이다."

"마츠가 이 가게를 고른 건 가게 이름 때문이야?"

나는 고개를 끄덕였다.

"그립다고 생각하진 않지만, 왠지 이름이 익숙해서 말이야."

"나도 작년까지는 다른 미용실을 다녔어. 거기도 긴자에 있는 가게인데 대형 화장품 회사가 경영하고 있어서인지 굉장히 커서 종업원이 50명이나 있어. 완전 분업이어서 커트하는 사람, 샴푸하는 사람, 면도하는 사람, 마사지하는 사람이 모두 다 달라. 왠지 공장에 있는 벨트컨베이어에 실려가는 기분이라서 좀 그렇더라. 좀 더 조용한 가게가 없나 하고 찾다가 이 가게를 발견했어."

"아무래도 한 번은 들어오게 되지."

"그래서 이야기를 잘 들어보니까 이 가게를 만든 우치다 사장은 내가 다니던 바보같이 큰 미용실을 그만두고 혼자서 파리까지 갔던 사람이라고 하더라고. 그 미용실의 방침이 마음에 들지 않아서 단칼에 뛰쳐나왔대. 그 말

을 들으니까 더 마음에 들었어. 덕분에 마츠와도 만났고
말이야."

"지금은 어떻게 지내?"

"또 감옥에 가고 싶은 생각은 전혀 없고, 그렇다고 회
사에 다닐 수도 없고 말이야. 손쉽게 돈을 벌면서 범죄가
안 되는 일이 술장사밖에 없잖아?"

"호스티스를 말하는 거야?"

"처음에는 그렇게 조용한 것부터 시작했는데, 술 취한
아저씨들이 건드리면 확 때려주고 싶어져서 말이야. 나
는 못 참겠더라고."

나는 수긍이 간다는 듯 웃었다.

"갈수록 손님 상대에는 소질이 없다는 걸 알게 됐지."

나는 목소리를 낮춰서 말했다.

"몸 파는 일은 생각해보지 않았어?"

"생각 안 해본 건 아니지만, 마츠의 이야기를 들었기
때문에 나는 도저히 할 엄두가 나지 않았어. 마츠 앞에서
이런 말 하는 게 좀 그렇기는 하지만, 돈 때문에 그렇게
까지 하고 싶지는 않았거든……. 미안해."

"사과할 거 없어. 나도 그렇게 생각하니까. 하지만 나
름대로 프로 의식을 가지고 일을 하는 사람도 있어. 나도
처음에는 그랬지. 결국 나 자신을 잃어버리고 말았지만

말이야."

메구미가 부드러운 표정으로 고개를 끄덕였다.

"나는 몸을 파는 건 싫었지만, 알몸을 보여주는 건 괜찮았어. 그래서 스트립 댄서가 되었지."

나는 눈을 동그랗게 떴다.

"원래 몸을 움직이는 걸 좋아하기도 하고 창피해서 말은 하지 않았지만, 중학교 때까지 발레를 배워서 댄스도 나름대로 자신 있었거든."

"……대단하네. 집이 부자였어?"

"중학교 때까지는 부자였어. 아버지가 뇌물을 받았다는 혐의로 경찰에 붙잡혀 들어간 후로는 계속 내리막길이었지. 그래서 결국 갈 데까지 간 곳이 감옥이었지만 말이야. 아무튼 댄서로서는 평판이 괜찮았어. 스트리퍼들은 많이 있었지만, 춤을 제대로 출 수 있는 애들은 의외로 많지 않았거든. 게다가 남자들의 시선을 한 몸에 받는 걸 느끼면서 춤을 추니까 기분도 좋았지. 그러는 동안에 누드 사진 일도 들어오게 되었고, 그러다가 정식으로 모델 회사와 계약도 했어. 그때 모델 회사 사장이 지금의 남편이야."

"일은 지금도 하고 있어?"

"아니, 진즉에 은퇴했지. 지금은 스무 살 정도의 어린 여자애들이 쉽게 옷을 벗어버리는 시대니까. 아줌마는 사라져야지."

"지금은 사모님이라는 말씀이네."

"그렇다고 그렇게 호락호락하지는 않아. 오늘도 지금부터 다시 회사에 가야 해. 다시 시간을 정해서 만나자. 쉬는 날이 언제야?"

메구미가 "다시 만나자"고 한 말은 그냥 인사치레로 한 것이 아니었다. "시간을 정해서 만나자" 하고 돌아간 3일 후에 우리는 정말로 긴자의 다방에서 만나서, 서로의 근황을 마음껏 이야기했다.

메구미의 남편이 경영하고 있는 모델 회사는 소속 여자 모델이 4명, 직원은 남편과 메구미, 그리고 사무보조 남자 1명이 전부인 작은 규모였다. 사장인 남편이 직접 영업을 뛰고, 메구미는 여자 모델의 관리를 담당한다고 한다.

메구미가 커피를 스푼으로 저으면서 한숨을 쉬었다.

"여자애들을 알리기 위해서는 사진이 필요한데, 그걸 촬영하는 데만 카메라맨, 메이크업, 스튜디오, 사전 조율에 드는 비용으로 가볍게 십만 엔은 넘어가. 다른 일반 모델 회사에서는 그런 건 본인들이 부담하는데, 이쪽 업계는 그렇지가 않거든. 여자애들이 프로 의식이 없어서

일까, 그냥 놔두면 귀찮은 일은 안 하려고 하지. 또 곤란한 건 예쁜 애일수록 시간 개념이 없다는 거야. 이 업계가 적당히 넘어가는 것 같아도 그런 부분은 엄격하거든. 당연히 문제를 일으키는 애들은 일거리가 없어지는데, 그렇게 되면 일이 없는 걸 회사 탓이라고 하고…… 미안, 푸념만 했네."

"쉽지 않네."

"애들 관리를 하다 보면 연애상담을 해주는 경우도 있는데, '남자 친구의 마음을 모르겠어요' 하면서 울며 매달리는 애들도 있어. 감옥에서는 남자 역할을 했지만, 그렇다고 내가 요즘 젊은 남자들의 마음까지는 알 수 없는 노릇이잖아."

메구미가 머리를 저으며 웃다가 얼굴에서 웃음을 지우며 생각에 골몰한 듯한 눈으로 허공을 보았다.

"1명만 있으면 돼. 인기 있는 애 1명만 데리고 있으면 업계에 이름을 알릴 수 있는데, 그 1명을 좀처럼 찾기가 어려워."

"차라리 메구미가 현역 복귀를 하지 그래?"

나는 농담으로 한마디 했는데, "그래야 할지도 모르겠어" 하며 메구미가 진지한 표정으로 고개를 끄덕였다. 그러고는 뭔가 생각난 듯이 물어보았다.

"마츠, 처음으로 몸을 파는 일을 했을 때, 어떤 기분이었어?"

"……글쎄, 아무튼 열심히 해야 된다는 생각 때문에 다른 건 느낄 여유도 없었어. 정신을 차리니까 손님을 배웅하고 있더라고."

"싫다는 생각은 하지 않았어?"

"그때는 남자한테 버림받고 자포자기 상태로 스스로 찾아갔었기 때문에, 싫다고는 생각하지 않았지. 다만 그 전에도 한 번 면접 보러 간 적이 있었어. 그때는 동거하고 있던 남자가 나를 보냈는데, 면접에서 옷을 벗으라고 했을 때는 정말 싫었어. 그날 많이 울었어."

메구미가 코웃음을 쳤다.

"자기 여자를 그런 곳에 보내다니 정말 형편없는 놈이잖아."

"지금 와서 생각해보면 그럴지도 모르지. 하지만 내게는 중요한 사람이었어. 이미 죽었지만 말이야."

"그렇구나……."

"확실히 몸을 파는 일은 힘든 일이었지만, 가끔 그 시절로 돌아가고 싶은 때가 있어. 오고토가 아니고 하카타에 있던 때로 말이야."

메구미의 눈이 왜, 라고 묻고 있다.

"그때는 나를 위선적으로 꾸밀 필요가 없었거든. 지금까지의 인생에서 나는 그때 가장 솔직한 삶을 살았던 것 같아."

메구미가 입술을 움츠렸다. 눈동자가 순간 예리한 빛을 발산하는 듯한 느낌을 받았다.

그 후 한동안 메구미와 만날 기회가 없었다. 그러다가 7월 말경에 오랜만에 메구미는 아카네에 와서 나를 지명해주었다.

거울 속의 메구미는 얼굴이 조금 작아진 것처럼 보였다. 오동통하던 볼이 들어가서 교도소에서 처음 만났던 때와 같은 예리함이 되살아났다.

"메구미, 살 빠진 거 아냐?"

"그런 것 같아? 식사 조절하고 에어로빅으로 다이어트하고 있어."

메구미가 살짝 웃었다.

"나 말이야, 현역 복귀하기로 했어."

나는 깜짝 놀라 목소리를 낮추어 물었다.

"스트립 댄서?"

"아니, 성인 비디오. 이번에 주연으로 결정됐거든."

"성인 비디오라니……?"

"그래, 포르노."

나는 숨을 멈추고 메구미의 옆얼굴을 쳐다보았다.

"남편은 아무 말도 없었어?"

"반대했지만 할 수 있는 일은 뭐든지 해야지. 회사가 망한 다음에는 후회해도 소용없잖아. 남편도 내가 한번 말을 꺼내면 굽히지 않는 성격이라는 걸 충분히 알고 있고 말이야."

메구미가 거울을 노려봤다. 그리고 머리를 돌려 날 쳐다보았다.

"마츠. 음란하게 생긴 여자가 옷을 벗는 건 흔하잖아. 절대로 알몸이 될 것 같지 않은 여자가 벗어야만 상품가치가 올라간다고 생각해. 내 나이에 청초한 아가씨 느낌을 내는 건 무리겠지만, 프라이드가 강한 성인 여자라는 느낌을 나타내고 싶어. 그런 머리로 만들어줄 수 있어?"

"글쎄……. 볼이 들어가고 턱선이 샤프해졌으니까, 아주 짧은 쇼트커트는 어떨까. 그리고 윗부분에 부드럽게 파마를 넣어주면 어른스러우면서도 귀여운 느낌이 날 것 같아."

메구미가 결심한 듯이 입을 꼭 다물었다.

"맡길게."

176

하늘은 회색 구름이 가득했고, 여름의 끝을 알리려는 듯 을씨년스러웠다. 나의 서른다섯 번째 생일은 이미 2주 전에 지나갔지만 아무에게도 축하한다는 말을 듣지 못했다.

아카네는 일주일 동안 여름휴가에 들어갔다. 우치다 선생님은 파리로 여행을 떠났고, 직원들도 고향에 가거나 여행을 가는 등 각자의 휴가를 즐기고 있는 듯했지만, 나는 아무런 계획도 없었다.

이날도 오전 중에는 텔레비전을 보면서 시간을 보냈다. 세탁기를 돌릴까도 생각했으나 텔레비전의 일기예보와 하늘을 보고 포기했다. 냉장고에 찬밥이 있었기에 점심에 볶음밥을 만들어 먹었다. 차를 마시며 입을 가시고 있을 때 메구미에게 전화가 걸려왔다. 지금 가도 되냐고 했다. 나는 다른 할 일도 없었기 때문에 언제라도 좋다고 대답했다.

메구미는 오후 3시 조금 전에 찾아왔다. 짧은 흰색 바지에 가슴이 훤히 보이는 붉은 티셔츠, 그 위에 청재킷을 걸쳐 입었다. 평소의 메구미와는 달리 캐주얼한 모습이었다. 손에는 역 앞에 있는 케이크 전문점의 상자가 들려 있었다.

"맛있을 것 같아서 사왔어."

메구미가 밝은 목소리로 말하며 나에게 상자를 건넸다.

커다란 상자에는 스트로베리 쇼트 케이크, 치즈 케이크, 초콜릿 케이크, 슈크림이 2개씩 들어 있었다.

"둘이서 이걸 전부 먹는 거야?"

"남으면 내가 먹을게."

메구미가 아무렇지도 않은 듯 말했다.

내 집은 다다미 6장짜리 거실과 부엌에 욕실과 화장실이 있는 월 임대료 4만 3천 엔짜리 작은 집이었다. 거실에는 작은 일인용 테이블이 있었다. 나는 티백으로 홍차를 우려내어 작은 접시와 포크와 함께 테이블로 가지고 왔다.

메구미가 상자에서 스트로베리 쇼트 케이크를 꺼내 자신의 접시에 놓았다. 잘 먹겠습니다, 라면서 포크로 생크림을 집어올려 덥석 입에 물었다. 금방 어린애같이 환하게 웃는 표정을 지었다.

"와, 맛있다!"

나는 초콜릿 케이크를 골라 한 입 먹었다. 맛이 진하고 깊이가 있었다.

"마츠, 출소해서 처음으로 뭘 먹었어?"

"뭐였나, 기억나지 않네."

"정말이야? 나는 기억해. 생크림이 듬뿍 들어 있는 쇼트 케이크. 감옥에 있을 때부터 꼭 10개는 먹어야겠다고 결심했거든."

"먹었어? 10개나?"

"당연하지. 그러고는 배가 부담스러워서 혼났지만 말이야."

나는 웃었다.

"교도소에 있을 때를 생각하면 상상할 수 없는걸. 아마도 찹쌀떡이 배급되었을 때였던가, 네가 여자 역할을 하는 애에게 찹쌀떡을 주던 게 기억나. 한 달에 한 번밖에 받을 수 없는 건데, 단 건 싫다고 하면서 말이야. 그러고는 교도관에게 들켜서 징벌방에 들어갔었지. 정말 단 게 싫었어?"

"그럴 리가 없지. 그냥 참았지."

"전부터 물어보고 싶었는데, 왜 그렇게까지 남자 역할을 계속한 거야? 별로 그런 취향도 아닌 것 같은데?"

"난 확실히 레즈비언은 아니지만, 누군가에게 사랑을 받는 건 참 기분 좋은 일이야. 상대가 여자라고 해도 말이야."

메구미가 쇼트 케이크를 다 먹어치우고, 이번에는 치즈 케이크에 손을 내밀었다. 메구미가 입을 우물우물 움직이면서 가방에서 비디오테이프를 꺼내 나에게 내밀었다. 나는 초콜릿 케이크의 마지막 한 입을 삼키고 나서 받았다.

테이프 케이스에 메구미의 전신사진이 실려 있었다. 메구미는 내가 잘라준 짧은 머리에 회색 재킷과 타이트한 스커트를 입고 있었다. 양손으로 서류 파일 같은 것을 껴안고, 앞쪽을 쳐다보고 있었다. 새빨간 립스틱이 빛나는 입가에는 자신감이 넘치는 미소를 머금었다. 서 있는 모습이 너무나 당당해서 여자라도 홀딱 반할 정도였다. 그 옆에 큼직하게 비디오의 제목이 쓰여 있었다.

'미즈사와 아오이. 사장 비서는 음란해!'

그 옆에는 입에 올리기에도 민망한 선전 문구가 쓰여 있었다.

케이스를 뒤집어보자 심장이 뛰었다. 거기엔 메구미의 누드가 몇 컷이나 실려 있었다. 자신의 알몸을 만지면서 황홀해하는 모습, 남자 배우와 껴안고 있는 모습.

나는 멍하니 메구미의 얼굴을 바라볼 수밖에 없었다.

메구미는 아무렇지도 않다는 듯한 얼굴로 치즈 케이크를 먹고 있었다.

"미즈사와 아오이는 내 예명이야. 이거 하나로 2백만 엔 받았어. 이 정도 개런티는 파격적이래. 촬영은 힘들었지만 말이야."

"정말로 한 거야?"

"아니야. 거기까지는 안 했어. 남편에게 미안하잖아."

나는 다시 한 번 케이스로 눈을 돌렸다.

"보고 싶으면 봐도 돼."

나는 머리를 좌우로 저으며 비디오테이프를 메구미에게 돌려주었다.

"비디오 플레이어가 없는걸."

메구미가 "그래?" 하며 비디오테이프를 도로 가방에 집어넣었다.

"메구미는 봤어?"

메구미가 생각하는 듯한 표정을 짓고 나서 말했다.

"보긴 봤는데⋯⋯. 남녀가 서로 엉키는 장면에서 눈을 돌려버렸어. 그래서 남편한테 야단맞았지."

나는 눈을 크게 떴다.

"남편하고 같이 봤다고?"

"그렇게 큰 소리로 말하지 마."

"아니, 남편하고 같이 봤다니까 놀라서 말이야."

"남편이 하는 말이, 이제부터 이 업계에서 일을 하려고 생각했다면, 자신의 창피한 장면도 잘 봐두지 않으면 안 된다고 하더라고. 회사의 여자애들이 자신의 비디오를 어떤 기분으로 보고 있는지도 이해하라면서."

"엄격한 사람이네."

"일에 대해서는 엄격한데, 일 외에는 그냥 그래."

메구미가 온화한 표정을 짓다가, 곧 다시 심각한 표정을 지으며 말했다.

"확실히 무대에서 옷을 벗는 것과 비디오에서 신음하면서 몸부림치는 것은 완전히 달라. 무대에서는 손님의 반응이 보이니까, 내가 댄서이고 엔터테이너라고 생각되거든. 하지만 비디오 촬영현장은 이상하게 어색해서, 연기하면 할수록 정신이 맑아진단 말이야. 자신이 비참해지고……. 다만 영화 한 편 출연에 2백만 엔을 받으리라고는 생각 못 했어. 같은 금액을 무대에서 벌려고 하면 엄청 어려우니까."

메구미가 후우 하고 숨을 토했다.

"여하튼 좋은 공부가 되었어. 이제부터는 비디오 시대라는 것도 실감했고 말이야."

"다시 비디오 찍을 거야?"

"출연 섭외가 꽤 들어오고 있어. 가능하면 해보려고. 하지만…… 1년이 한계겠지. 남편과도 1년이라고 약속했고. 그 후에는 직원으로서 충실하게 일할 거야. 지금부터 틀림없이 성인 비디오에 출연하는 여자 배우도 스타가 되는 시대가 올 거라고. 그런 재목을 발견해서 돈을 많이 벌 거야."

그리고 자신에게 다짐하듯이 말했다.

"세상에 항복하고 살 수는 없지."

메구미가 창밖으로 눈을 돌렸다.

"비가 오기 시작했네."

그 옆얼굴이 나에게는 정말 눈부셨다. 그리고 나는 메구미와 친한 친구가 될 수 없겠다고 직감했다.

메구미는 그 후 8개의 성인 비디오에 출연했다. '미즈사와 아오이' 주연의 비디오는 언제나 매출이 좋은 것 같았고, 촬영이 있을 때마다 내가 메구미의 머리를 손질해 주었다. 단발머리는 에로배우 미즈사와 아오이의 트레이드마크가 되었다. 메구미가 말한 대로 미즈사와 아오이 한 사람 덕으로 회사 경영도 한고비 넘긴 듯했다. 메구미는 유망한 신인을 발견한 후로 비디오 출연은 그만두었다고 했다.

나와 메구미의 만남은 표면상으로는 변함없이 계속되었다. 메구미는 아카네에 오면 꼭 나를 지명했고 가끔은 긴자의 다방이나 내 집에서 수다를 떨었다.

나는 딱 한 번 메구미의 맨션을 방문했다. 처음으로 소개받은 메구미의 남편은 마치 스모 선수 같은 거구로 웃는 얼굴이 에비스* 같았는데, 남편 앞에서 메구미는 소녀처럼 구김 없이 웃었다. 그 후 다시 한 번 집으로 초대받았으나 나는 적당한 핑계를 대고 가지 않았다.

나는 아카네에서 무난하게 일을 해나갔고, 영업시간 후의 기술 공부에도 꾸준히 참가했다. 그러나 가을에 있었던 칸토 지방의 커트 콘테스트에는 출전하지 못했다. 점포마다 출전 인원수가 결정되어 있어서 아카네에서는 2명밖에 출전할 수 없었던 것이다. 아카네에서는 우치다 선생님과 이십 대 중반의 직원이 출전했다. 우치다 선생님은 2위에 입상했고 직원은 10위 안에도 들지 못했다. 봄에 와인딩 콘테스트가 있으니까 그때 참가하라는 권유를 받았지만 거절했다.

시마즈 씨에 대해서는 더 이상 생각하지 않게 되었다. 내가 무엇 때문에 미용사를 계속하고 있는지 알 수 없어지는 때도 있었다.

크리스마스이브는 혼자서 지냈다. 방에서 이불을 덮고 귀를 막았다. 연말연시도 혼자서 보냈다. 떡도 먹지 않았다. 하츠모우데**에도 가지 않았다.

밸런타인데이에도 초콜릿을 사지 않았다. 날씨가 풀렸

●일본의 칠복신(七福神) 중의 하나. 상업의 수호신으로 몸이 뚱뚱하다.
●●일본의 전통으로 정월 초하루에 신사에 참배하는 일.

다고 생각했더니 벚꽃이 핀다는 소식이 들려왔다. 물론 꽃구경은 가지 않았다.

한밤중에 배가 고파 도저히 참을 수가 없어 냉장고를 열어보니 텅 비어 있었다. 문자 그대로 아무것도 들어 있지 않다. 나는 공복인 채 이불로 돌아왔다.

3

"이상해진 건 그 남자가 가게에 나타나고부터였어."

"류라는 사람이군요."

"이름은 모르지만, 키가 크고 약간 어두운 남자였어."

"미용실의 손님으로 왔었나요?"

"아니, 어떤 여자가 데리고 왔어."

"애인이었나요?"

"그런 분위기는 아니었고……. 추측이지만, 그 여자는 어딘가 조직 간부의 애인 같아 보였고, 그 남자는 겨우 보디가드거나 운전수 같은 느낌이었어."

"조직이요……?"

"야쿠자 말이야. 그 남자는 똘마니였던 것 같았어."

"그 사람, 류 요이치라고 하는데요. 마츠코 고모의 제자입니다."

"생각해보니 이력서에도 쓰여 있었던가? 중학교 선생을 했었다고. 그러면 그때의 제자인가?"

"네."

우치다 사장이 천천히 머리를 흔들었다.

"……기묘한 인연이네."

"마츠코 고모는 처음부터 그가 류란 걸 알아봤었나요?"

"그러지는 못했을 거야. 중학생이 어엿한 성인이 되었는데 말이야. 하지만 그 류라는 남자는 마츠코를 알아보았던 것 같아. 이것도 기억이 나는군. 그 남자가 우뚝 선채 입을 쩍 벌리고 마츠코를 보고 있었거든. 그래서 같이온 여자한테 심하게 야단을 맞았지. 사람이 하는 말을 제대로 듣지 않고 다른 데를 보고 있다고 말이야. 그 남자얼굴이 새빨개져서 굽실대며 머리를 조아렸지."

"두 사람이 동거했다는데 알고 계셨습니까?"

"언제부터 함께 살았는지는 모르겠지만, 그 남자가 마츠코를 출퇴근시켜주는 걸 보고 교제하기 시작한 걸 알았지. 물론 가게 안까지 들어오지는 않았지만 출입문 바로 밖에 서 있는 거야. 누구를 사귀든 간에 본인의 자유지만 왠지 나는 안 좋은 느낌이 들었어."

4

1983년 5월.

그날 나는 영업시간 후의 기술 공부에 참여하지 않고 혼자서 집에 가는 중이었다.

미용실 빌딩을 나가자 축제라도 하는 듯 거리 전체가 떠들썩했다. 양복 차림의 샐러리맨은 불그레한 얼굴로 웃고 유행하는 브랜드 옷으로 몸을 감싼 젊은 여성들은 나야말로 긴자의 주역이라고 뽐내듯이 거리를 활보했다.

어떻게 저렇게 티 없이 웃을 수 있을까? 어떻게 하면 저렇게 자신 있게 행동할 수 있을까? 대체 뭐가 그렇게 즐거울까?

나는 나와 아무 관련도 없는 광경에 가벼운 어지러움을 느껴 멈춰 섰다.

내가 있을 곳은 이곳이 아니다. 내가 안주할 수 있는 곳은 어딘가 따로 있다. 꼭 있을 거야. 없을 리가 없어…….

"카와지리 선생님."

나는 깜짝 놀라 뒤돌아봤다.

키가 크고 어깨가 떡 벌어진 남자가 서 있었다. 머리 모양은 펀치 파마*. 페이즐리 원단의 셔츠에 흰색 면바지. 발에는 밤색 뾰족구두를 신었다.

"역시 맞죠? 오카와 제2중학교에 계셨던 카와지리 선생님이시죠?"

남자가 가까이 다가오자 얼굴이 보였다. 어제 아카네에 와서 얼굴을 본 적이 있는 남자였다. 틀림없이 젊은 여자와 같이 왔었다. 여자한테 심하게 야단맞았기 때문에 기억에 남아 있었다. 나는 무의식적으로 한 발 뒤로 물러섰다.

"누구시죠?"

"모르시겠어요? 접니다."

"……누구세요?"

●일본의 야쿠자들이 주로 하고 다니는 머리 모양.

"류 요이치입니다. 3학년 2반의 류 요이치요."

얼굴을 쳐다보니 옛 모습이 남아 있는 것 같았다.

"류? ……정말? 그 류 요이치가 맞아?"

"네, 그렇습니다."

나는 지금 내가 어디 있고 뭘 하고 있는지 잠시 잊어버
릴 뻔했다.

류.

그 이름을 듣는 것이, 그 이름을 말해본 것이 대체 몇
년 만인가.

나는 류가 마지막으로 한 말을 생생히 기억하고 있다.

"또 오면 죽여버릴 거야."

류는 나를 향해 증오의 눈초리를 하고서 그렇게 내뱉
었다. 마지막 날 교장실에서는 말을 주고받기는커녕 눈
을 마주치려고도 하지 않았다.

"미용실에서 처음 봤을 때 비슷하다고는 생각했지만,
설마 선생님은 아닐 거라고 생각했는데……. 다른 분이
카와지리 씨라고 부르기에 정말 깜짝 놀랐습니다."

류가 반가운 듯이 이를 보이며 웃었다. 내 표정이 굳어
졌다.

"여기서 나를 기다렸어?"

"이야기하고 싶어서……. 저, 저녁 안 드셨으면 같이 하

실례요?"

류의 진심을 알 수 없었다. 날 증오하지 않았던가? 왜 그렇게 반가운 얼굴을 하고 있지?

"……미안해. 나, 좀 급해서 말이야."

류의 얼굴에 실망한 듯, 그림자가 깃들었다. 그러나 금방 웃는 얼굴로 "어디까지 가세요? 괜찮으시면 태워드리겠습니다"라고 한다.

나는 류가 세워놓은 차에 눈을 돌렸다. 구형이지만 국산 고급차였다.

"정말로 나를 기다린 거야?"

"네, 죄송해요. 하지만 가게 안에서 아는 척을 하면, 혹시 선생님이 불편하실까 봐……."

나는 머릿속이 혼란스러워서 다음 말을 이을 수 없었다. 침묵이 흘렀다. 류가 난처한 듯 머리를 숙였다.

"저…… 아니, 저는 아무래도 여기서 실례하겠습니다. 선생님을 만나서 기뻤습니다. 정말 기뻤습니다. 그럼, 건강하세요."

류가 머리를 숙이고 등을 보였다.

"잠깐!"

류가 멈춰 서서 돌아봤다. 그 순간 모든 것이 정지했다. 나는 얼굴에 미소를 지었다.

"이왕 이렇게 만났으니, 집에까지 데려다줄래?"

내 말이 끝나자 류의 만면에 미소가 퍼졌다.

"자, 타세요!"

류가 조수석 문을 열어주었다. 류는 내가 시트에 앉는 걸 확인하고 가벼운 발걸음으로 차 앞을 돌아 운전석에 올라탔다.

나는 집 위치를 알려주었다.

"아카바네군요. 알겠습니다."

류의 목소리가 들떠 있었다.

나는 의자 등받이에 몸을 기댔다. 류는 가끔씩 경적을 울리면서 긴자의 좁은 거리를 천천히 나아갔다. 차창 밖으로 보이는 거리의 사람들은 모두 즐거워 보였다.

나는 류의 옆얼굴을 바라보았다. 류가 흘깃 나를 보며 수줍은 듯한 웃음을 지었다.

"류, 나이가 어떻게 되지?"

"스물일곱입니다."

"벌써 그렇게 됐구나. 그러니까 내가 못 알아볼 수밖에 없지."

"선생님은 하나도 변하지 않으셨습니다."

"어른이 되긴 되었구나. 금방 탄로 날 빈말을 다 하고 말이야."

"빈말이 아닙니다."

류가 소리를 높였다.

"어머니와 여동생은?"

"어머니는 남자가 생겨서 나가버렸습니다. 나이 먹고 참 뭐하는 짓인지. 여동생도 행방이 묘연합니다. 하긴 행방이 묘연한 건 오히려 저일지도 모르겠습니다만."

류가 후 하고 웃었다.

"어제 함께 있던 여자는 누구야?"

"두목님 애인입니다. 저는 운전수 겸 짐꾼이고요."

"야쿠자가 되었어?"

"역시 그럴 거라고 생각하셨지요?"

나는 아무 말도 하지 않았다.

차내에 풍기는 달콤한 향기를 느꼈다. 바로 앞에 방향제가 놓여 있었다. 용기 안에 꽉 차 있는 붉은 액체가 살짝 흔들리고 있었다.

"……류, 사람을 죽인 적 있어?"

류가 망설이다가 머리를 저었다.

"나는 있어."

류가 나에게 얼굴을 돌리더니, 곧 당황해서 앞을 봤다.

"나는 오고토의 터키탕에서 일했어. 그때의 기둥서방을 부엌칼로 찔러 죽이고, 징역 8년을 선고받았지. 복역을 끝마치고 나온 게 1년 전이야."

차가 좁은 도로에서 큰 도로로 나왔다. 스피드가 약간 빨라졌다.

"이래도 내가 변하지 않았다고 말할 수 있어?"

"……제 탓이군요."

류의 목소리가 낮아졌다.

"뭐가?"

"저 때문에 선생님이 학교를 그만두게 되었잖아요. 그 래도 설마 그런 일이 있었을 줄은 몰랐습니다."

"수학여행 때 돈을 훔친 거, 류였어?"

잠시 침묵이 흘렀다.

"……네."

"그렇구나. 정말 그랬구나."

"죄송합니다."

"지난 일이야."

"그래도……."

"또 한 가지 정직하게 대답해줘."

"네."

"그렇게 내가 싫었어? 날 증오했어?"

긴 침묵이 흘렀다.

"정직하게 말해도 돼."

"아닙니다."

"하지만 마지막에 류가 날 죽이겠다고 했어. 그렇게 무서운 눈으로 째려보는 건 처음이었어."

"좋아했습니다."

쥐어짜는 듯 작은 목소리였다.

"뭐?"

"전 선생님이 좋았습니다. 좋아서, 좋아서 참을 수가 없었습니다."

전혀 예상 외의 고백이었다. 심장의 고동이 빨라졌다.

"……그럼, 그때 왜 그런 거야?"

"저도 모르겠어요."

"몰랐네. 설마 류가 나를 그렇게……."

류의 눈이 반짝였다. 험악한 야쿠자에게는 전혀 어울리지 않는 맑은 눈빛이었다.

나는 갑자기 장난을 치고 싶어졌다.

"저기, 류."

"네."

"내 어디가 그렇게 좋았어?"

"……전부요."

"귀여운 말을 하네. 그 당시의 류한테는 상상도 할 수 없던 말인데."

"선생님……."

"내 알몸을 생각하며 자위해본 적 있어?"

류의 말문이 막혔다.

"솔직히 말해봐."

"……있어요."

"아주 좋아. 칭찬해주는 의미로 자줄까?"

류가 놀라서 숨을 죽였다.

"이미 아줌마고 셀 수 없을 정도의 남자와 놀아난 몸이지만, 그래도 괜찮다면 자줄게. 물론 공짜로 말이야. 류도 그걸 기대하고 있었던 거 아니야?"

"그런 말 하지 마세요."

감정을 최대한 억제한 듯한 목소리였다. 침묵이 차 안을 꽉 채웠다.

"화났어?"

류는 대답이 없었다.

"미안해."

나는 중얼거리면서 좌석에 바로 앉아서 멍하니 앞을 봤다.

"꿈을 깨버렸네. 추억은 아름다운 채로 남겨두는 게 좋지. 아마도 네가 좋아하던 카와지리 선생님은 나와는 다른 사람일 거야."

그때부터 류는 한 마디도 말하지 않았다.

차를 타고 집으로 돌아오는 건 처음이었기 때문에 어디를 달리고 있는지 도무지 알 수 없었다. 이대로 어딘가 호텔 같은 곳으로 가는 게 아닌가, 하고 생각하고 있었는데, 눈에 익은 거리가 나타났다.

"다음 골목 오른쪽으로 들어가줘."

류는 내가 말한 대로 핸들을 꺾었다.

"저기 있는 이층집 앞에 내려줘."

차가 선 후 나는 문을 열고 내렸다. 머리를 숙이고 운전석을 향해서 말했다.

"고마워, 류. 선생님도 너를 만나 기뻤어."

류가 앞을 본 채 머리를 살짝 숙였다. 입을 꽉 다물고 있었는데 금방이라도 울어버릴 것 같았다.

나는 문을 닫았다. 류의 차는 조용히 사라져갔다. 나는 빨간색 후방 램프를 지켜본 후 계단을 올라가 가방에서 열쇠를 꺼내 문을 열고 집으로 들어갔다.

거실의 불을 켜자 아무 인기척 없는 공간이 눈에 들어왔다. 나는 가방을 내던지고 주저앉아서 무릎을 껴안았다.

"내 어디가 그렇게 좋았어?"

"전부요."

류의 말을 되새겨봤다.

"내 알몸을 생각하며 자위해본 적 있어?"

"······있어요."

"아주 좋아. 칭찬해주는 의미로 자줄까?"

무릎에 얼굴을 파묻었다. 왜 그런 말을 했을까? 도대체 나는 왜 성격이 이 모양일까?

밖에서 차 엔진 소리가 들렸다. 나는 얼굴을 들고 문으로 뛰어갔다. 현관을 나가서 앞에 있는 도로를 내려다보니 구형 국산 고급차가 서 있었다. 라이트는 켜 있는 상태고 시동도 걸려 있었다. 숨을 죽이고 그 차를 쳐다보니 드디어 라이트가 꺼지고 엔진 소리도 멎었다. 그러나 안에 있을 류는 내려설 기미가 없었다.

10분이 지났다. 아무 일도 일어나지 않았다.

류의 차라는 것도, 그가 아직 차 안에 있다는 것도, 틀림없다. 어쩔 생각일까? 설마 아침까지 기다렸다가 출근할 때 데려다주겠다고 하는 건 아니겠지. 내가 여기에 서 있는 것도 알고 있을 것이다. 알고 있으면서 왜 차에서 내리지 않는 것일까?

그대로 20분이 지났다.

차 안에서 사람이 움직이는 듯한 느낌이 들었다. 이쪽을 살피는 걸까? 류는 당황한 모습으로 다시 몸을 움츠렸다.

나는 한숨을 내쉬었다. 긴장이 풀렸다.

"정말 성가신 아이네."

나는 계단을 내려가 류의 차로 가까이 갔다. 조수석 문을 열고 안을 들여다봤다.

"류?"

"선생님, 전……."

류의 뺨이 눈물로 반짝이고 있었다.

"알았으니까 이야기는 안에서 하자, 알았지?"

나는 류를 집으로 데려와서 지금까지 있었던 일을 전부 이야기했다.

수학여행 답사 때에 타도코로 교장에게 겁탈당할 뻔했던 일. 그것이 불씨가 되어 도난 사건의 책임을 지고 학교를 떠난 일. 테츠야와의 동거와 그의 자살. 테츠야의 친구인 오카노와의 불륜관계와 파국. 창녀가 된 일. 오노데라와 오고토로 옮겨 마약에 손을 대게 된 일. 오노데라를 죽여버리게 된 일. 자살하기 위해 찾아갔던 타마 강 상수에서 이발사인 시마즈와 알게 되어 함께 살았던 일. 그리고 시마즈로부터 프러포즈 받은 직후에 체포되었던 일. 교도소에서 미용사 자격을 따고 출소 후에 시마즈의 가게를 찾아갔으나, 시마즈는 이미 결혼해서 아이까지 있었기 때문에 만나지 않고 돌아온 일. 긴자의 아카네에 취직해서 1년이 지난 일까지.

류는 고개를 숙이고 아무 말도 없이 듣고 있었다.

"알겠지. 나는 여러 이름 모를 남자들과 몸을 부대끼며 살았고, 살인까지 저질러서, 결국 뭐 하나 이루어놓은 것이 없어. 남은 건 미용사 자격증뿐이야. 학교에 있을 때와는 달라."

류가 무릎 위에 주먹을 꽉 쥐었다.

"그 교장이 선생님에게 그런 짓을 했다니……. 저는 결과적으로 그놈을 기쁘게 해준 것뿐이네요. 죽일 놈!"

"류, 그 일은 이제 됐어."

"안 됩니다! 알고 계세요? 그는 그 후 지방의회 의원이 되었어요. 교육 전문가라는 평가를 받으면서 말이죠. 제가 소년원에 있을 때 시찰하러 온 적도 있어요!"

"제발 부탁이니까, 그렇게 큰 소리 내지 마."

"죄송합니다. 하지만……."

"여기 다시 온 것은 더 중요한 용건이 있어서 아니야?"

류의 얼굴이 딱딱해졌다. 자세를 바로 하고 등을 세웠다. 눈을 내리뜨고 거친 호흡을 내쉬면서 1분 정도 미동도 하지 않았다. 눈을 빠르게 깜박이는가 싶더니 마음을 단단히 먹은 듯 얼굴을 들었다.

"전 지금도 선생님이 좋습니다."

"그래서?"

나는 일부러 차갑게 대답했다. 류가 어깨를 떨어뜨리며 눈을 내리떴다.

"류, 내 눈을 똑바로 보고 이야기해."

류가 눈을 들고 힘주어 말했다.

"저와⋯⋯ 자주세요."

"자달라니 무슨 말이야?"

"그⋯⋯ 선생님을 안게 해주세요."

"옛날에 동경하던 여교사를 갖고 싶다, 이거야?"

나는 류가 무슨 말을 하는지 모르겠다는 얼굴을 했다.

"한 번 섹스만 하면 그것으로 만족이라는 거네."

류가 머리를 좌우로 격렬하게 흔들었다.

"아녜요. 그런 말이 아니에요. 저는 진지합니다. 선생님을 사랑합니다!"

"사랑한다는 말 그렇게 쉽게 하는 거 아니야."

"쉽다니⋯⋯."

"한 번의 섹스라면 해주겠어. 네가 하고 싶은 대로 해도 돼. 하지만 사랑한다는 말은 두 번 다시 입에 올리지 말아줘."

류의 얼굴에서 표정이 사라졌다.

"입에 올릴 겁니다."

류는 낮은 톤으로 말했다.

"저는 선생님을 사랑합니다."

"그런 말 하지 마."

"진심입니다."

"류는 자신이 무슨 말을 하고 있는지 모르고 있어. 너는 선생님의 목숨을 달라고 하고 있는 거야. 여자에게 구애한다는 건 바로 그런 거야."

"그 정도로 각오되어 있습니다."

나는 류를 똑바로 쳐다보았다.

"선생님이야말로 제 기분을 오해하고 있어요. 선생님은 저에게 있어 일생에 하나뿐인 사랑입니다. 그것을 위해서라면 저는 저의 목숨이라도……."

"미쳤구나."

나는 힘겹게 미소를 지었다.

"난 이제 아줌마 나이야."

"나이가 무슨 상관입니까?"

"몇백 명의 남자에게 몸을 팔아온 지저분한 창녀에다, 살인까지 저지른 여자야."

"살인자든 창녀든 상관없어요."

"이런 나를 사랑할 수 있어?"

"네."

"정말로?"

"더 이상 거짓말은 안 합니다."

류의 눈이 촉촉해지고 얼굴은 붉어졌다. 마치 중학생으로 돌아간 것처럼. 도대체 뭘까, 가슴속에 떠오른 이 따뜻한 빛은. 오랫동안 느끼지 못했던 이 빛은 뭘까? 이 꽉 조여드는 듯한 달콤한 설렘은. 대체 뭐란 말인가? 이 확실한 느낌은.

"후회할 텐데."

"안 합니다."

가슴으로부터 말이 흘러넘쳐 나왔으나 막을 수가 없었고 막고 싶지도 않았다.

"안아도 좋아. 하지만, 부탁 2개만 들어줘."

"말해보세요."

"선생님이라고 부르지 말고, 마츠코라고 해."

류가 고개를 끄덕였다.

"그리고……."

"네."

"이제부터 쭉 나와 함께 있어 줘야 해."

"그럼요. 계속 함께할 겁니다."

"믿을 거야. 정말로 믿어도 되지?"

"네. 저는 쭉 선생님…… 마츠코와 함께 있을 거야."

내 몸 안에서 저항할 수 없는 충동이 폭발했다. 나는 류의 가슴에 뛰어들었다. 가슴에 볼을 비비며 등을 팔로 감싸고 눈을 감았다. 류의 심장 고동 소리가 들렸다.

"좀 더 꽉 안아줘."

류의 팔에 힘이 들어갔다.

따스함이 전신에 깊이 배어들었다. 마음을 덮고 있던 껍질에 균열이 생겼다. 그 껍질이 흐물흐물 부서지기 시작했다. 감정이 거리낌 없이 껍질을 깨고 흘러나왔다.

"내가 좋아?"

"좋아."

"사랑해?"

"사랑해."

"쭉 곁에 있어 줘."

"쭉 곁에 있을 거야."

"약속했어."

"약속해."

"약속 깨면 나, 죽을 거야."

"깨지 않을게. 난 마츠코를 사랑해."

"류……."

"응?"

"다시 한 번 말해줘."

5

"마츠코는 콘테스트를 목표로 하고 있었어. 그걸 위해 영업시간 후에 남아서 연습도 열심히 했었는데, 그 남자와 만나기 시작하고부터는 연습을 자주 쉬게 되었지. 마츠코가 들어와서 첫 번째 콘테스트가 가을에 있었는데, 그때는 내가 양해를 구했지. 당시는 출전 인원에 제한이 있어서 우리 가게에서는 2명밖에 출전할 수가 없었거든. 그래서 나와 젊은 직원이 출전하게 되었지. 그 직원한테는 이전부터 약속했던 거라서 말이야. 마츠코는 직원 중에서 제일 나이가 많았지만, 아무래도 가게에 늦게 들어왔기 때문에 다음 기회에 나가라고 말했지. 그게 마음에 들지 않았는지, 그때부터 반짝반짝 빛나던 눈빛이 흐려지는 느낌이었어. 게다가 그 남자가 나타나서 마침표를 찍었지. 처음 가게에 왔을 때와는 완전 다른 사람이 되어 버렸어."

"왜 그렇게 되었다고 생각하십니까?"

"결국 그 남자 때문이 아닐까? 남자가 생기면, 더욱 일을 열심히 하는 사람과 남자에게 푹 빠져서 일을 소홀히 하는 사람이 있는데, 마츠코는 후자였던 것 같아. 원래 미용사가 좋았던 것도 아닌 것 같았고, 손재주가 좋아서 기능 숙달이 빨랐던 만큼 식는 것도 빨랐던 거지. 아쉽다고 할까, 안타까웠지."

"그 후에 금방 가게를 그만두었나요?"

"두 달 정도 있었나? 하지만 그만두었다고 말할 수는 없지."

"……?"

"본인이 그런 말을 한 게 아니고, 갑자기 가게에 나오지 않았어. 첫날은 아마도 본인이 직접 전화를 했을 거야. 몸이 좋지 않아서 쉰다고 말이야. 거기까지는 좋았는데, 다음 날도 오지 않고, 아무 연락도 없어서 집에 전화하니까 남자가 받고서는 마츠코가 감기에 걸려 자고 있는데 당분간 쉰다고 하더라고. 그래도 전화 정도는 할 수 있을 거라고 생각했지만, 그래, 감기라면 할 수 없지, 정도로 생각했었지. 그런데 그날은 우연하게도 사와무라 씨가 마츠코하고 예약이 되어 있던 날이었거든. 사정을 이야기하자 사와무라 씨는 뭔가 이상하다고 느꼈는지 저녁에 마츠코의 집에 가봤었대. 그런데……."

"감기가 아니었나요?"

우치다 사장이 고개를 끄덕였다.

"사와무라 씨도 거기에서 무슨 일이 있었는지 자세히는 이야기해주지 않았지만, 여하튼 마츠코에게 실망했다고만 했어. 마츠코를 잘못 보았다고. 보기보다 속이 꽉 차 있는 사람이라고 생각했는데 아니었다고 말이야. 결국 마츠코는 그날부터 가게에 나오지 않게 되었어. 일주일이 지나도 아무 연락도 없었어. 고용한 사람으로서 책임도 있고, 맺고 끊는 것은 확실히 하고 싶어서 남아 있던 월급을 가지고 집에 가봤지. 한마디 하고 싶기도 했고 말이야. 그런데 말이지……."

우치다 사장이 얼굴을 찡그렸다.

"초인종을 눌러도 답이 없어서 문을 열어보니 문이 열려 있었어. 하지만 사람이 있는 것 같지는 않았지. 가슴이 두근거려서 마음을 단단히 먹고 안에 들어가 봤어. 그런데 정말 놀랐어. 유리는 깨져 있고, 신발을 신고 돌아다닌 흔적도 있고, 모든 것이 헝클어져 있었어. 정말 태풍이 휩쓸고 지나간 것 같은 모습이었어. 깜짝 놀라 급하게 경찰에 전화했지."

"그런데 마츠코 고모는요?"

"집 안 어디에도 없었어."

"……무슨 일이었죠?"

"몰라. 3일 후에 경찰이 미용실에 와서 마츠코에 대해 이것저것 물어봤지. 나는 뭐가 어떻게 된 건지 도무지 알 수 없는데, 나중에 사와무라 씨한테서 마츠코가 경찰에 체포되어 교도소에 들어갔다는 사실을 듣게 되었지."

"다시 교도소라고요? ……무슨 일이 일어난 거죠?"

"모르겠어. 알고 싶지도 않았고. 마츠코와는 그것으로 끝이었어. 사와무라 씨도 굉장히 안타까워했어. 어떻게 든 그 남자와 떨어뜨려놨어야 했다고 말이야. 내가 마츠코에 대해서 알고 있는 것은 여기까지가 전부야."

우치다 사장이 잠깐 창밖을 쳐다보았다.

"실은 그 남자가 최근에 여기 왔었어."

"류 씨가요?"

"우리 가게를 찾고 있었는데 옛날 빌딩이 없어져 버렸기 때문에 힘들게 여기를 찾아냈다고 하더라고. 마츠코를 찾고 있으니 사와무라 씨 연락처를 가르쳐달라고 했어. 사와무라 씨라면 뭔가 알고 있지 않을까, 하고 생각하고 있는 것 같았지. 원래대로라면 고객의 정보를 알려줄 수 없기 때문에 거절하려고 생각했지만, 불쌍할 정도로 열심이었고, 예전 직원에 관한 일이기도 해서 사와무라 씨에게 사정을 이야기했지. 그러자 사와무라 씨도 그 남자에게 듣고 싶은 이야기가 있었는지, 한 번만 만나보기로 했어. 나는 관심이 없어서 같이 만나지는 않았지만 말이야."

거기까지 말한 우치다 사장이 숨을 내쉬고는 시선을 허공으로 옮겼다.

"……그런데 마츠코가 죽었단 말이지……."

나는 루주를 나와서 긴자 거리를 그냥 걸었다.

마츠코 고모는 류 요이치와 만나고 나서 두 달 만에 다시 행방이 묘연해졌다. 애써 얻은 미용사 자리를 버리고 말이다. 집이 엉망진창이 된 것으로 미루어보아 누군가에게 납치됐을 가능성도 있다. 그리고 최종적으로는 경찰에 체포되었다.

마츠코 고모는 두 번씩이나 복역한 것이 된다. 첫 번째는 살인. 두 번째는 무엇이었을까? 집에서 사라진 마츠코 고모에게 무슨 일이 벌어진 것일까?

류 요이치.

모든 것은 그 사람이 알고 있을 것이다. 어쨌든 다시 한 번 만나봐야겠다.

고토 형사로부터 받은 명함을 꺼내, 그 번호로 전화를 걸자 여자 목소리가 들려왔다. 고토 형사를 부탁한다고 하자, 고토는 외출 중이니 오는 대로 전화를 드리도록 하겠다는 대답을 들었다. 나는 내 이름과 휴대전화 번호를 알려주고 전화를 끊었다.

10분 정도 후에 전화가 울렸다.

"어, 학생. 뭔가 정보라도 있는 건가?"

"그렇지는 않지만…… 류 씨는 어떻게 됐어요?"

"아, 그 남자? 알리바이가 성립돼서 벌써 나갔어. 교회에서 목사 심부름을 하고 있다던데."

"교회 이름이 뭐죠?"

"잠시만 기다려."

종이를 펴보는 소리가 들렸다.

"스기나미에 있는 예수 그리스도 교회……. 특이한 이름은 아니구먼."

"스기나미의 어디죠?"

"그러니까 칸파치의 신메이 도로 사거리에서 왼쪽으로 돌아서…… 맞나?"

조용해졌다.

"여보세요?"

"아, 미안. 전화번호를 가르쳐줄 테니 직접 물어볼래? 나는 장소 설명을 잘 못 해서 말이야."

나는 전화번호를 듣고 휴대전화에 저장했다.

"참, 새로운 정보가 하나 있어. 피해자, 즉 네 고모는 그 방에서 폭행을 당한 게 아닌 것 같아. 다른 장소에서 살해되어 방으로 운반되었거나, 자기 발로 집에 와서 숨이 끊어졌거나 둘 중 하나지. 원래 그 방에 싸운 흔적이 없었기 때문에 그렇지 않을까 생각하기도 했는데, 어제 목격자가 나타났어. 폭행 현장도 대략적으로 알아냈지."

"어디죠?"

"센주아사히 공원이라고 알아?"

"……몰라요."

"꽤 큰 공원인데, 피해자의 집에서 약간 떨어져 있어. 산책을 하고 있었는지도 모르겠지만, 왜 한밤중에 그런 곳까지 갔는지, 누군가에게 끌려갔는지, 불려 나갔는지, 그 점을 아직 잘 모르겠어."

"범인은요?"

"아직 잡히진 않았지만 짐작은 하고 있어. 가까운 시일 내에 체포할 수 있을 것 같아. 기대하고 있어도 좋아. 그럼 이만."

전화가 끊겼다.

나는 바로 고토 형사가 가르쳐준 번호로 전화를 했다.

고토 형사가 말한 대로 류 요이치는 교회에 소속되어 있었다. 류 씨와 이야길 하고 싶다고 하자, 지금은 목사와 함께 외출 중이고 오후 2시경에 돌아올 거라는 대답을 들었다. 교회는 케이오 이노카시라 선 타카이도 역에서 칸조 8호선을 타고 북상해서 신메이 도로 사거리에서 좌회전해 니시오기쿠보 방면으로 간 후, 오기쿠보 초등학교 앞의 골목으로 2백 미터가량 들어간 곳에 있다고 했다.

잘 생각해보니 니시오기쿠보의 우리 집 가까이에도 신메이 도로가 이어져 있다. 오기쿠보 초등학교 앞 거리도 아스카와 둘이서 걸은 적이 있는데, 그렇게 멀다는 생각은 들지 않았다. 우리 집에서 류 요이치가 있는 교회까지 2킬로미터도 떨어져 있지 않았다.

나는 급히 유라쿠초 역으로 돌아와 야마노테 선에서 추오 선으로 갈아타고 니시오기쿠보의 집으로 돌아왔다. 역 앞의 편의점에서 사온 주먹밥과 우롱차로 허기를 달래고, 컴퓨터 옆에 던져놓은 봉투를 집어 들고 집을 나서서 잠깐 망설이다가 자전거를 꺼냈다. 상경해서 금방 사기는 했지만 거의 타지 않고 방치해두었던 물건이다. 지갑 속에 있던 열쇠를 꽂자 찰각하고 소리를 내며 바퀴살 사이에 끼어 있던 잠금 장치가 풀렸다. 나는 안장의 먼지를 털고 올라탔다.

교회는 L자형 단층 건물에 벽은 하얀색이었고, 붉은 삼각 지붕의 꼭대기에는 십자가가 걸려 있었다. 출입구는 두 곳이었는데, 뒤쪽 입구의 알루미늄 새시 문은 닫혀 있었다. 앞쪽 입구 옆에는 '예수 그리스도 교회'라는 글씨가 적혀 있고 나무 문이 열려 있었다. 정문은 이곳인 듯했다.

나는 자전거에서 내려 안을 들여다보았다. 긴 의자가 질서정연하게 놓여 있었다. 정면 벽에는 은색 십자가가 걸려 있고 그 앞에 대리석으로 된 제단이 있었다. 제단의 은색 촛대가 둔한 빛을 발했다.

그때 제단 옆의 문이 열리고 통통하게 살이 찐 마흔 살 정도의 여자가 나타났다. 희끗희끗한 머리카락은 파마를 했고, 얼굴은 거무스름하고 화장은 하지 않았다. 키티 캐릭터가 그려진 앞치마를 걸치고 있었다.

그녀는 날 보고 놀라지도 않고 방긋 웃었다. 빠른 걸음으로 제일 뒤에 있는 긴 의자까지 가서 무릎을 꺾어 몸을 굽혔다. 그러더니 손에 든 걸레로 의자를 훔치기 시작했다. 양손으로 걸레를 잡고 천천히 좌석을 닦았다. 그 모습은 진지함 그 자체였다.

"저……."

내가 말을 걸자 여자가 얼굴을 들고 "네"라고 기쁜 듯한 목소리로 대답했다.

"류 씨를 뵈러 왔는데요."

"아, 류 씨 말인가요. 안에 있습니다. 들어가 보세요."

여자가 다시 걸레질을 했다.

나는 여자가 나온 문을 열고 들어갔다. 들어서자 시멘트 바닥이 깔려 있고 그 앞에 검은빛의 타일이 쭉 깔려 있었다. 오른쪽에 유리로 된 미닫이문이 있었고, 끝에는 화장실이 있었다.

나는 신발장에서 슬리퍼를 꺼내 갈아 신었다.

"류 씨, 손님 오셨어요!"

뒤에서 큰 소리가 들렸다. 아까 그 여자가 서 있었다. 내가 깜짝 놀라 보고 있으니까 여자가 웃으며 다시 닦고 있던 의자로 돌아갔다.

눈을 되돌리자 안쪽 유리문이 열리며 류 요이치가 나타났다. 회색 바지와 흰 티셔츠 차림에 맨발이었다. 그는 만면에 웃음꽃을 피우며 성큼성큼 다가왔다.

"쇼 씨!"

나는 살짝 머리를 숙였다.

"여기 오시는 게 어려웠을 텐데, 어떻게 오셨어요?"

"형사 분에게 들었습니다. 혐의가 풀렸다고 해서요."

"네, 여기 목사님께서 증언해주셨습니다."

"사와무라 사장님을 만나고 왔습니다."

"마츠코 선생님이 죽은 걸 알려드렸나요?"

"전해드렸습니다. 깜짝 놀라신 것 같아요."

류 요이치가 작게 고개를 끄덕였다.

"이거 전해드리려고 왔습니다."

나는 집에서 가지고 온 봉투를 꺼냈다. 그가 받아 들으며 물었다.

"이게 뭐죠?"

"마츠코 고모 방에서 발견했습니다. 류 씨가 가지고 계시는 것이 좋지 않을까, 하는 생각이 들어서요."

류 요이치가 봉투의 내용물을 꺼냈다. 세피아 색으로 변색된 일본 전통복장 차림의 마츠코 고모. 스무 살 때의 모습이었다.

류 요이치는 아무 말 없이 사진을 뚫어져라 쳐다봤다. 그러고는 사진을 다시 봉투에 넣고 코를 훌쩍거렸다.

"고마워요, 쇼 씨."

"아름다운 분이셨네요."

"그래요."

"저 오츠 검찰청에 다녀왔습니다. 마츠코 고모의 사건을 알아보고 싶었죠."

류의 양눈썹이 쑥 올라갔다.

"류 씨는 마츠코 고모가 살인을 저지른 것을 알고 있었나요?"

"선생님에게 들은 적이 있습니다."

"교도소를 나온 후에 긴자의 루주라는 미용실에 갔었지요?"

"네, 그곳의 우치다 씨를 통해서 사와무라 씨와 만날 수 있었습니다."

"전 오늘 류 씨에게 부탁이 있어 왔습니다."

"……뭡니까?"

"아까 말씀하신 루주의 우치다 씨에게서 이야기를 다 듣고 왔습니다. 류 씨와 마츠코 고모는 미용실에서 재회해서, 다시 만나기 시작했어요. 하지만 얼마 안 있어 마츠코 고모가 가게에 나오지 않게 되자, 연락이 안 돼서 집을 방문해보니 집 안이 엉망진창이 되어 있었고 마츠코 고모도 행방불명이 되었다가 얼마 후에 경찰에 체포되었죠. 이야기는 거기까지 들었는데, 제 부탁은요……."

나는 숨을 들이마셨다.

"그때 류 씨와 마츠코 고모에게 무슨 일이 있었는지 말씀해주실 수 없나요? 마츠코 고모가 무슨 죄로 두 번씩이나 체포되었고, 그리고……."

나는 주저하다가 부언했다.

"류 씨가 일으킨 살인 사건과 마츠코 고모가 관계있는지 없는지, 가르쳐주실 수 없습니까?"

류 요이치가 고개를 숙이고 뭔가를 중얼거렸다. 그러더니 고개를 들고 각오를 다진 눈으로 나를 봤다.

"밖에서 걸으면서 이야기할까요?"

나는 고개를 끄덕였다.

6

그날부터 나와 류는 함께 살기로 했다. 류는 사귀던 여자가 몇 명인가 있었던 것 같은데 돈을 주고 헤어졌다고 했다.

같이 살기 시작해서 3일째 되던 밤, 사랑을 나누고 있는데, 삐삐 하고 째지는 듯한 소리가 들려왔다. 류가 튀어 오르듯이 나에게서 떨어져 옷걸이에 걸려 있던 재킷을 확 잡아챘다. 안주머니에 손을 넣어 작은 상자처럼 생긴 것을 꺼내자 소리가 멈췄다.

"그게 뭐야?"

나는 절정을 맞이하려는 순간에 멈춰버려서 애간장이 탔다.

류는 대답하지 않고, 작은 상자를 주머니에 다시 넣고 알몸인 채 전화에 달라붙어 수화기를 들고 다이얼을 돌렸다.

"접니다."

낮은 목소리가 컴컴한 어둠 속으로 스며들었다.

나는 류의 등 한쪽에 새겨진 선녀와 용 무늬 문신을 멍하니 바라봤다. 그가 가끔 작은 목소리로 네 또는 알겠습니다, 라고 대답했다.

"지난번 그 호텔의 524호……. 알겠습니다."

류는 수화기를 내려놓고 당황한 모습으로 옷을 챙겨 입기 시작했다.

"왜 그래?"

나는 상반신을 일으킨 채 가슴을 이불로 가렸다.

"외출해야 해."

"지금? 한밤중인데?"

류가 셔츠와 면바지를 입고 벨트를 맸다. 재킷을 입고 나에게 허리를 굽혔다.

"급한 일이 있어. 미안해."

그는 양손으로 내 볼을 감싸고 키스를 했다. 나는 눈을 감고 키스를 받으며 류의 오른손을 가슴으로 끌었다. 류가 가슴을 강하게 잡았다.

"아파……."

소리를 내며 눈을 뜨자 류가 상냥하게 웃고 있었다.

"잘 다녀와."

나는 파자마 상의만 어깨에 걸치고 류를 따라 일어났다. 현관에서 다시 한 번 키스를 했다.

"갔다 올게."

"조심해."

류가 문을 열고 나갔다.

나는 문을 잠근 후 이불로 돌아왔다. 류의 따뜻함이 남아 있는 이불 안에서 35년 생애 중 처음으로 자위를 했다. 만족을 느끼자 몸이 나른해져서 눈을 감았다.

설마 제자인 류와 동거하게 되리라고는 상상도 하지 못했다. 준코가 알았다면 어떤 표정을 지을까? 인생이란 한치 앞도 알 수 없는 것이라는 말이 맞는 것 같았다.

눈을 뜨고 몸을 일으켜 집 안을 둘러봤다. 류의 물건이 들어 있던 여행 가방이 구석에 놓여 있고, 세면대에는 전기면도기와 칫솔이 있었다. 이 집에 확실히 나와 류가 살고 있다는 현실을 다시 한 번 느꼈다.

류가 돌아온 것은 이틀 후였다. 미용실에서 돌아와 보니 류는 이불을 덮고 누워 코를 골고 있었다. 나는 그가 벗어던져버린 옷을 주워서 옷걸이에 걸었다. 그때 재킷의 안주머니에서 봉투가 떨어졌다. 나는 도로 넣어두려고 하다가 숨을 멈췄다. 봉투 안에 만 엔짜리 지폐들이 들어 있는 것이 살짝 보였는데, 전부해서 30만 엔 정도일까. 나는 아무것도 안 본 듯이 행동하기로 하고 봉투를 다시 넣어두었다.

그 후에도 류는 열흘이나 2주에 한 번 정도 호출을 받았다. 호출기가 울리는 건 대부분 한밤중이었는데, 한 번 나가면 이틀 정도 돌아오지 않았다. 호출이 없는 날에는 미용실까지 바래다주었고, 퇴근할 때도 가게 밖에서 기다려주었다.

처음으로 바래다주었던 날에는 밖에서 식사를 하고 시부야의 호텔에서 하룻밤을 지내고 그대로 출근했다. 그러자 견습 여자애가 "카와지리 씨, 어제 집에 안 갔어요?"라고 작은 목소리로 물어보았다.

내가 어떻게 대답할까 고민하는데, "아니, 옷이 똑같아서 말이에요. 요즘 기술 공부에도 참석하지 않기에 무슨 좋은 일이라도 있나 생각했는데, 역시 그렇군요. 좋겠다"라며 놀림을 받았다.

이후부터는 퇴근 후에 호텔을 이용하는 경우가 있어도 꼭 집에 돌아오곤 했다.

나는 류와 살기 시작하면서부터 도쿄라는 대도시에 이

제 겨우 익숙해졌다고 생각하게 되었다. 도쿄뿐만이 아니라 류와 함께라면 땅끝에서도 살아갈 자신이 있었다. 어쩌면 지금 나는 행복한 것인지도 모르겠다는 착각이 들 정도였다.

그러나 동거생활이 두 달을 넘을 즈음 역시 그것은 환상이었다는 사실을 뼈저리게 깨닫게 되었다.

그날 미용실에서 귀가하자 현관에 류의 구두가 있었다. 그날 류는 집에 없을 예정이었다. 호출을 받은 것이 어제저녁이었으니까 내일 밤이나 모레 아침에 돌아와야 했다.

나는 류의 구두 옆에 내 구두를 나란히 벗어놓고 방에 들어갔다.

류가 방에서 자고 있었다. 일이 예정보다 일찍 끝난 것일까? 류가 있으면 저녁 식사를 만들어야 하는데, 혼자서 밥을 먹을 거라 생각했기 때문에 돌아오는 길에 장을 봐오지 않아서 당황스러웠다.

냉장고를 열어보니 캔 맥주 3개, 1리터짜리 우유 한 팩과 식빵 3장, 마가린, 계란이 4개, 뜯지 않은 햄이 들어 있었다. 그러면 햄에그를 만들어보자.

맞다, 그 전에 밥을 해야지.

쌀통에 밥솥을 대고 2인분 버튼을 눌렀다. 솥 안으로 삭삭 소리를 내면서 쌀이 쏟아지다가, 1인분 정도 나오더니 멈춰버렸다.

이런, 쌀도 떨어져 버렸네.

어떻게 해야 하나 고민을 하다가 뭔가 이상하다고 생각했다. 쌀통에는 투명한 창이 있어서 남은 쌀을 볼 수 있게 되어 있는데 창을 통해서 보니 쌀은 꽉 차 있었다. 출구가 막혔나?

쌀통의 뚜껑을 열자 쌀은 많이 남아 있었다. 쌀 속에 손을 집어넣어 보았다. 손가락 끝에 쌀이 아닌 뭔가가 닿아서 끄집어내자 쌀알이 사방에 툭툭 떨어졌다. 그것은 두꺼운 비닐봉지로 몇 겹씩 포장되어 있었는데, 투명하게 보이는 내용물은 무색의 결정체였다. 예전에 본 적이 있는 거였다. 발끝에서부터 온몸으로 차가운 냉기가 올라오기 시작했다.

방으로 얼굴을 돌렸다. 류는 아직도 코를 골고 있었다. 나는 비닐봉지를 가지고 방으로 돌아왔다. 봉지를 테이블 위에 놓고 정좌하고서 류가 깨어나길 기다렸다.

류의 코 고는 소리가 멈추고 조용한 숨소리로 바뀌었다. 나는 그 얼굴을 계속해서 바라보았다. 류는 밤 10시가 넘었을 즈음에 겨우 눈을 떴다. 나를 보고 웃음을 지은 후, 눈을 비비며 상반신을 일으켰다.

"왜 그래?"

테이블 위에 류의 눈길이 멈췄다. 류는 "아!" 하고 소리를 지르며 벌떡 일어났다. 비닐봉지를 손에 들고 점검하고 나서 후 하고 안도의 숨을 내쉬었다.

"뭐야, 이거?"

류가 나를 힐끗 봤다.

"내 밥줄이야."

"마약이잖아. 이렇게 많이……. 혹시 밀매하는 거야?"

류가 고개를 숙였다.

"류도 하고 있어?"

"……."

"정직하게 대답해."

"가끔."

나는 숨을 들이마셨다.

"내 친구가 마약 중독자에게 살해당했다고 저번에 이야기했잖아."

류가 고개를 끄덕였다.

"류가 야쿠자를 계속할 거라면 계속해도 좋아. 사실은 그만두기를 바라지만 류가 그 세계에서 살아가고 싶다면 굳이 반대하지 않겠어. 하지만 마약만은 절대 안 돼."

류가 입술을 깨물었다.

"약은 하지 말아줘. 맞는 것도, 파는 것도 말이야."

"그건……."

"제발 부탁이야."

"돈은 어떻게 하고? 이 나이에 이제 와서 다른 일은 할 수가 없어."

"그렇다고 해도 약을 팔면 안 돼. 야쿠자를 그만두면 되잖아."

류가 눈을 들고 나를 노려봤다.

"류는 잠시 동안 편안하게 지내면 돼. 내게도 모아둔 돈이 있고, 미용실에서 일을 하니까, 어떻게든 먹고살 수는 있을 거야. 그래, 그렇게 하자."

류는 대답하지 않았다.

"부탁해. 약에서 손을 떼……. 약을 댄 손으로 날 만지게 할 수는 없어."

그때 호출기가 울렸다. 류가 벨을 끄고, 전화로 급히 달려갔다. 수화기를 들고 다이얼을 돌렸다.

"접니다……. 네……. 아뇨, 정확하게 제가 가지고 있습니다. 문제없습니다. 그쪽은 정말 문제없나요……? …… 알겠습니다. 지금 가지고 가겠습니다."

나는 테이블 위에 놓여 있던 마약 봉지를 양손으로 잡

고 가슴에 부둥켜안았다.

류가 수화기를 놓고 나를 봤다. 눈이 험상궂어지면서 오른손을 내밀었다.

"나가야 돼. 그거 줘."

나는 머리를 옆으로 저었다. 류가 오른손을 내민 채 가까이 왔다. 나는 일어서서 뒷걸음질했다.

"내놔."

"안 돼."

그러자 류의 얼굴이 새빨개지면서 내밀었던 손이 천천히 위로 올라갔다.

"류……."

몸이 굳어지며 바람을 느꼈다. 깜깜해졌다가 갑자기 불꽃이 튀었다. 몸이 공중에 떠올랐다.

류가 약 봉지를 잡아채고 눈물을 머금은 얼굴로 나를 내려다봤다. 류는 아무 말도 없이 집을 뛰쳐나갔다. 발소리가 작아지더니 이윽고 아무 소리도 들리지 않았다.

나는 쓰러진 채 몸을 돌려 천장을 보고 누웠다. 천장에 달려 있는 형광등을 멍하니 보고 있노라니 시계의 초침이 째깍째깍 소리를 냈다.

나는 일어났다. 왼쪽 볼에서 열이 나기 시작했다. 화장대 앞에 앉아 거울을 보니 왼쪽 볼이 붉게 부어올라 있었다. 입술 끝이 찢어져 피가 배어나왔다.

아야노는 아사노 테루히코가 약에 손을 대고 있는 걸 알았을까? 그만두게 하려고 했을까? 맞기도 했을까? 그래도 아사노가 약을 끊지 않았을까? 사랑하는 사람에게 가슴을 찔렸을 때, 어떤 생각이 스쳐 지나갔을까? 나도 언젠가는 류에게 살해당하게 될까? 그런데도 나는 그와 함께 살아갈 각오가 되어 있는 걸까?

예스.

그는 약속해주었다. 쭉 같이 있겠다고. 나를 사랑하겠다고. 주저할 필요가 어디 있어? 살해당해도 좋아. 그를 믿고, 함께 가자. 그 외에 살아갈 방법은 이제 없다.

나는 손바닥으로 입술의 피를 닦았다.

다음 날 아침, 아카네에 전화해 몸이 안 좋아서 쉬어야겠다고 했다. 나는 쭉 집에서 류가 돌아오기를 기다렸다.

류는 자정이 넘어 돌아왔다. 얼굴은 붉었고 술 냄새가 났다. 집에 들어오자마자 주머니에서 지폐뭉치를 꺼내 바닥에 흩뿌렸다.

"봐, 돈이야. 내가 벌어온 거야. 대단하지 않아?"

큰 웃음소리가 퍼졌다. 나는 류 앞에 서서 이를 악물고 쳐다봤다. 류가 얼굴을 앞으로 내밀었다.

227

"뭐야, 불만이라도 있어?"

"류, 부탁이야. 마약 그만둬."

"아직도 그런 말을 하고 있어? 이 바닥은 말이야, 그만두겠습니다, 네, 그러십시오, 라는 식으로 그렇게 쉽게 끝나지 않는단 말이야."

나는 떨리는 손을 내밀어 류의 옷깃을 꽉 잡았다.

"제발, 류, 이대로 가면 우린 정말 파멸이야, 알잖아?"

눈을 뜨니 천장이 보였다. 일그러진 형광등이 빙빙 돌고 있고, 나는 바닥에 쓰러져 있었다. 아, 또 맞았구나. 그렇게 느끼기까지 시간이 걸렸다. 복부가 무겁고 괴로웠다. 류가 내 배에 올라타서 주먹을 머리 위까지 높이 올려쥐고 있었다. 형광등의 불빛에 섞여 잘 보이지 않다가 다음 순간 검은 주먹이 내려왔다.

류, 그렇게 심하게 때리면 나 죽는단 말이야…….

정신을 차려보니 나는 요 위에 누워 있었고 볼에는 젖은 수건이 얹어져 있었다. 옆으로 눈을 돌리니 류가 앉아서 걱정스러운 눈빛으로 내 얼굴을 들여다보고 있었다.

"류."

류가 양손을 무릎 위에 올리고 머리를 숙였다.

"마츠코, 미안해."

228

"지금, 몇 시야?"

류가 고개를 돌렸다.

"5시 15분."

"아침?"

"아니, 저녁이야."

"……나, 하루 종일 잔 거야?"

생각이 조금씩 되살아났다.

"아, 출근해야 되는데."

"전화 왔었어. 감기 걸려서 자고 있고, 아마 내일도 못 갈 것 같고 말해놨어."

"그래……."

구급차의 사이렌 소리가 멀리서 들려왔다.

"나 기절했었어?"

류가 힘없이 고개를 끄덕였다. 침묵이 계속되었다. 얼굴은 쿡쿡 쑤시고 찢어질 것처럼 아팠다. 나는 눈을 감고 다시 잠에 빠져들었다.

초인종 소리가 들려 눈을 떴다. 류의 모습은 보이지 않았다. 초인종 소리는 꿈속에서 들은 건가?

"누구십니까?"

류의 목소리가 들렸다. 나는 그쪽을 쳐다보았다. 류가 현관 렌즈에 눈을 대고 있었다.

"사와무라 메구미라고 하는데요, 마츠가 감기 걸렸다고 해서 병문안 왔어요. 마츠 있죠?"

류가 돌아봤다. 나는 팔꿈치로 상반신을 일으켰다. 머리가 지끈거려서 얼굴을 찡그렸다. 류에게 고개를 옆으로 흔들어 보였다. 류가 문을 향해 말했다.

"마츠코는 자고 있으니 다음에 다시 오시겠습니까?"

"그렇겐 못 하겠어. 자는 얼굴쯤은 보여줄 수 있잖아? 이봐!"

문을 강하게 두드리는 소리가 울려 퍼졌다.

"이게, 정말!"

류가 거친 목소리를 내며 문고리를 벗겼다.

나는 이불에서 튀어 일어났다. 머리가 깨질 듯 아팠지만, 참으며 문으로 뛰어갔다.

"류, 안 돼!"

나는 손잡이를 움켜잡았다.

"마츠, 거기 있지? 걱정돼서 왔어. 얼굴 좀 보여줘."

류는 화가 났는지 얼굴이 붉어진 채로 바깥쪽을 노려봤다.

"류는 안에 들어가 있어, 제발."

류가 콧구멍을 벌렁댔다. 숨을 훅 하고 내쉬곤 방으로 돌아갔다. 나는 문을 열었다.

메구미가 무서운 얼굴을 하고 서 있었다. 소매와 옷깃에 반짝이 장식이 있는 짙은 남색 벨벳 블라우스에 단정한 회색 바지. 메이크업도 완벽하다. 머리는 윗부분은 검은색이지만, 아래로 내려올수록 절묘하게 포인트를 준 그러데이션 염색으로 한눈에 봐도 우치다 선생님의 작품이라는 것을 알 수 있었다.

메구미가 내 얼굴을 보고 숨을 멈췄다가 이내 한숨을 쉬었다. 입술 끝을 위로 올리더니 내게 물었다.

"요즘 감기는 얼굴로 오니?"

나는 억지로 웃었다.

"내가 이럴 줄 알았어. 시간이 돼도 마츠가 가게에 안 나와서 전화하니까, 어떤 남자가 '감기로 잔다'고 했다더군. 말도 안 된다고 생각했지."

"오늘 가게에 갔었어?"

"예약했잖아? 잊었어?"

"……미안."

"그 얼굴, 아까 그놈한테 맞은 거지?"

"아냐. 길을 걷다가 돌에 발이 걸려 얼굴을 바닥에 부딪혔어…… 얼굴이 너무 흉해서 감기라고 한 거야."

"말이 되는 소리를 해라. 마츠는 교도소에 있을 때부터 거짓말하는 게 서툴러."

"거짓말 아니……."

메구미가 왼손을 들어 나를 제지했다.

"들어갈게."

메구미는 오른손에 들고 있던 물건을 내게 내밀었다. 역 앞에 있는 케이크 전문점의 상자였다. 그녀는 구두를 벗고, 집으로 들어서서는 내 옆을 지나쳐 방으로 향했다.

"메구미, 잠깐 기다려……."

나는 케이크 상자를 손에 든 채 뒤따라 들어갔다.

방에서 류와 메구미가 서로를 노려봤다. 메구미는 여자치고는 키가 큰 편이지만, 류와 같이 서면 머리 하나 정도가 작았다. 그러나 류를 향한 표정에는 두려워하거나, 무서워하는 기색이 보이지 않았다.

오히려 류의 얼굴에서 약간의 당황스러움이 느껴졌다.

"마츠 얼굴을 저렇게 만든 게 너지."

"저기, 내가 당신한테 '너'라고 불릴 만한 상대는 아닌 것 같은데. 우습게 보면 여자라도 용서 못 해, 알았어?"

메구미가 나를 흘끗 보고 쓴웃음을 지으며 어깨를 으쓱했다.

"이년 뭐하는 기야? 내가 누군 줄 알고!"

류가 메구미의 멱살을 잡았지만, 메구미의 표정은 변함이 없었다.

"류, 그 사람 다치게 하지 마!"

류가 나를 봤다.

메구미가 류를 노려보면서 멱살 잡은 손을 떼어냈다. 그리고 류에게 등을 보이고 돌아서서 내 앞에 선 채, 오른손 엄지로 뒤에 있는 류를 가리켰다.

"마츠, 이런 쓸모없는 놈하고 같이 있으면 안 돼. 당장 헤어져."

"메구미, 이제 그만하고 오늘은 돌아가 줘."

메구미가 내 어깨를 붙잡고, 앞뒤로 강하게 흔들었다.

"제발 정신 좀 차려. 어렵게 너만의 인생을 찾았잖아. 고생해서 미용사가 됐잖아. 남자는 어디든 많이 있어. 하필이면 이런 놈을 선택할 이유가 없지. 이런 놈하고 같이 있으면 지옥 끝까지 가게 되는 거 잘 알잖아?"

메구미의 맑은 눈동자에 내 얼굴이 비쳤다.

"……나는 류와 함께라면 지옥이라도, 어디라도 같이 갈 거야. 그렇게 마음먹었어."

메구미가 얼굴을 찡그리고는 내 어깨에서 손을 떼고서 류를 흘끗 쳐다봤다. 메구미는 깊게 숨을 토하곤 날 곁눈으로 노려봤다.

"마음대로 해!"

메구미가 내 손에서 상자를 빼앗아 바닥에 내동댕이치

고서 등을 돌리고 집을 나갔다. 문 닫히는 소리가 공기를 진동시켰다.

나는 상자를 들어 올렸다. 뚜껑을 열어보니 여러 가지의 케이크가 엉망진창이 되어 있었다. 상자째 쓰레기통에 버렸다. 뒤를 돌아보니 류가 심각한 표정으로 머리를 숙이고 있었다. 나는 웃음을 지었다.

"메구미가 나 때문에 화난 것 같네."

류의 얼굴이 창백해져 마치 얼음 같았다.

나는 애써 밝은 목소리로 말했다.

"조금 전에 그 사람, 교도소에서 사귄 친구인데, 교도소에서는 남자 같아서 굉장히 인기였어. 웃기지?"

"나는 틀려먹었어."

"뭐가?"

"그 여자가 말한 대로야. 나는 역시 마츠코와 함께 있으면 안 되는 거였어. 나는……, 나는 안 돼."

순간 류의 얼굴에 테츠야의 얼굴이 겹쳤다. 나는 류의 팔에 매달렸다.

"그렇게 생각하지 마. 나는 좀 맞아도 아무렇지도 않아. 괜찮아. 그러니까 쭉 함께 있어 줘. 더 이상 혼자서 마음대로 가버리지 마."

류가 날 쳐다봤다.

"내가 마츠코를 몇 번이나 때렸지?"

"세지 않았어, 그런 거."

"날 때려줘. 마츠코가 분이 풀릴 때까지 말이야. 부탁이야."

류가 무릎을 꿇고 눈을 감았다.

"부탁이야, 마츠코."

나는 고개를 끄덕이며 오른손을 들어 올려 류의 왼쪽 뺨을 힘껏 때렸다. 또 왼손을 올려 오른뺨을 때렸다.

"더 때려. 마츠코!"

양뺨을 차례로 때렸다.

살을 때리는 소리가 방 안에 울려 퍼졌다. 류의 뺨이 빨개지고 눈에서는 눈물이 흘러넘쳤다. 나는 손을 멈췄다. 숨이 차고 손바닥이 찌릿찌릿했다. 류가 눈을 감은 채 어린아이처럼 흐느껴 울기 시작했다. 콧물이 흘렀다.

나는 류의 머리를 가슴에 안고서 머리에 볼을 비볐다.

"류, 약속했잖아. 나와 함께 있겠다고."

류가 내 가슴에서 고개를 끄덕였다.

"그러면 마약을 끊고 야쿠자도 그만둬야 해. 친구가 없어져도, 돈을 못 벌어도, 둘이 함께라면 살아갈 수 있어."

류가 내 몸에서 떨어져서 무릎을 꿇은 채, 내 눈을 올려다봤다.

"그래, 알았어. 마약도, 야쿠자도 그만둘게. 마츠코와 함께 새출발할 거야. 하지만 시간이 필요해. 조금만 기다려줘. 꼭 약속 지킬게."

류가 지갑에서 마약이 들어 있는 작은 봉지를 꺼내 나에게 내밀었다.

"버려. 이게 갖고 있는 전부야."

나는 고개를 옆으로 저었다.

"이건 류가 스스로 버려야 돼."

류가 봉지를 노려봤다. 얼굴이 고통스러운 듯 일그러졌다.

"지금 당장이 아니라도 괜찮아. 하지만 꼭 스스로 버려야 돼. 그렇게 하지 않으면 다시 시작하게 될 거야."

류가 봉지를 지갑에 다시 넣으며 눈물을 흘렸다.

"한심하네. 왜 못 버리는 거야. 간단한 일인데 말이야. 나는 내가 중독이 아니라고 생각했는데. 약물 중독자를 너무 많이 봐서, 나는 아직 그렇게 심하지 않다고 안심했는데, 이제 이게 없으면……."

마약의 무서움을 이제야 깨닫고, 마음속으로부터 두려워하고 있는 느낌이 드는 목소리였다.

"괜찮아. 틀림없이 스스로 버리게 될 거야. 나는 류를 믿어."

류가 눈을 꽉 감았다.

다음 날도 나는 가게를 쉬었다. 도저히 밖에 나다닐 얼굴이 아니기도 했지만, 류가 "같이 있어 줘. 혼자 남으면, 다시 마약을 하게 될지도 몰라"라고 떨리는 목소리로 말했기 때문이다.

오전 중에는 집 청소를 하는 김에 가구 배치를 약간 바꾸었다. 류는 처음으로 목욕탕 청소와 화장실 청소를 해주었다. 점심은 배달시켜 먹었는데, 류는 돈가스 덮밥을 먹고, 나는 닭고기 계란 덮밥을 먹었다. 류가 돈가스를 한 조각 나눠주었다.

오후가 되자 류의 모습이 이상해졌다. 무릎을 방정맞게 떠는 게 심해지더니 담배를 피워도 불을 붙여 한 번 빨고는 그대로 비벼 끄고, 바로 다음 담배를 손에 잡았다. 잠깐 사이에 재떨이에는 꽁초가 쌓여 산으로 변했다.

"마약 하고 싶어?"

류가 고개를 끄덕였다. 류는 지갑에서 마약 봉지를 끄집어내서 눈앞에 들고 1분 정도 아무 말도 없이 뚫어지게 봤다.

"빌어먹을."

그는 봉지를 지갑에 돌려 넣고 심호흡을 했다. 얼굴이

고통스럽게 일그러지며 머리를 쥐어뜯었다. 나는 방의 커튼을 닫고 옷을 벗은 후 알몸이 되어 류의 앞에 섰다. 류가 정신없이 달려들었다. 마약을 머리에서 떨쳐버리려는 듯한 거친 애무였다.

약을 끊을 수 있을지, 없을지는 결국 본인의 의지에 달려 있다. 내가 할 수 있는 일은 이 정도밖에 없었다.

정사가 끝나자 한시름 놓은 듯했다. 류가 슈퍼마켓에 가서 먹을 것을 사오겠다고 했다. 저녁을 만들려고 해도 재료가 없었던 것이다. 밖에서 마약을 하고 오려고? 하고 생각했지만 금방 그런 생각을 지웠다.

류는 두꺼운 스테이크와 와인을 사왔다. 그가 고기를 구워주었는데, 너무 구워서 좀 딱딱해졌지만 맛있었다.

"오늘만이야."

와인을 다 마시고 류가 말했다.

"뭐가 오늘만이야?"

"마약을 하지 않는 거."

"그럼…… 내일부터 다시 할 거야?"

"아니야. 매일 오늘 하루만, 하면서 내 자신을 타이르는 거야. 내일 일은 생각하지 않고, 오늘 하루만 참자. 그렇게 하면 끊을 수 있을 것 같아."

나는 가슴이 벅차서, 그러네, 라고 대답하는 것조차 힘들었다.

"마츠코 덕분이야."

나는 기뻐서 소리 높여 울어버렸다.

그날 밤 내가 목욕 후 탈의실에서 몸을 닦고 있는데, 방에서 류의 목소리가 들렸다. 전화를 하고 있었다. 뭔가 다투고 있는 듯했다. 약속이 틀려, 라는 말이 들렸다.

나는 목욕 타월을 몸에 감고 욕실을 나왔다. 류가 수화기를 놓은 채 꼼짝하지 않고 서 있었다.

"왜 그래?"

류가 깜짝 놀란 모습으로 나를 쳐다봤다.

"아니, 아무것도 아냐."

류는 이상하게 어색한 웃음을 지었다.

그로부터 이틀 후, 밤중에 류의 호출기가 울렸다. 어딘가에 전화를 하고 예전처럼 나갈 준비를 시작했다.

이것이 마약 거래에 관한 신호라는 것은 나도 알고 있었다. 하지만 시간이 걸릴지라도 틀림없이 끊겠다고 한 류의 말을 나는 믿었다.

옷을 갈아입은 류의 얼굴에 불안한 그림자가 비쳤다.

"류? 얼굴색이 좋지 않은데……."

"아직 며칠 지나지 않은 것 같은데."

"호출 말이야?"

"보통이라면, 열흘 이상 간격이 있어. 이런 일은 처음이야."

"어떻게 할 거야?"

"가야지. 상부의 지시니까."

류가 현관에서 구두를 신고, 나와 마주 섰다.

"그럼, 다녀올게."

"조심해."

"……응."

류가 나갔다.

문을 잠그자 갑자기 쓸쓸해지면서 너무나도 불안해져서 심장이 마구 뛰어댔다. 방에 급히 돌아와서 텔레비전의 스위치를 켰다. 갑자기 바보 같은 웃음소리가 들려와서 바로 스위치를 껐다. 잠잠해졌다.

눈을 떠보니 어두웠다. 전화가 울리고 있었다. 베갯머리의 자명종을 집어 들었다. 새벽 4시 12분. 전화는 아직도 울리고 있었다. 머릿속이 차가워졌다. 나는 벌떡 일어나 수화기를 잡아챘다.

"여보세요."

"마츠코, 나야."

다급한 류의 목소리가 들려왔다.

"돈만 가지고 빨리 마루야마초의 '와카바'라는 호텔로 와. 오카와라는 이름으로 먼저 들어가 있을게. 서둘러, 시간 없어!"

"마루야마초의……."

"와카바야. 미용실에서 돌아오면서 처음으로 들른 그 호텔이야."

"알아."

"여하튼 빨리 그곳을 떠나. 알았지!"

전화가 끊겼다. 나는 수화기를 쳐다보며 류의 말을 되새겨보았다. 비명을 지르며 수화기를 내던지고 청바지와 블라우스로 갈아입었다. 립스틱만 바르고 현금과 통장을 가방에 넣고 집을 뛰쳐나갔다. 차가운 아침 공기가 뺨을 스쳤다. 동쪽 하늘이 밝아오고 있었다. 오토바이 소리가 들려와서 반사적으로 몸을 감췄다. 신문배달이라는 것을 확인하고 지나가기를 기다렸다가 뛰어나갔다. 아무도 쫓아오지 않았다. 가까운 편의점까지 뛰어가서 공중전화로 택시를 불렀다. 택시가 올 때까지 가게 안에서 잡지를 보는 척했다. 이렇게 이른 시간인데도 학생인 듯한 사람들 몇 명이 가게 안에 있었다.

택시가 주차장에 나타나자 나는 가게를 나와 택시에

올라탔다. 운전수에게 시부야의 마루야마초로 빨리 가자고 했다.

시부야 도겐자카의 제일 높은 곳으로부터 오른쪽으로 꺾은 곳에서 택시를 내렸다. 이 호텔 거리도 나카스의 미나미신치와 같이 밤과 아침의 모습이 전혀 달랐다. 기억을 더듬어 오래된 돌계단을 내려가 좁은 골목으로 들어가서 호텔 와카바를 찾아 나섰다. 이 지역은 원래 언덕이 많고 길도 복잡하게 얽혀 있어서, 순간 방향감각을 잃어 마치 미로에 들어온 듯한 느낌이 들어 발을 멈췄다. 주위를 찬찬히 둘러보고 나서 드디어 녹색 네온 간판을 발견했다. 뛰어가려 하는데 안에서 한 커플이 나와서 전신주 뒤에 숨었다. 새빨간 원피스를 입은 젊은 여자와 양복을 입은 중년 남자였는데, 남자가 여자 허리에 손을 두르고, 여자는 남자의 어깨에 얼굴을 기대고 있었다. 그 커플이 지나간 후, 나는 호텔로 뛰어들어갔다.

방에 들어갔을 때, 나는 숨을 들이마신 채로 한참 동안이나 숨을 내쉴 수 없었다. 류의 얼굴이 보라색으로 부어 있었고, 왼쪽 눈꺼풀은 내려앉아 눈을 뒤덮고, 입언저리에 피가 말라붙어 있었다. 비틀거리며 걷는 것조차 고통스러워 보였다.

"미행당하지 않았지?"

"그러진 않은 것 같아."

"그래……."

류가 킹사이즈 침대에 몸을 내던지더니 욱 하고 신음했다. 천장을 보면서 눈을 감았다. 가슴이 위아래로 움직이면서 폐에서 소리가 나는 듯했다.

나는 서둘러 욕실로 뛰어갔다. 타월을 적셔 류의 얼굴에 올려놓았다.

"어떻게 된 거야? 이렇게 심하게……."

"이제 끝이야. 잡히면 죽어. 지금쯤은 그 집도 엉망진창이 되었을 거야."

"무슨 일이 있었던 거야?"

"조직의 응징이지. 하마터면 죽을 뻔했어. 틈을 봐서 겨우 도망쳤어."

"밀매를 그만두겠다고 해서 그런 거야?"

"……그런 거지, 뭐."

"미안해."

왈칵 눈물이 나려고 했다.

"왜 그래?"

"내가 괜히 그런 말을 해서……. 밀매를 그만두는 것이 이렇게 끔찍한 일이라고는 생각도 못했어."

"아냐, 마츠코 때문이 아니야."

"그래도……."

"진짜, 아니……."

류가 얼굴을 찡그리며 신음 소리를 냈다.

"류!"

류가 약하게 고개를 끄덕이며 옅은 호흡을 반복했다.

"미안. 괜히 나 때문에 마츠코까지 휘말려 들게 해서."

"……우리 이제부터 어떻게 되는 거야?"

"잠시 동안은 이곳에서 가만히 있자고. 움직이면 금방
들켜. 때를 봐서 도쿄를 뜨자. 북쪽으로 갈까?"

"북쪽?"

"아는 곳이 있어?"

"홋카이도는?"

"나쁘지 않아."

"홋카이도에서 찾고 싶은 사람이 있어."

"남자야?"

"나카스에 있을 때, 신세를 진 사람. 매니저였어."

"좋아해?"

"아니. 만나서 인사를 하고 싶을 뿐이야."

류가 눈을 감았다.

"나는 이번에야말로, 평범하면서도 정직한 생활을 하
고 싶어. 야쿠자는 이제 끝이야. 싫어졌어."

류가 살짝 웃었다. 그러나 금방 고통스러운 표정으로 변했다.

"나는 미용사를 계속할 거야."

"그래."

"류 1명 정도는 먹여 살릴 수 있어."

조용해졌다. 류는 눈을 감고 있었다.

"깨어 있는 거야?"

"응."

"나, 아이를 갖고 싶어."

류가 눈을 떴다. 눈 흰자위가 피로 물들어 있었다.

"내 아이?"

"당연하지. 나이가 나이니까 힘들지도 모르겠지만."

"나와 마츠코의 아기라고……."

"왜?"

"좋지. 나도 갖고 싶어."

"정말?"

"정말이야."

"남자애? 여자애?"

"둘 다 좋아."

"자, 그럼 남자애, 여자애 한꺼번에 낳을까?"

"쌍둥이? 그거 좋겠네."

그때 호출기가 울렸다. 나와 류의 대화를 비웃는 듯한 소리였다.

류가 팔을 움직여 호출기를 꺼냈다. 눈앞으로 가지고 가 슬쩍 보고는 바로 옆으로 내던졌다. 호출기가 벽에 부딪혀서 소리가 멎었다.

류가 얼굴을 찡그리며 일어나서 침대 협탁의 전화에 손을 뻗치고는 수화기를 들고 다이얼을 돌렸다. 아무 말도 없이 귀에 대고 있다가 수화기를 내려놓고서 돌아봤다. 얼굴에 체념한 듯한 웃음이 번졌다.

"발각됐어……. 24시간만 기다려준대."

나는 심장을 움켜잡힌 듯한 느낌이 들었다.

"우리 죽는 거야?"

류는 대답 없이 눈을 내리깔고는 뭔가를 생각했다.

"……죽는구나, 우리."

나는 무리하게 웃음소리를 높였다.

"나는 아무렇지도 않아. 류와 함께라면, 죽어도 좋아. 하지만 따로 떨어져서 폭행당해 죽는 건 절대로 싫어."

"내가 혼자 나가면 괜찮아. 그들의 목표는 나니까."

나는 류를 노려보았다.

"그런 말 하지 마! 류가 혼자 죽으면 내가 기뻐할 거라고 생각해? 그 정도 각오로 류하고 잤다고 생각해?"

246

류는 입술을 깨물고 한동안 움직이지 않았다.

서로의 심장 뛰는 소리가 들리는 듯했다.

류가 생각난 듯이 눈을 들고 비틀대면서 냉장고로 향했다. 캔 맥주를 꺼내서 뚜껑을 따고 내게 내밀었다.

"잠깐만 기다려."

그는 지갑에서 마약 봉지를 꺼냈다. 봉지를 열어 쌀알 같은 결정체를 꺼내 캔 맥주 안에 집어넣자, 쉭 하고 소리가 났다.

나와 류는 아무 말도 없이 은색 맥주 캔을 쳐다봤다.

"이제 됐어. 마시자."

류가 감정을 잃어버린 눈으로 날 봤다. 무거운 시간이 흘러갔다. 캔에 입을 대고 고개를 뒤로 넘기자 입 끝이 젖어왔다. 마약이 녹은 맥주가 목을 자극하며 몸속으로 들어갔다.

류가 캔을 빼앗아 갔다. 맥주를 입에 대고 고개를 뒤로 넘기자 목젖이 상하로 움직였다. 캔을 바닥에 떨어뜨리고 숨을 내뱉으며 침대에 앉았다.

나도 류 곁에 딱 붙어 앉았지만, 두 사람 모두 입을 열지 않았다.

드디어 몸 안에서 약의 힘이 발휘됐다. 세상이 선명해지고 몸이 공중으로 떠오르며 우울한 기분이 날아가 버렸다. 방금 전까지 초췌했던 류의 모습이 거짓말같이 사라졌다.

"먼저 샤워할게."

그는 이렇게 말하며 욕실로 향했다.

나와 류는 몇 시간이나 사랑을 나누었다. 목숨을 쥐어짜서 없애버리려는 듯이 격렬하고 질척한 섹스였다.

힘을 다 써버리고는 침대 위에 눕자, 경험해보지 못했던 권태감이 전신을 침범해왔다. 나는 나의 성기에 손가락을 넣고 쓸어올려, 뒤섞여버린 두 사람의 체액을 입에 넣었다. 방에는 깊이를 알 수 없는 평온함이 깃들어 있었고, 서로의 숨소리와 혀 안에 느껴지는 체액의 맛만이 현실이었다.

"우리들 이제 죽는 거지."

"죽는 거 싫어?"

"……약간 무서워. 하지만 류와 함께라면 괜찮아, 류는?"

"나도 죽는 건 무서워. 가능하면 죽고 싶지 않아."

"방법이 없잖아. 우린 이런 운명이었나 봐. 슬슬 준비하자."

나는 일어나서 샤워를 했다. 목욕 타월을 두른 채로 화장을 했다. 화장이라고는 하지만, 가지고 있는 것은 립스틱뿐이어서 정성스럽게 바른 후 옷을 입었다.

류도 이미 옷을 입고 침대에 앉아 나를 보고 있었다. 나는 웃었다.

"어떻게 죽을 거야? 가능하면 아름답게 죽고 싶은데."

"좋아."

류가 수화기를 들고 다이얼을 돌렸다.

"경찰입니까? 마루야마초의 와카바 호텔 201호실로 와주세요. 사람을 죽였습니다."

수화기를 올려놓았다. 딸랑 하고 소리가 났다.

7

나와 류 요이치는 예배당을 통해 교회를 나와서 일방
통행인 골목을 천천히 걷기 시작했다. 길 옆에는 꽤 큰
집들이 연이어 있었다. 어느 집에선가 바이올린 소리가
새어 나오고 있었는데, 어린아이가 켜고 있는 것인지 아
직은 소음에 가까운 소리였다. 자전거를 탄 할머니가 뒤
에서부터 나와 류 요이치를 추월해갔다. 멀리서 자동차
소리가 들렸다.

나는 류 요이치가 입을 열기를 기다렸다.

열다섯 살부터 소년원, 소년 교도소를 드나들던 나는
스무 살이 될 즈음해서 고향 부근에 있는 조직에 들어가

진짜 야쿠자가 되고자 했죠. 하지만 가장 많이 한 일은 부채 징수나 사무실 전화 당번, 청소 등 잡일뿐이었죠.

처음에는 최고의 야쿠자가 될 거라고 흥분했었는데 차츰 익숙해지자 별것도 아니었습니다. 간단히 말하면, 결국 상부의 심부름만 했을 뿐이죠. 금방 매일이 지루해져서 괴로워하게 되었습니다. 도저히 참을 수 없게 되었을 즈음에 약간의 문제를 일으켜서 고향에 있을 수 없게 된 나는 도쿄로 왔습니다. 하카타에서 알게 된 지 얼마 안 된 열아홉 살의 여자와 함께였습니다.

상경해서도 성실히 일할 생각은 처음부터 없었습니다. 야쿠자밖에 할 일이 없었기 때문에 당분간은 그 여자한테 돈벌이나 시키고, 나는 매일 하는 일 없이 놀기만 했습니다.

반년쯤 지나서 신주쿠에 갔다가 하카타에서 함께 일하던 코가라는 남자를 우연히 만났습니다. 코가는 도쿄의 어느 조직 밑에서 약, 즉 마약 밀매를 하고 있었습니다. 나는 코가의 설득으로 결국 다시 조직원이 돼서 마약을 만지게 되었습니다.

마약 매매에 손을 댄 후, 하카타에 있었을 때는 상상도 하지 못할 정도의 돈을 손에 쥐었습니다. 역시 도쿄는 하카타와는 스케일이 다르다고 생각했습니다. 내가 정말

거물급 야쿠자가 된 듯한 느낌이었습니다.

처음으로 징역을 산 것은 2년 후의 일입니다. 매매 현장에서 붙잡혀 징역 1년 10개월의 실형 판결을 받았습니다. 여자와는 체포와 동시에 헤어졌습니다.

스물다섯 살에 출소해 곧 조직으로 돌아와 다시 마약 밀매에 관여하게 되었습니다.

당시 조직은 나고야에 있는 총판에게서 마약을 구매했습니다. 이 총판은 재일한국인이 운영하는 곳으로 한국의 밀매조직으로부터 마약을 밀수해서 내가 속해 있던 조직, 즉 중간도매상에게 팔아 치우고 있었던 겁니다. 중간도매상은 다시 마약을 작은 단위로 나눠 밀매인들에게 팔아 막대한 이익을 얻고 있었습니다. 조직에서는 일단 마약이 취급 금지 품목으로 되어 있지만, 물론 겉으로만 그렇습니다.

나는 나고야까지 차를 몰아 돈과 마약을 교환한 후, 도쿄로 돌아오는 일을 맡았습니다. 지정된 호텔 방에 가서, 기다리고 있는 남자에게 돈을 전해줍니다. 그 남자는 돈을 가지고 다른 방으로 가서 그곳에서 마약을 가지고 옵니다. 이미 예전부터 정해진 것이기 때문에 일은 간단했습니다. 나도 나름대로 도쿄의 조직에서 자리를 잡았기 때문에 만족스러워야 마땅했지만, 아무래도 재미는 없었죠.

거래도 하고 정말로 큰돈도 만졌지만 결국은 조직의 돈입니다. 1엔이라도 속이면 용서받지 못하죠. 아무리 생각해봐도 하카타에 있을 때처럼 조직의 심부름꾼에 지나지 않았습니다.

조직을 나가서 혼자서 일할 자신은 없었습니다. 몇백만 엔이라는 돈을 눈앞에 두고서 10만 엔이나 20만 엔을 위해서 위험을 무릅쓰고 조직을 그만두는 것도 바보 같아서 도저히 할 수 없었던 것이죠. 우울한 나날을 보내고 있던 중에 결국은 나 자신이 마약을 사용하게 되었던 것입니다.

처음으로 마약을 주사했던 때가 선명하게 기억납니다. 마약 상습자가 왜 이런 물건에 몇만 엔이나 지불하는지 이해할 수 없었는데, 직접 겪어보니 납득이 갔습니다. 기분이 엄청나게 좋아지는 것입니다. 정말 내가 전지전능한 신이 된 것 같아, 이 세상에 무서운 것이 아무것도 없는 것 같은 기분이 됩니다. 각성제가 제2차 세계 대전 때 특공대원에게 주어졌다고 나중에 전해 들었는데, 죽음에 대한 공포마저 없애버리는 바로 그런 것입니다.

마약의 위력은 섹스할 때 더욱 강렬하게 나타납니다. 몇 시간이나 쾌감이 계속 이어지는……. 아, 미안합니다. 이야기가 빗나갔네요.

물론 마약이 몸에 좋을 리는 없습니다. 처음에는 호기심에 해보지만, 일단 중독이 돼버리면 혼자 힘으로는 절대로 벗어날 수 없습니다. 이야기한 대로 너무나도 쾌감이 강하기 때문입니다.

약 기운이 있을 때는 기분이 좋지만 떨어지면 최악의 상태가 됩니다. 당연한 일이지요. 마약은 몸에 에너지를 공급하는 약이 아니고, 사용해서는 안 되는 에너지까지 무리하게 사용하도록 만드는 것이기 때문입니다.

약 기운이 떨어지면 부작용이 나타납니다. 몸이 나른해지고, 별것 아닌 일에도 화를 내게 되고, 뭘 해도 재미가 없죠. 지옥에 있는 것 같은 기분이 되기 때문에 그 상황을 빠져나가기 위해서 또 마약을 하는 악순환이 계속됩니다.

그러는 동안에 마약을 맞아도 처음 같은 쾌감을 얻을 수 없게 됩니다. 그렇게 되면 맞는 횟수를 늘리거나, 양을 늘리거나 하게 되죠. 중독이 더욱 진행되면 약 기운이 떨어졌을 때의 고통이 더욱 심해집니다.

아까 말씀드린 코가라는 남자는 나중에 마약 중독으로 심장마비를 일으켜 죽었는데, 약 기운이 떨어졌을 때는 바닥을 뱅뱅 돌며 괴로워했습니다. 그는 환각 증상으로도 괴로워했습니다. 환각이라고는 하지만, 본인에게는 현실이라고밖에 생각할 수 없을 정도로 생생한 것입니다. 예를 들어, 우주인이 쫓아오거나 벽에서 귀신이 튀어나오는 등의 허무맹랑한 환각이라 해도 말입니다. 다행이라고 할까, 나는 그 정도까지 되기 전에 교도소에 들어가게 되었습니다.

이야기를 돌립시다. 내가 마약을 하기 시작했다는 데까지 이야기를 했지요.

그런 나에게 때를 살피고 있었다는 듯, 한 남자가 접근해왔습니다. 경찰청의 마약 단속반원이었습니다. 그는 나에게 스파이가 되라고 했습니다. 보통 때라면 거절하지요. 하지만 나는 그 요청을 받아들였습니다. 물론 마약 불법 소지 현장을 발각당했기 때문이기도 합니다. 스파이가 되지 않으면 다시 교도소에 가야 했죠.

나는 조직원 중 한 사람이기는 했지만, 조직에 충성을 다할 생각은 없었습니다. 원래부터 조직이라는 곳에 잘 어울리지 않는 성격이었습니다. 겉으로는 형님이나 보스를 위해 몸을 바친다는 정도의 말은 입에 올리고 다녔지만 본심은 아니었습니다. 사실은 일을 얻는 데 도움이 되기 때문에 조직에 몸을 담고 있었을 뿐입니다. 나도 조직을 이용한 것뿐입니다.

그래서 스파이 제의를 받아들였을 때도 배반한다는 생

각은 없었습니다. 마약 단속반의 스파이가 되면 징역을 살지 않아도 되고, 나중에도 교도소에 들어갈 일은 없을 거라는 계산도 했죠. 아마도 그 단속반원은 나에 대해 조사를 하고, 거기까지 예상한 후에 접촉해온 것 같습니다.

그날부터 나는 마약 단속반이 기르는 개가 되었습니다. 거래가 있을 때마다 지시받은 대로 주인에게 보고했습니다. 그런데 이상하게도 거래 현장을 덮치는 일은 한 번도 없었습니다. 내가 왜 적발하지 않느냐고 물으면, 자기는 따로 생각이 있다고만 했습니다.

나중에 알게 된 일입니다만, 그는 수백 그램 정도의 마약엔 흥미가 없었고, 광범위한 밀매 루트의 붕괴를 노렸던 것이었습니다. 그걸 위해서 상당히 장기간에 걸친 시나리오를 만들었고, 나는 거기에 등장하는 몇십 명, 몇백 명의 사람 중 하나에 지나지 않았던 것이죠. 물론 나는 그것이 어떤 시나리오인지 짐작도 할 수 없었습니다.

겉으로는 조직을 위해 마약을 운반하고, 뒤에서는 마약 단속반에게 정보를 제공하면서 자신에게 마약을 주사하는 나날이 계속되었습니다. 마츠코와 재회한 것은 그즈음이었습니다.

나는 가끔 보스 애인의 운전수 겸 보디가드로 일했는데 그날은 보스의 애인을 모시고 미용실에 따라갔습니다. 그래요. '아카네'라는 이름의 미용실이었습니다. 마츠코는 그 미용실에서 일하고 있었는데 그 시절의 이야기는 사와무라 씨나 우치다 씨에게 들으신 대로입니다.

이전에도 이야기한 대로 나는 중학교 때부터 마츠코를 좋아했습니다. 상냥하고, 예쁘고, 머리도 좋고, 화내면 약간 무섭기도 했죠. 나는 몇 명의 여성과 사귀었습니다만, 마츠코 선생님은 나에게 있어서, 영원한 이상형으로 마음속에 남아 있었습니다.

마츠코는 내가 옛날 제자라는 것을 알아보지 못한 듯했습니다. 나는 망설였습니다만, 과감히 퇴근 시간을 기다렸다가 말을 걸었습니다. 실은 같이 식사를 하려고 레스토랑에 예약까지 해놓았었는데, 마츠코가 거절해서 집까지 바래다주기로 했습니다.

나는 차 안에서 나의 생각을 고백했습니다.

마츠코는 자신이 어떤 인생을 살아왔는지 일부를 이야기해주었습니다. ……그래요. 몸을 팔았던 것이나, 살인으로 교도소에 갔던 일 등입니다. 그녀는 자신을 더러워진 여자라고 말했습니다. 그리고 원한다면 그냥이라도 자주겠다고……

나는 마츠코를 집까지 바래다주고 아무 말도 없이 헤어졌습니다. 마츠코의 집에서 차를 몰고 돌아오는데 눈물이 나왔습니다. 영원한 이상형이라고 생각했던 마츠코 선생님이 그런 말을 입에 올리다니……

불법행위에 비정한 짓을 하는 야쿠자가 왜 그깟 말로 눈물을 흘리느냐고 생각할지도 모르겠지만, 저는 마츠코 선생님만은 깨끗한 존재로 남아 있기를 바랐습니다. 나 자신이 더러워졌기 때문에 더욱 그렇게 생각했는지도 모릅니다.

그러나 나는 차를 몰면서 생각했습니다. 마츠코 선생님이 학교를 떠나게 된 계기를 만든 건 다른 사람이 아닌 바로 나 자신이 아니었던가, 라고 말이죠. 몸 파는 일을 하게 된 것도, 살인을 저질러서 교도소에 가게 된 것도, 따지고 보면 전부 내 탓이 아닐까, 라는 생각이 들었죠. 그런 내가 선생님을 비난할 자격이 있는 것일까?

또 하나 알게 된 사실은, 그럼에도 불구하고 나는 더욱 마츠코를 사랑하고 있다는 사실이었습니다. 그녀에 대한 내 마음을 확인하자 그대로 있을 수 없었습니다.

나는 차를 유턴해서 마츠코의 집으로 돌아갔습니다. 마츠코는 나를 집으로 데리고 들어갔습니다. 그 자리에서 마츠코가 학교를 떠나게 된 경위부터 그 후의 인생까지 모두 이야기해주었습니다.

마츠코의 얘기를 듣고, 옛날 제2중학교의 교장이었던

타도코로 후미오가 그녀를 강간하려다가 미수로 끝난 사건이 있었다는 사실을 처음으로 알게 되었습니다. 학교를 떠나게 된 것이 타도코로 교장과의 불화에서 기인했던 것이죠. 전부 내 탓만은 아니었다는 생각도 들었지만, 그렇다고 죄의식이 없어진 것은 아니었습니다. 마츠코 선생님에게 비열한 짓을 한 타도코로 교장을 하필이면 내가 도와주게 된 결과가 되었기 때문에 뒤늦게 후회하며 마음 아파했습니다. 당사자인 마츠코는 과거의 일이라며 아무렇지도 않게 생각하는 듯했지만 말이죠.

나는 내가 동경하던 사람과 하나가 되었습니다. 그날부터 나와 마츠코는 동거를 시작한 것입니다. 마약 밀매를 하고 있는 것은 마츠코에게는 한 마디도 하지 않았습니다. 마약 거래가 시작되면 내 호출기가 울리게 되어 있었는데, 나는 사무실에 전화해서 지시를 받고, 돈을 수령하여 나고야까지 차를 몰고 가서 마약과 교환한 후 돌아왔습니다.

가지고 온 마약은 사무실이 아니라 형님의 맨션으로 가지고 가서 조그만 봉지에 나누어 넣기 때문에 한 번 호출을 받으면 2, 3일은 집을 비우게 됩니다.

언젠가 나고야에서 마약을 가지고 사무실을 향하고 있을 때, 호출기가 딱 한 번만 울렸습니다. 이건 맨션으로

오지 말고 마약을 가지고 어딘가에 숨어 있으라는 신호
였습니다. 나중에 안 일입니다만, 이때 맨션은 경찰의 감
시를 받고 있었던 것입니다. 나는 300그램의 마약을 가지
고 마츠코의 집으로 돌아왔습니다.

　나는 부적 대용으로 작은 마약 봉지를 지갑에 숨겨 가
지고 다녔습니다만, 그렇게 많은 양의 마약을 집에 가지
고 간 것은 처음이었습니다. 마츠코와 동거를 시작하고
부터는 형님의 맨션에 있을 때나 혼자 차에 타고 있을 때
만 마약을 했습니다. 주사기도 밀폐용기에 넣어서 차에
숨겨놓았죠. 마츠코의 친구가 마약 중독자에게 살해되었
다는 말을 들었기 때문에 마츠코와 함께 있을 때는 절대
로 하지 않았습니다. 물론 마츠코에게 하게 하려는 생각
은 더더욱 없었지요.

　여하튼 마츠코가 퇴근해서 돌아오기 전에 300그램의
마약을 어딘가에 숨겨야 했습니다. 나는 고민 끝에 그것
을 비닐봉투째 쌀통에 넣어두기로 했습니다. 안에 넣어
두었기 때문에 위에서 내려다보아도 모를 것이라고 안심
하고 푹 잠이 들었습니다.

　그런데 내가 자고 있는 사이에 마츠코가 돌아와서 그
것을 발견해버린 것입니다. 나는 할 수 없이 마약 밀매를
하고 있다고 자백했습니다. 마츠코는 화를 냈습니다. 마

약만은 취급하지 말아달라고 진지하게 부탁했습니다.

그러나 그 당시 나는 마츠코의 심정을 헤아릴 수가 없었습니다. 숨겨둔 마약 때문에 신경이 쓰여 예민해져 있었는지도 모르겠습니다. 만약 이 장소가 경찰에 발각된다면 징역 10년은 각오해야 하고, 만일 마약이 없어지기라도 하면 조직에 의해 살해당할지도 몰랐습니다.

마침 호출기가 울려 마약을 가지고 갈 새로운 장소를 지시받았습니다. 전화를 끊고 돌아보니, 마츠코가 마약 봉투를 끌어안고 있었습니다. 나는 내놓으라고 했지만, 마츠코는 안 된다고 했습니다. 상황 파악도 하지 못하는 여자라고 생각했습니다. 마약을 배달하지 않으면 나는 물론이고 마츠코도 살해당하게 됩니다. 도대체 왜 그런 걸 모르는 것일까? 나는 순간적으로 열이 올라 마츠코를 때려눕혀 버렸습니다. 그렇게나 사랑에 목말라했던 상대에게 손찌검을 하게 된 것입니다. 그리고 나는 마약 봉투를 들어 올렸습니다. 바닥에 쓰러졌던 마츠코가 원망스러운 눈으로 나를 올려다보았습니다. 나는 마츠코를 때린 일을 후회했습니다. 그러나 그때는 무엇보다도 마약을 배달하는 것이 중요했던 것입니다.

무사히 마약을 배달하고, 언제나처럼 작은 봉지에 나누어 넣는 작업을 했습니다. 형님과 술을 마시고, 집에 돌아온 것은 다음 날 밤이었습니다.

마츠코는 일어나 기다리고 있었습니다.

나는 때린 걸 후회하고 있었습니다만, 술을 마신 탓인지 한 마디의 사과도 하지 않았습니다. 그뿐만 아니라 마츠코가 집요하게 마약에서 손을 떼라고 하는 것에 짜증이 나서, 또 손찌검을 하고 말았습니다. 이번에는 한 대가 아니고 마츠코 위에 올라타서 몇 번인가 얼굴을 때렸습니다. 마츠코가 완전히 기절한 후에야 내가 무슨 짓을 한 것인지 정신이 들어 당황스러웠습니다.

계속 자고 있는 마츠코를 보며 나는 나 자신에게 절망했습니다. 더 이상 이곳에 있어서는 안 되겠다고 생각했습니다. 이대로라면 정말 마츠코를 죽여버릴지도 모른다는 생각이 들었습니다. 하지만 왜 그렇게 마츠코를 아프게 하는지 나도 알 수 없었습니다. 너무나도 사랑하고 있는데 말입니다…….

이제 돌이켜 생각해보면 아무래도 마약의 영향으로 정신이 이상했었는지도 모르겠습니다. 마츠코는 하루 온종일 잤습니다. 밤 8시경 누군가가 초인종을 눌렀습니다. 그게 사와무라 씨였습니다. 나와 사와무라 씨가 얼굴을 맞댄 것은 그때가 처음입니다. 마츠코도 그때 눈을 떴습니다.

사와무라 씨는 마츠코의 얼굴을 보고, 무슨 일이 있었는지 깨달은 듯했습니다. 사와무라 씨는 나 같은 야쿠자를 앞에 두고도 겁내는 기색이 없었습니다. 그 당시 내가 한번 성질을 부리면 사람들은 대부분 얼굴부터 창백해져서 덜덜 떨었습니다만, 사와무라 씨는 얼굴색 하나 변하지 않았습니다.

오히려 내가 무서워졌습니다. 야쿠자들은 거만하게 행동하는 데 비해서 사실은 겁쟁이들이 많습니다. 거친 게 통하는 상대에게는 철저하게 거칠게 대하지만, 그게 전혀 통하지 않는다는 것을 느끼면 어떻게 해야 할지 알 수 없게 되어버리지요. 사와무라 씨를 앞에 둔 내가 그런 느낌이었습니다.

사와무라 씨는 마츠코에게 나와 헤어지지 않으면 안 된다고 했습니다.

그러나 마츠코는 사와무라 씨에게 돌아가라고 했습니다. 그리고 나와 함께라면 지옥에라도 같이 가겠다고 대답해주었습니다. 사와무라 씨는 화를 내고 돌아가 버렸습니다.

마츠코는 부모처럼 걱정해주는 친구가 아닌, 몇 번이나 폭력을 휘두른 나를 선택한 것입니다.

이때 나는 마음을 정했습니다.

더 이상 마약을 하지 않겠다. 밀매도 그만두겠다. 마츠코와 약속도 했습니다. 지갑에 넣고 다니던 마약 봉지를 꺼내서 마츠코에게 버려달라고 부탁했습니다. 하지만 마츠코는 스스로 버려야 한다고 했습니다. 나는 고민했습니다. 대부분의 마약 중독자가 그렇듯, 나는 아직도 스스로 마약을 버릴 수 없었던 것입니다. 이런 마음은 중독자가 아니면 모를지도 모릅니다. 나는 꼭 스스로 버리겠다고 약속하고, 마약을 다시 지갑에 넣었습니다.

마약을 끊는 것은 어디까지나 나의 문제입니다. 그러나 마약 밀매를 그만두는 것은 간단한 문제가 아닙니다. 조직에 이야기해야 하는 것은 물론이지만, 그전에 내가 정보를 제공하고 있던 마약 단속반에 그만두겠다는 의사를 밝혀야 했습니다.

나는 이 부분은 어떻게든 해결될 거라고 생각했습니다. 마약을 불법으로 소지하고 있던 현장이 발각되기는 했지만, 상당량의 정보를 제공해왔고, 이제 그만두겠다고 하면 수고했다는 정도의 인사는 받을 수 있을 거라고 생각했던 것입니다.

그러나 그것은 엄청난 착각이었습니다.

"접니다."

"어떻게 된 거야? 아직 멀지 않았어?"

"아니, 그게 아니고 할 말이 있습니다."

"뭔데?"

"저, 이제 그만두겠습니다."

"발각된 거야?"

"아니요, 안전하다고 생각합니다. 그게 아니고 이제 이 일에서 손을 씻고 싶습니다. 스파이 일도, 마약 밀매도."

"뭐야, 이봐, 뭔 말을 하고 있는 거야! 내가 몇 년이나 공을 들여 추진해온 시나리오를 한 방에 날려버릴 생각이야?"

"제발, 봐주십시오."

"안 돼. 무책임한 행동은 인정할 수 없어!"

"하지만……."

"좋아. 만약 그만둔다면 네가 스파이였다고 조직에 까발릴 거야."

"뭐라고요……. 그건 약속이 틀리잖아요!"

조직에 알려지면 틀림없이 살해당합니다. 나는 처음으로 내가 어처구니없는 진흙탕 속에 빠져 있다는 것을 알게 되었습니다.

이대로는 마약 밀매로부터 벗어날 수 없다. 이렇게 되면 마츠코와 같이 어딘가로 도망가는 수밖에 없다. 그러나 정말 도망갈 수 있을까? 이제부터 쭉 숨어서 생활해야 하는 걸까? 여러 가지를 생각하는 사이에 시간만 흘러갔습니다.

이틀 후 호출기가 울렸습니다. 전화를 해보니 언제나처럼 돈을 가지고 나고야에 가라고 했습니다. 지난번 호출 후 얼마 되지 않았기 때문에 이상하다고 생각은 했지만 지시에 따르지 않을 수는 없었습니다.

이때 이상한 낌새를 알아차리고 마츠코와 함께 도망쳐 버렸다면 좋았을 텐데…….

돈을 받으러 사무실에 들어가자마자 나는 갑자기 보스에게 맞아 쓰러졌습니다. 이 순간 내가 마약 단속반의 스파이였다는 사실이 발각된 것을 알았습니다. 나는 사무실에 있던 전원으로부터 엉망진창으로 얻어맞았습니다. 결국에는 아프다는 감각조차 없어졌고, 의식도 몽롱해졌습니다. 나는 양팔을 붙잡힌 채로 사무실에서 끌려 나왔습니다. 한밤중이었습니다. 자동차 뒷좌석에 내던져지는 게 느껴졌습니다. 틀림없이 어딘가 산속으로 끌려가서 매장될 거라고 생각했습니다. 나는 체념하고 눈을 감았습니다. 마츠코의 얼굴이 떠올랐습니다. 이제 만나지 못한다고 생각하니 눈물이 나왔습니다.

그때였습니다. 주위가 이상하게 조용하다고 느껴져 눈

을 떴습니다. 차에는 나밖에 타고 있지 않았습니다. 몸을 일으켜보니 자동차 키가 꽂힌 채였고, 창밖을 보니 방금 전까지 나를 발로 찼던 형님들이 약간 떨어진 곳에서 담배를 피우며 이야기를 하고 있었습니다.

생각할 틈이 없었습니다. 나는 반대쪽 문으로 나갔다가 다시 운전석으로 굴러 들어가 시동을 걸고, 차를 운전했습니다. 인간이란 기절할 정도로 힘들어도 목숨을 걸면 움직일 수 있더군요. 고함치는 소리가 들려왔지만, 뒤돌아볼 겨를이 없었습니다.

어디를 어떻게 달렸는지 기억할 수 없었습니다. 적당한 장소에 차를 버리고, 공중전화로 마츠코에게 전화를 해서 당장 집을 나오라고 했습니다. 내가 도망갔다는 게 알려지면 제일 먼저 마츠코에 손을 써서 죽이려 할 테니, 여하튼 집을 나와 시부야의 호텔로 오라고 말했습니다. 마츠코와 내가 딱 한 번 간 적이 있는 호텔입니다. 나는 전화를 끊은 후 택시를 잡아타고 시부야로 향했습니다.

먼저 호텔에 들어온 나는 주인인 마약 단속반원에게 전화했습니다. 조직에 쫓겨 도망치고 있으니 도와달라고, 말입니다.

"지금 어디 있어?"

나는 여기서 주저했습니다. 혹시 주인이 나를 조직에

판 것이 아닐까? 그런 의심이 머리에 떠올랐습니다. 지금
생각해보니 마약을 한 탓에 남을 의심하는 마음이 강해
졌는지도 모르겠습니다. 저는 전화를 끊었습니다.

　주인인 마약 단속반원도 믿지 못하게 되자 도망칠 수
단이 없었습니다. 조직은 도쿄 안을 필사적으로 뒤지고
있었습니다. 잡히면 나뿐만 아니라 마츠코까지 살해당해
버립니다. 내가 자수하면 마츠코는 살아날 수 있겠지요.
그러나 나는 할 수가 없었어요. 용기가 없었습니다. 죽는
게 두려웠습니다.

　드디어 마츠코가 호텔에 도착했습니다. 나는 조직으로
부터 응징을 받았다고 말했습니다. 그러나 마약 단속반
의 스파이였다는 사실은 말하지 않았습니다.

　나는 상황을 봐서 도쿄에서 빠져나가자고 말했습니다.
큰 역이나 공항은 조직이 지키고 있을 것입니다. 도쿄에
서 무사히 빠져나가는 것은 기적과 같은 일이겠지요. 그
렇지만 작은 가능성에 희망을 걸 수밖에 없었습니다.

　그런데 그런 작은 가능성마저 금방 무너져버렸습니다.
호출기가 울려 전화를 하니 보스가 받았습니다. 그 호텔
에 있는 게 알려져버린 것입니다. 제가 조직의 정보망을
가볍게 봤던 것입니다.

　이미 감시당하고 있으니까 도망칠 수 없다. 24시간만

기다릴 테니까, 여자와 정리하고 얌전하게 나오든가, 아니면 그곳에서 여자와 같이 자살하라고 했습니다. 그동안의 정을 생각해서 봐주는 것이라고 통고받았습니다.

이때 내가 뭘 했다고 생각합니까?

나는 버리지 않고 지갑에 넣어두었던 마약 봉지를 꺼내어 캔 맥주에 녹여 마츠코에게 마시게 했습니다. 나도 나머지를 전부 마셨습니다.

죽음에 대한 공포를 없애버리기 위한 것이 아니었습니다. 나와 마츠코는 마약의 힘을 빌려 마지막으로 사랑을 나누었습니다. 그리고 샤워를 하고, 옷을 입고, 경찰에 전화를 해서 사람을 죽였으니까 곧 와달라고 말했습니다. 물론 거짓말이었습니다. 확실하고 신속하게 오게 하고 싶어서 그렇게 말한 것입니다. 그렇게 해서 확실히 경찰서에 끌려갈 필요가 있었기 때문입니다.

생각했던 대로 경찰관이 많이 왔습니다.

나는 마약 봉지를 경찰관에게 건네주었습니다. 현장에서 마약이란 것이 확인되어 나는 마약 불법소지죄로 체포되었습니다. 마츠코도 임의동행을 요구받았습니다. 물론 거절할 이유는 없었습니다.

마츠코와 나는 경찰관들에게 둘러싸여 호텔을 나왔습니다. 조직도 손을 쓰지 못했습니다. 야쿠자인 내가 공교

롭게도 경찰에 도움을 청하리라고는 생각도 못했을 겁니다. 이것은 야쿠자로서는 웃음거리가 될 뿐, 결코 칭송받을 행위가 아닙니다. 하지만 마츠코와 내가 살아남기 위해서는 이 방법밖에 없었던 것입니다.

나는 경찰서에서 소변검사를 받고, 마약 사용죄가 추가되었습니다. 마츠코도 같은 시간에 소변검사 결과가 나와 각성제 관리법 위반으로 체포되었을 겁니다.

나와 마츠코는 따로따로 재판에 회부되었습니다. 나는 징역 4년을 선고받아 후츄 교도소에 들어갔고, 마츠코도 징역 1년의 실형을 선고받아 도치기 교도소로 갔습니다. 아무리 조직이라도 교도소 안에까지는 쫓아오지 않았죠. 적어도 마츠코의 생명은 보장된 것입니다.

나는 어떻게 될지 잘 몰랐습니다. 후츄 교도소는 소위 야쿠자에 관련된 죄수들이 많아서 내가 속해 있던 조직과 관계있는 자가 많이 있었던 것입니다. 내가 배반자라는 것을 알게 되면 목숨을 노릴 수도 있었습니다.

다행이었던 것은 교도소에서 저에게 보호 조치를 취해 준 일이었습니다. 보통 나와 같은 수감자는 입소해서 얼마 후에 잡거방으로 옮기게 됩니다만, 나는 쭉 독거방에 머물렀습니다.

사실 독거방이 잡거방보다 대우가 나쁩니다. 건물은

오래됐고, 방도 좁습니다. 창을 가리개로 가려놓아서 밖을 볼 수도 없고, 통풍도 좋지 않았습니다. 지금은 어떤지 모르겠습니다만, 그 시절의 창은 유리가 아닌 비닐이 붙어 있을 뿐이었습니다. 정말입니다. 그래서 방 안은 여름에는 난로, 겨울에는 냉장고 같았습니다. 독거방은 낮에 공장에 나가는 사람이 많았지만, 나는 엄중독거처분을 받아서 하루 종일 방에서 종이봉투 붙이기를 해야 했습니다.

교도소에서 생활하면서 대화 상대가 없다는 것은 상당히 괴로운 일입니다만, 나에겐 누구와도 만나지 않는 게 오히려 다행이었습니다. 잡거방에 있거나 공장에 출근했다면, 어디서 어떤 보복을 당할지 몰랐으니까요.

확실하지는 않습니다만, 아마도 마약 단속반이 손을 써준 것 같습니다. 나를 팔아먹은 게 단속반이었는지 아닌지는 지금도 알 수 없지만, 여하튼 그 덕분에 나는 살아남을 수 있었습니다. 게다가 내가 교도소에 들어간 지 3년 후에 단속반의 시나리오가 실현되어 조직 자체가 일망타진되어버렸습니다. 나를 죽이겠다고 하던 사람들은 지금도 살고는 있지만, 조직으로서 나를 쫓아다니는 일은 없어졌습니다.

하지만 일단 배반자라는 낙인이 찍힌 이상 야쿠자 세

계에서 살아갈 수는 없었습니다. 막판에 경찰을 불러서 연행된 것도 치명적이었습니다. 나를 상대해줄 만한 조직은 이제 일본 어디에도 없었습니다.

8

1984년 8월.

1년의 징역을 마치고 도치기 교도소를 나온 나는 지난번과 마찬가지로 보호관찰소에 보증인을 부탁하여 코쿠분지 니시모토마치에 집을 빌렸다.

방 한 칸에 부엌밖에 없어서 좁고 불편했지만 돈을 절약하기 위해서는 달리 방법이 없었다.

집을 다 정리하고 일주일 후에 도쿄 지방검찰청에 나갔다. 그곳에서 류의 판결문을 열람하고 형의 만기일을 확인했다.

류는 결국 혼인신고서를 제출하지 않았기 때문에 복역

중에 편지를 주고받을 수가 없었고 그에 따라 면회를 갈 수도 없었다.

무슨 고집을 그렇게 부리는지. 참, 가르치기 힘든 학생이군.

집에서 후츄 도로로 나가 자전거를 타고 5분 정도 남쪽으로 가면, 후츄 교도소가 올려다보이는 콘크리트 벽이 왼쪽에 있는데 높이는 5미터 정도일까? 이 벽이 도로를 따라 300미터 넘게 계속되고, 다시 5분 정도 자전거로 달리면 국철 무사시노 선 기타후츄 역에 다다른다.

내가 새로 취직한 미용실은 기타후츄 역 앞의 빌딩에 있었다. 미용실의 이름은 '커트 앤 파마 미타무라'였고, 사장과 견습 1명이 전부인 전형적인 소규모 점포였다. 마침 직원을 모집하고 있어서 지원했더니 면접만으로 합격되었다. 긴자의 아카네에서처럼 실기시험은 없었다. 사장인 미타무라 히데코는 이력서를 보고 망설이기는 했지만 "절대 마약은 하지 않겠습니다"라고 강조하니까 이해해주었다. 신부 화장을 할 수 있다는 것도 도움이 된 것 같았다.

나의 하루는 오전 7시 반에 시작되었다. 빵과 우유와 바나나로 아침을 먹고, 출근 준비를 하고 자전거로 출근한다. 후츄 교도소 앞을 지나가는 것은 오전 8시 반.

언젠가 한 번 아침 6시쯤 산책하는 길에 그 앞을 지나간 적이 있었는데, 그때는 길가에 검은색 고급 외제차가 쭉 서 있었고, 험상궂은 얼굴을 한 남자들이 몇백 명이나 모여 있었다. 원래 그 지역은 공원이 많아서 보통 때는 한산한 곳이었지만, 그날 아침만은 다른 분위기였다. 경찰차도 몇 대인가 나와 있어서, 무슨 일이 있냐고 경찰에게 물으니, 거물 야쿠자 간부가 출소한다고 했다. 이윽고 서문 근처에서 땅이 흔들리는 듯한 소리가 울려 퍼졌다. 모여 있던 남자들이 서문을 향해 허리를 굽히고는 모두 일제히 "고생하셨습니다"라고 외쳤다. 즉각 경찰관이 마이크를 손에 들고, "빨리 물러가 주십시오"라고 권고하자 가까이 있던 몇 명이 힐끗 노려보았다. 나는 무서워져서 재빨리 그곳을 빠져나왔다. 그 이후 아침 산책은 하지 않기로 했다.

매일 아침 나는 미용실에 나가는 출근길에 있는 후츄 교도소 서문 앞에서 일단 자전거를 멈췄다. 나와 류를 갈라놓고 있는 콘크리트 옹벽을 올려다보며, "안녕, 오늘 하루도 힘내"라는 말을 던지고 미용실을 향해 페달을 밟았다.

미타무라의 영업시간은 오전 10시부터 오후 7시까지였는데 오후 5시부터 매우 바빴다. 후츄 교도소 건너편에 대형 전자제품 공장이 있어서 그곳의 여종업원들이 퇴근 길에 이용하는 경우가 상당히 많았다.

영업시간 후에 공부하는 일은 없었기 때문에 청소를 끝내고 오후 8시에는 귀갓길에 올랐다. 저녁은 역 앞 식당에서 사먹고 자전거로 밤길을 돌아왔다.

후츄 교도소의 옹벽 앞은 밤이 되면 더욱 음침했지만 아침과 같이 옹벽을 올려다보며 "잘 자"라고 속삭였다.

집에 돌아오면 세면도구를 들고 대중목욕탕으로 갔다. 집에서 500미터 정도 거리에 대중목욕탕이 있었는데, 커다란 탕에 들어가서 벽에 그려진 후지 산을 쳐다보고 있으면, 하루의 피로가 스르르 녹아 없어졌다. 목욕이 끝나면 체중계에 올라가서 살이 찌지 않았는지 확인했다. 그후 대형 거울 앞에 서서 나체를 차분히 들여다봤다. 미용실에 놓여 있는 여성 주간지에서 하루 5분간 자신의 몸을 쳐다보는 것으로 체형이 망가지는 것을 막을 수 있고, 젊은 피부를 유지할 수 있다는 기사를 봤기 때문이다.

목욕탕에서 돌아오면 밤 10시가 넘었다. 전신에 밀크 로션을 바르고 달력의 오늘 날짜에 X자를 치면 하루가 끝났다.

집에 돌아와도 기다려주는 사람은 없었다. 친구도 없었다. 그러나 쓸쓸하다고는 생각하지 않았다. 나에게는 선명한 꿈이 있었다.

자전거로 5분 거리에 류가 있다. 이제 류가 나올 때까지 3년도 남지 않았다. 그렇게 되면 이번에야말로 둘이서 마음 편하게 살아갈 수 있다.

류가 출소하면 목욕탕이 있는 좀 더 넓은 집으로 옮기려고 생각하고 있다. 가능하면 도쿄를 떠나서 북쪽으로 가고 싶었다. 그날을 위하여 조금씩 저금도 했다. 나는 모든 생활의 목표를 류가 나오는 3년 후에 맞춰두고 있었다.

9

이야기가 왔다 갔다 합니다만, 기소되어 형이 확정될 때까지 나는 도쿄 구치소에 수감되어 있었습니다. 쇼 씨와 처음 만났던 그 아라카와 강 제방에 서면, 건너편에 눈에 띄는 큰 건물이 있었지요? 개축 중이었는지 옥상에 크레인이 서 있었는데 기억합니까?

그게 도쿄 구치소입니다. 마츠코도 거기 어딘가에 있었을 겁니다.

구치되어 있을 때 마츠코에게서 편지가 왔습니다. 구치소에서는 편지를 주고받는 게 자유로웠거든요. 마츠코는 자신을 호적에 올려 결혼하자고 했습니다. 형이 확정되고, 교도소로 옮겨지면 면회나 편지를 주고받는 것은 친족으로 제한됩니다. 결혼해서 부부가 되면, 다른 교도소에 들어가도 편지 교환이 가능하고, 마츠코가 먼저 출소하게 되면 면회도 올 수 있다고 했습니다.

너무나 기뻤습니다. 눈물이 날 정도로요. 나는 마츠코의 인생을 한 번이 아니라 두 번이나 망쳐놓은 남자입니다. 그런 나와 결혼하고 싶다고 말해주었기 때문에 정말 기뻤습니다.

하지만 나는 답장에 이렇게 썼습니다. 더 이상 나와 관련되어서는 안 된다, 나에게는 마츠코를 행복하게 해줄 자격도 없고, 힘도 없다, 함께 있어도 불행이 계속될 뿐이다, 제발 부탁이니까 류 요이치라는 남자는 잊어버리고, 새로운 인생을 살아가기 바란다, 라고요.

마츠코로부터 바로 답신이 왔습니다. 혼인신고서가 들어 있었습니다. 내가 이름을 써넣고 인감을 찍기만 하면 제출 가능한 상태였습니다. 진심이라고 생각했지요.

나는 고민했습니다.

마츠코와 함께 새롭게 태어날 수 있다면 얼마나 좋을지 생각만 해도 가슴이 뜨거워졌습니다. 그러나 그렇게 해서 마츠코가 정말로 행복해질 수 있을지……. 유감이지만 나의 대답은 "노"였습니다. 이제 교도소로 옮겨지면 목숨을 잃을지도 모르고, 운 좋게 살아서 사회로 돌아간다 해도 진지하게 세상을 살아갈 자신이 없었던 것입니다. 게다가 나는 기절할 때까지 계속 폭력을 휘두른 남자입니다. 아무리 생각해도 함께 있지 않는 게 당연히 나았습니다.

나는 혼인신고서의 공란을 그대로 둔 채 곁에 놓아두었습니다.

마츠코에게서 재촉하는 편지가 도착했습니다. 나는 답장을 쓰지 않았습니다. 하고 싶은 말은 처음 편지에 모두 썼기 때문입니다. 드디어 마츠코가 징역 1년의 판결을 받아 도치기 교도소로 옮기게 되었다는 사실을 알게 되었습니다. 이로써 마츠코로부터 편지가 오는 일은 없어졌습니다. 내가 혼인신고서의 공란을 메워 제출하면 다시 편지 교환이 가능했겠죠. 그야말로 모든 것이 나의 결단 하나에 달려 있었던 것이었습니다.

나는 판결이 내려지기 전날 혼인신고서에 기명하고 인감을 찍었습니다. 이것을 관청에 제출하면 나와 마츠코는 정식으로 부부가 되는 것이었죠. 나는 인주가 마르지도 않은 혼인신고서를 한참 동안 들여다보고 뇌리에 새겼습니다. 그리고 한가운데를 찢어서 두 갈래 내어 동그랗게 구겨서 입 안에 집어넣고 삼켜버렸습니다.

이것이 내 나름대로 매듭을 짓는 방법이었습니다.

더 이상 마츠코에 대한 생각은 하지 않는다, 이것으로 마츠코도 정신을 차리겠지, 출소하면 다른 좋은 남자를 만나서 새로운 인생을 시작할 것이다, 그렇게 되기를 마음 깊은 곳으로부터 빌었습니다. 결국 제멋대로 생각한 것이지만 말이죠.

실은 교도소에서의 생활이 그렇게 힘들지는 않았습니다. 아까 말했듯이 적어도 생명의 위협을 느끼지는 않았으며 무엇보다도 마약을 하지 않게 됐고, 규칙적인 생활을 할 수밖에 없었기 때문에 몸이 도리어 좋아질 정도였습니다.

원래 집단생활을 잘 못 하는 놈이라서 홀로 지내는 것도 힘들지 않았습니다.

2년차에서 3년차가 제일 안정된 생활이었습니다. 아무 생각 없이 담담하게 봉투 붙이기를 하며 보냈습니다. 아침에 일어나서 정신을 차려보면 잘 시간이 되어 있는 그런 매일이었지요.

보통은 형기의 삼 분의 이가 지나면 가석방 심사 준비가 시작되지만 내 경우는 아니었습니다. 가석방을 위해서는 인수인이 필요하고, 누구를 인수인으로 할 것인가는 입소 시에 신고해둡니다. 대부분은 친척이지만 친척이 없는 것이나 다름없는 나는 갱생보호소에 인수인을 부탁해두었습니다. 야쿠자 관계자는 인수인이 친척이 아니라면 가석방이 어렵습니다. 더군다나 나는 재범이었고, 독거방에 있었기 때문에 가석방은 불가능했죠. 하지만 그렇다고 낙심하지는 않았습니다. 왜냐하면 나는 가석방을 원하지 않았거든요.

첫 번째 징역살이를 할 때는 빨리 출소했으면, 하고 기다렸습니다. 이것으로 나도 전과 1범이 되고, 관록이 붙었다는 생각도 들었습니다. 출소할 때는 보스가 축하 파티도 해주었습니다. 하지만 이번에는 교도소를 나가도 갈 곳이 없었죠.

이제부터 어떻게 살아가야 하나? 성실하게 일해본 경험도 없는 내가 사회에서 살아갈 수 있을까 불안하기만 했습니다. 이때만큼 사회가 무섭다고 생각한 적은 없었습니다. 가능하다면 계속 교도소에 있으면 좋겠다는 생각조차 했습니다. 그런 때일수록 시간은 빠르게 흘러갔습니다.

결국은 형기를 채우고 출소하는 날의 아침이 되었습니다. 나는 그날을 아주 선명하게 기억합니다.

구름 한 점 없는 맑은 날이었습니다.

10

1987년 8월.

새벽 3시를 넘기자 잠을 포기하고 불을 켜고 이불을 갰다. 커피를 끓이며 텔레비전을 켜니 컴퓨터로 제작한 듯한 애니메이션이 방송되고 있었는데 경쾌한 음악이 흐르며 새와 동물들이 잠을 자고 있었다.

저게 뭔가, 하고 보고 있으니 텔레비전 방송국이 오늘의 방송 종료를 알리는 것이었다. 새벽 3시쯤은 아직 아침이 아니고, 밤인 것일까?

텔레비전을 끄려고 리모컨을 손에 드니 다시 애니메이션과 음악이 시작되었다. 아까 잠이 들었던 새와 동물들이 차례차례로 눈을 뜨며 움직이기 시작했다. 오늘의 방송 시작을 알리는 오프닝이었다.

애니메이션이 끝나자 본 적도 없는 남자 가수가 피아노를 치면서 노래하는 영상이 나오기 시작했다. 힘 있기도 하고, 애달프기도 한 노랫소리가 더욱 마음을 적셨다. 노래가 끝나자 일기예보를 했다.

오늘 칸토 지방은 구름 한 점 없는 맑은 날씨.

나는 커피를 다 마시고 일어섰다. 냉장고에서 어제저녁에 씻어놓은 쌀을 꺼내 전기밥솥에 넣고 스위치를 켰다. 냄비에 물을 담아 가스레인지 불에 올려놓고 가츠오부시로 국물을 만들었다. 주사위 크기로 자른 두부를 넣어 한번 끓인 후 된장을 풀었다. 맛을 보고 나서 마른 미역을 넣고 뚜껑을 닫으면 국은 완성이다. 때맞추어 전기밥솥에서 증기가 올라오기 시작했다.

맥주는 충분히 차가워졌다. 뭘 먹고 싶다고 할지 모르겠지만 좋아하는 소고기는 이미 사다 놓았다. 둘이서 아침을 먹으면서 앞으로의 계획을 이야기해야지.

시간을 확인했다.

'서둘러야지.'

세수를 하고 이를 닦았다. 파자마를 벗고 새 속옷으로 갈아입고, 이날을 위해 사놓은 베이지색 원피스를 입었다.

거울 앞에서 정성스럽게 화장을 했다. 잠이 부족해서인지 화장이 잘 먹지 않았지만 어쩔 수 없었다.

마지막으로 립스틱을 발랐다. 8대 2로 가른 단정한 단발머리. 거울을 향해 웃어보니 나쁘지 않았다. 진지한 표정을 하고 말했다.

"복역하느라 고생하셨습니다."

웃음이 나왔다. 내 웃는 얼굴을 보는 것이 정말 오랜만이었다. 그런데 나 스스로 생각해도 마흔 살이라고는 보이지 않았다. 젊음을 유지하려는 노력의 결과일까? 아니면 아이를 낳지 않았기 때문일까?

아이. 마흔 살.

이젠 힘들겠지?

거울 속 내 얼굴에서 미소가 사라졌다. 노려봐주었다.

"그런 어두운 표정을 하고 있으면, 류가 싫어해."

시계를 보니 시간이 다 되었다. 방을 나서자 동쪽 하늘은 이미 환해지고 있었다. 자전거를 타지 않고, 후츄 도로의 인도를 따라 남쪽으로 걸었다.

이른 아침, 도로에 차는 얼마 없었고 걷고 있는 사람도 없었다. 가끔 밤 새워 달려온 듯한 트럭이 맹렬한 스피드로 지나갔다.

후츄 교도소의 옹벽이 가까워지면서 심장 고동 소리가

커졌다. 다른 야쿠자 관계자의 출소와 겹치지 않기를 바랐는데, 다행히 다른 사람들은 보이지 않았다.

서문 앞에 서보니 좌우 여닫이 방식인 철제문의 높이가 4미터 정도 되어 보였다. 나는 문에서 약간 떨어진 곳에서 류를 기다렸다.

하늘이 보라색에서 푸른색으로 변해갔다.

서문은 그 이름처럼 서쪽을 향하고 있어서 아침 해가 떠오르면 그늘이 졌다. 손목시계를 봤다. 6시 정각.

아직 문은 열리지 않았다.

나는 류가 나왔을 때 처음 건넬 말을 생각하고 있었다. 여러 가지 생각을 해보았지만 딱 어울릴 말이 없었다.

만나는 것은 4년 만이었다.

나는 체형도 체중도 4년 전과 변함이 없었다. 자전거 출퇴근을 계속했고, 식사 조절도 했으며, 피부 손질도 부지런히 하면서 나름대로 열심히 관리해온 결과였다. 형편없이 살쪄서 류를 실망시키고 싶지 않았기 때문이다.

류는 어떨까? 살이 쪘을까, 말랐을까? 4년이 지난 만큼 나이가 들어 보일까? 나를 보고 예쁘다고 말해줄까?

정신을 차려보니 주위가 완전히 환해져 있었다.

손목시계를 봤다. 이미 오전 7시를 지나려 한다.

늦네. 설마 이미 가석방된 건 아니겠지. 아니, 류는 야쿠자였기 때문에 인수인 선정에 문제가 있었을 것이다. 어머니도 누이동생도 행방불명에 그 외에 다른 친척도 없었으니까.

만기일이 틀린 것일까? 그럴 리가 없어. 검찰청까지 가서 확실히 알아본 것이다. 어제가 만기니까 오늘 아침에 나오는 게 맞는 것이다.

그렇다 해도 늦잖아.

설마 옥중에서 죽어버린 것 아닌지…….

그때 철컥하고 둔중한 금속음이 났다. 확실히 문에서 들렸다. 미동도 하지 않던 철제문이 천천히 안쪽으로 열리고, 약간 벌어진 틈으로 키 큰 남자가 나왔다.

류는 4년 전과 같은 옷을 입고 있었다. 짧게 깎아올린 머리 이외에는 변하지 않았다. 아니, 약간 살이 쪘나?

그 뒤에서 제복을 입은 간수가 나타났다. 스님 같은 머리의 류가 간수를 향해 머리를 숙였다. 간수가 고개를 끄덕이며 문을 닫았다. 커다란 소리가 울렸다. 류가 닫힌 철제 문을 올려다보고 숨을 내쉬며 고개를 숙였다. 고개를 숙인 채 문을 뒤로하고 이쪽을 향해 발을 내디뎠다.

류가 얼굴을 들었다.

발을 멈춘다.

눈을 깜빡인다.

11

오전 7시, 나는 교도소 밖으로 걸어나왔습니다.

그러나 사회로 돌아왔다기보다 내팽개쳐졌다는 느낌이었습니다. 수중에 돈은 체포 당시에 가지고 있던 5만 3천 엔과 봉투 붙이기를 해서 번 6천 엔, 합쳐서 5만 9천 엔뿐이었습니다. 이것으로 당분간 잘 곳과 먹을 것을 구하지 않으면 안 되었습니다.

문 앞에 서 있을 이유가 없었기 때문에 여하튼 역까지 걷기로 하고 걷기 시작했을 때였습니다. 이상한 느낌이 들어서 얼굴을 들었습니다. 발이 멈춰졌습니다.

그곳에 마츠코가 서 있었습니다.

다정한 미소로 나를 맞으러 나와주었던 것입니다. 그

때 마츠코의 성스럽고 엄숙하기까지 했던 아름다움은 이 세상의 것이 아니라고 할 만했습니다. 마츠코가 가까이 오자 다리가 떨리기 시작했습니다. 그건 확실히 지금까지 느껴보지 못했던 공포였습니다.

그래요, 나는 무섭다고 느꼈던 것입니다.

12

"류."

나는 류에게로 가까이 뛰어갔다. 가슴에 뛰어들어서 소리 높여 울었다.

류가 내 양팔을 붙잡고 몸을 밀어냈다. 나는 류의 가슴에서 멀어졌다.

류의 얼굴은 창백했고 입언저리가 떨렸다. 류는 내 팔에서 손을 떼었다.

"왜 여기에 있는 거야?"

"왜라니……. 기다렸어, 당연한 일이잖아."

"교도소에서 1년 만에 나왔을 텐데. 그 후 뭘 한 거야?"

"여기 가까이에 집을 빌려서 역 앞 미용실에서 일하고

있어. 매일 아침 자전거로 이곳을 지나다녔어. 출근할 때와 퇴근할 때, 담장 너머로 말을 걸었는데, 몰랐지?"

류가 겁에 질린 듯한 눈으로 나를 바라봤다.

"자, 가자. 아침 식사가 준비되어 있어."

류가 꺼림칙한 표정으로 눈을 돌렸다.

"편지 읽지 않았어?"

"편지라니?"

"더 이상 나와 관련되어서는 안 된다고 썼을 텐데."

"그런 거 진심이 아니잖아. 내가 그 정도도 모를 거라고 생각했어?"

류의 볼이 살짝 떨리기 시작했다.

"어땠어? 춥지?"

류는 대답이 없었다. 창백한 얼굴로 옆을 보고 있다가 흘깃 나를 봤다.

"뭐?"

"돈 있어?"

"지금?"

"그래."

"조금뿐이야."

류가 손을 내밀었다. 나는 지갑째 건네주었다. 류가 지폐를 꺼내고 지갑을 돌려줬다.

"뭐하는 거야?"

류가 나를 쳐다봤다. 슬픈 듯한 눈매였다. 류는 지폐를 바지 주머니에 쑤셔 넣고서 몸을 돌려 뛰어갔다.

"류, 어디 가? 집은 그쪽이 아냐!"

류는 돌아보지도 않고 계속 달렸다. 뒷모습이 작아졌다. 류가 나로부터 멀어져간다.

멀어져간다.

멀어져간다.

멀어져…….

"……왜?"

나는 멍하니 보고 있을 수밖에 없었다. 몸에서 힘이 쫙 빠져 그대로 아스팔트에 털썩 주저앉았다.

"도대체 왜!"

새소리가 머리 위에서 들려왔다.

13

나는 사랑을 받는 데 익숙하지 않았죠. 마츠코의 사랑에 몸을 맡기는 것이 너무 무서워서 그럴 수 없었습니다. 어두운 세계에만 익숙했던 내 눈에는 마츠코의 사랑이 너무 눈부셔서 아팠던 것입니다.

나는 마츠코에게서 돈을 빼앗아 도망갔습니다. 도로를 따라 뛰어가면서 눈물을 흘렸습니다. 왜 이렇게 인생이 꼬여버렸을까? 처음부터 뭔가가 잘못되었죠. 가능하다면 열다섯 살부터 다시 시작하고 싶다고 진심으로 생각했습니다.

내 발은 태어나서 자란 후쿠오카로 향하고 있었습니다. 그곳에서 막노동을 하며 마음을 추스르려고 열심히 일을 했습니다만, 마음속 어딘가가 심란해서 가라앉지 않았습니다.

나는 정말로 마츠코와 함께 다시 시작하고 싶었습니다. 하지만 내 안에는 마츠코의 사랑을 무서워하며 가까이하지 못하는 또 다른 내가 있었죠. 마츠코를 행복하게 해줄 자신이 없는 나 말이죠. 내 안에서 마음이 둘로 나뉘어 서로 부딪치며 상처를 주고 있었습니다. 다시 마약에 손을 대는 데엔 오랜 시간이 걸리지 않았습니다. 일터에 있는 막노동자 중에 마약을 하는 사람이 몇 명인가 있어서, 나한테 판매자를 소개해준 것입니다.

나에게는 살아 있는 것 자체가 고통이었지만 죽을 용기는 없었습니다. 자살하려고 높은 빌딩의 옥상에도 올라가본 적이 있습니다만 밑을 내려다보자 다리가 후들거리고, 땀이 흘러서 아무리 해도 한 발자국도 앞으로 내디딜 수가 없었죠. 야쿠자니 뭐니 하고 허세를 부렸지만, 나는 그 정도뿐인 놈입니다. 나는 괴로움에서 벗어나기 위해 몇 번이나 마약을 맞았습니다.

정신적으로 궁지에 몰린 상황에서 투여한 마약 때문에 생긴 망상 속에서, 나와 마츠코의 인생을 망친 원흉이 무엇인지 알게 되었습니다. 아니, 알게 된 듯한 느낌이 들었습니다. 그래서 그 원흉을 없애버리지 않는 한, 마음의 평온은 얻을 수 없고 마츠코도 행복해질 수 없으니, 그렇다면 적어도 내 손으로 그 원흉을 없애버리자, 그것이 마츠코를 위해서 할 수 있는 유일한 길이다, 그렇게 굳게 결심하게 된 것입니다. 나는 옛날의 연고를 통해 권총 한 정을 손에 넣었습니다.

14

류를 위해 준비했던 밥과 된장국은 그대로 놓아두었
다. 혼자서 먹을 생각이 들지 않았다. 점심 무렵에 초인
종이 울려서 황급히 문을 여니 신문 보라는 사람이었다.
내가 아무 말 없이 문을 닫자 문밖에서 중얼중얼 화내는
소리가 들렸다.

이틀째 아침에 전화가 울렸다. 황급히 받았더니, 미용
실 사장인 미타무라 히데코였다. 시간이 돼도 오지 않아
서 걱정하는 듯했다. 나는 당분간 가게를 쉬고 싶다고 말
했다.

"카와지리 씨, 당신 설마 다시 마약에 손댄 건 아니죠?"

나는 아무 대답 없이 전화를 끊었다.

왜 류가 나를 떠나갔는지 이해가 되지 않았다. 이제 내가 싫어진 것일까? 그렇게 생각할 수는 없었다.

중학교 선생이었을 때 류와 함께한 수학여행을 회상해 봤다. 가는 길, 열차 안에서 류는 어느 그룹에도 속하지 않고, 혼자서 심심한 듯이 밖을 보고 있었다. 내가 카드 놀이를 하자고 권유해도 그럴 생각이 없다는 행동을 취했다. 하지만 류는 그때부터 나를 좋아했다고 하지 않았던가? 열다섯 살짜리 류는 마음을 숨기고, 도도한 척했던 것이다. 그때 내가 좀 더 강하게 권유했다면 게임을 했을지도 모른다. 그래서 나는 류가 편지로 헤어지자고 했을 때도 진심이라고는 생각하지 않았다. 자신에게 거짓말을 하고 있다고 생각했다. 왜냐하면 류는 나와 약속했기 때문이다. 쭉 함께 있겠다고. 나를 사랑한다고.

류는 틀림없이 돌아온다. 진실한 마음에 따라 나에게로 돌아온다. 그리고 나는 그를 포옹한다.

마음만 먹으면 내가 있는 곳은 금방 알아낼 수 있을 것이다. 만약 류가 보호관찰소에 물어본다면 내게 확인 연락이 온다. 이곳을 떠나면 두 번 다시 만날 수 없을지도 모르기 때문에 이 집을 떠날 수는 없다. 그것은 여기서 계속 생활하지 않으면 안 된다는 뜻이다.

나는 미타무라에 전화를 걸었다. 아까의 실례에 대해

용서를 빌고, 내일부터 가게에 다시 나가고 싶다고 이야기했다. 미타무라 사장은 이번만은 용서할 테니 두 번 다시 무단결근은 하지 말라고 말했다.

어제 지어놓은 밥과 다시 데운 된장국을 먹었다. 최고급 마츠자카 소고기에는 손을 대지 않았다. 음식을 씹기 시작하니까 조금씩 힘이 나기 시작했다.

괜찮아, 라고 생각했다.

한 달 후 텔레비전을 보면서 우유와 시리얼로 아침 식사를 하고 있을 때였다. 리모컨으로 채널을 바꾸고 있는데 뉴스 프로의 화면에 본 적이 있는 이름이 나왔다.

"어젯밤 11시 20분경, 후쿠오카 현 지방의원인 타도코로 후미오 씨가 야나가와 시의 자택 앞에서 택시에서 내리는 순간, 전 야쿠자 류 요이치(용의자, 31세)가 쏜 권총에 맞아 병원으로 옮겨졌으나 곧 사망했습니다. 용의자는 현장에서 검거되어 살인 및 총기소지법 위반 혐의로 체포되었습니다. 경찰에서는 동기에 대하여 자세히 조사하는 동시에……."

제5장

물거품

1

"그 후의 일은 모르겠습니다."

나와 류 요이치는 말없이 계속 걸었다. 류 요이치는 입을 열려고 하지 않았다. 나도 무슨 이야기를 해야 할지 알 수 없었으나, 마음속에서 한마디가 불쑥 튀어나왔다.

"마츠코 고모가…… 불쌍해요."

류 요이치가 아무 말도 없이 고개를 끄덕였다.

"저, 류 씨, 그때 마츠코 고모와 다시 시작했다면 지금쯤 어떻게 되었을 거라고 생각해요?"

류 요이치는 발을 멈추고서 눈을 감으며 고개를 숙였다. 그리고 나서 깊게 숨을 내쉬곤 눈을 들었다.

"쇼 씨, 그 부분은 용서해주세요."

"하지만⋯⋯."

"부탁합니다."

"그래도 도망간 것에 대해서는 후회하고 있지요?"

"후회합니다."

"그것을 참회하기 위해 크리스천이 되었나요?"

류 요이치가 고민하는 듯한 얼굴을 했다.

"그건 아닌 것 같습니다."

그는 다시 걸으며 이야기하기 시작했다.

쇼 씨가 주운 그 성경은 후츄 교도소에 있을 때 받은 것입니다. 교도소에서는 한 달에 한 번씩 종교 교육이 있는데요. 독거방에 있는 죄수는 참가할 수 없지만 대신 희망자에게 성경을 줍니다. 그때는 깊이 생각하지도 않고 그냥 받아서 주변에 놓아두었습니다. 가끔 심심하면 읽어보는 정도였고 읽어도 마음이 움직이는 일은 없었습니다. 그래서 후츄 교도소에서 출소한 후 마츠코로부터 도망치고, 후쿠오카로 돌아가서 타도코로 씨를 죽일 때까지 내 짐 속에 계속 그 성경이 있었던 것입니다. 만약 정신적으로 구렁텅이에 빠져 있었을 때 우연히 그 성경을 열어봤었다면 적어도 타도코로 씨를 죽이는 일은 없었을지도 모른다고 생각하니 정말 유감스럽습니다.

타도코로 씨에게는 스물한 살짜리 손녀가 있었습니다. 어느 날 그분이 교도소까지 나를 면회 왔습니다. 아주 귀여운 여성이었습니다. 그녀가 나를 정면으로 보면서 말했습니다.

"당신이 죽인 제 할아버지는 어쩌면 옛날에 당신에게 나쁜 짓을 했을지도 모릅니다. 하지만 제게 있어서는 부모 대신 저를 키워주신 다정하고, 매우 소중한 할아버지였어요. 사람들을 위해 헌신적으로 일했고, 존경받을 만한, 훌륭한 할아버지입니다."

나는 귀를 막고 싶었습니다. 그런 이야기는 듣고 싶지도 않았죠. 하지만 그 여성은 그 후 이렇게 말했습니다.

"하지만 나는 당신을 용서합니다. 당신을 위해서 기도하겠습니다."

나는 그녀가 무슨 말을 하는지 몰랐습니다. 솔직하게 말하면 나를 바보 취급하는 듯한 느낌마저 들었습니다. 소중한 사람을 잃고, 그 범인한테 와서 욕을 한다면 모를까 용서를 한다니…… 그런 사람이 이 세상에 있을 리 없다고 생각했습니다. 하지만 그 여성은 그렇게 이야기하고 돌아갔습니다. 나에게는 다만 괘씸하다는 생각과 황당함만이 남았습니다.

그 여성의 말을 다시 떠올린 것은 코쿠라 교도소로 옮

긴 후 3년이 지났을 때입니다. 취침 전의 자유시간에 그 성경에 손을 뻗은 것입니다. 3년간 한 번도 열어보려고 하지 않았는데, 그 밤에 우연히 성경을 읽게 되었죠. 굳이 구원받고 싶다든가 하는 생각도 없었습니다. 아무것도 생각하지 않았습니다. 정말로 아무 생각 없이 아무 페이지나 펴본 것입니다. 그리고 갑자기 그 말이 눈에 들어왔습니다.

'하나님은 사랑이시다.'

의미는 알지 못했습니다. 다만 그 부분에서 눈이 떨어지질 않는 것입니다. 하나님은 사랑이시다. 그 글자만이 커다랗게 보였습니다. 그러던 중에 녹슬어 멈춰 있던 마음이 삐걱거리며 움직이기 시작한 것입니다. 점점 마음이 무언가에 빨려들듯이 움직이는 것을 나 자신도 알 수 있었습니다.

나는 서둘러 성경을 처음부터 읽기 시작했습니다. 짧은 자유시간을 이용해 며칠에 걸쳐서 한 자 한 자씩 마지막까지 읽었습니다. 모르는 곳이 너무나 많았습니다. 처음부터 다시 읽었습니다. 이번엔 약간 아는 것 같았습니다만 아직도 모르는 곳투성이였습니다.

나는 알고 싶어서 참을 수가 없었습니다. 알고 싶은데 잘 모르겠고 가르쳐줄 사람도 없어서 안타까움과 초조함이 더욱 커졌습니다.

코쿠라 교도소에는 종교활동을 위해 한 달에 한 번 목사님께서 와주십니다. 여기서는 단체생활을 하고 있었기 때문에 나에게도 참가 자격이 있었습니다. 바로 참가 희망서를 제출했지만 모집은 6개월에 한 번뿐이었기 때문에 몇 달을 기다려야 했습니다. 그 사이에 성경을 다시 읽었습니다. 도저히 알 수 없는 부분에는 표시를 해두었습니다.

종교활동이 시작되자 나는 쌓아놓았던 질문을 차례차례 했습니다. 목사님은 하나하나 정성스럽게 대답해주셨습니다.

내가 제일 알고 싶었던 것은, 하나님은 사랑이시다, 라고 하는 말은 어떤 의미인가였습니다. 목사님은 잠시 생각한 후에 말씀하셨습니다.

"당신은 지금까지 누군가를 마음속으로 미워한 적이 있습니까?"

"있습니다."

"지금 그 사람들을 위하여 마음속으로 기도할 수 있습니까? 사랑할 수 있습니까?"

"그건……"

"할 수 있습니까?"

"아뇨, 할 수 없습니다."

"그러면 됐습니다."

"……?!"

"인간의 마음은 약한 것입니다. 미워해야 할 적을 위해서 기도한다는 것은 말도 안 되는 일이지요. 그렇지요?"

"……네."

"하지만 하나님의 힘을 빌리면 할 수 있는 것입니다. 용서할 수 없는 적을 사랑한다거나, 마약을 끊는다거나, 도박을 끊는다거나 하는 것은 인간의 힘으로는 굉장히 어려운 일입니다. 그러나 그것도 모두 하나님의 힘을 빌리면 가능해집니다."

"저 같은 나쁜 놈에게도 힘을 빌려주시는 겁니까? 저는 그럴 가치가 없는 인간이라고 거절당하지 않을까요?"

"하나님은 모든 사람을 사랑하고 계십니다. 하나님에게 있어 가치 없는 인간이란 없습니다. 모든 사람이 소중한 것입니다."

"모든 사람……?"

"그렇습니다. 모든 사람입니다."

"그럼, 하나님은 저도 사랑해주신다는 말씀인가요? 이

런 저라도 소중한 것인가요?"

"그렇습니다. 당신은 소중합니다. 하나님은 당신을 사랑합니다."

"거짓말이야!"

나는 무의식중에 일어났습니다. 즉각 간수들이 뛰어왔습니다. 그들은 나를 밖으로 끌어내려 했습니다.

"기다리세요!"

목사가 근엄한 목소리로 간수들을 제지했습니다. 간수들이 서로 얼굴을 보며 손을 놓았습니다.

"왜 거짓말이라고 생각했습니까?"

목사님이 상냥하게 말을 걸어주셨습니다. 나는 봇물이 터지듯이 호소했습니다. 지금까지의 인생에서 주위 사람들에게 얼마나 많은 상처를 주어왔는지 모두 털어놓았습니다. 나는 이렇게 나쁜 일을 해왔다. 살인까지 했다. 이런 내가 소중할 리 없다. 아무리 하나님이라 해도 이런 인간을 사랑할 리 없다고 말입니다. 나는 목이 쉴 정도로 외쳐댔습니다. 목사님께서는 말씀하셨습니다.

"당신은 지금 괴로워하고 있군요."

"네……."

"당신이 정말 나쁜 사람이라면 그렇게 괴로워하지 않습니다. 그래서 당신은 소중한 겁니다. 하나님은 그런 당신을 사랑스러운 존재로 생각하고 계십니다."

나는 벼락을 맞은 듯한 느낌이 들었습니다.

"용서할 수 없는 자를 용서한다. 이것이 하나님의 사랑입니다. 그것이 가능한 분은 하나님뿐입니다. 당신은 정말 사회에서 용서받을 수 없는 일을 해왔는지도 모르지만, 그러나 하나님은 이미 용서해주셨습니다. 그 증거로 당신은 당신이 해온 짓을 마음으로부터 후회하고 있지 않습니까? 지금 당신은 하나님의 사랑을 넘쳐날 정도로 받고 있습니다. 그것을 느껴주십시오. 당신의 마음이 하나님의 사랑으로 가득 차 있다면 이제 당신 주변 사람에게 그 사랑을 나누어주세요. 당신이 용서할 수 없는 인간을 하나님의 사랑의 힘으로 용서하십시오. 사랑하시기 바랍니다. 이 세상에 있는 사람 모두를. 자신이 하나님으로부터 사랑받고 있다는 사실을 믿고, 마음을 사랑으로 채워 사랑을 더욱 주위에 퍼뜨려 용서하고, 서로 사랑하면 이 세상은 천국이 되는 것입니다. 그렇게 생각하지 않습니까?"

나는 깨달았습니다.

타도코로 씨의 손녀의 마음속에는 하나님이 계시다는 것을 느꼈습니다. 그래서 미워해야 할 나를 용서했고, 마츠코에게도 하나님이 계셨기 때문에 나를 용서하고 사랑을 지속할 수 있었던 것이죠.

"어떤 때라도 당신은 혼자가 아닙니다. 언제나 하나님이 당신을 지켜봐 주고 계십니다. 하나님을 믿으시기 바랍니다."

그 말을 들었을 때 눈물이 흘러 멈출 줄을 몰랐습니다. 정신을 차리자 함께 참가하고 있던 다른 수감자들도 모두 울고 있었습니다.

류 요이치가 숨을 크게 내쉬었다.

왼쪽으로 오기쿠보 초등학교가 모습을 드러냈다. 운동장에서 놀고 있는 아이들이 떠드는 소리가 들렸다. 나와 류 요이치는 발을 멈추고 건강하게 뛰어다니는 아이들을 바라보았다.

"하지만……."

류 요이치가 말을 꺼냈다.

"모든 것이 이미 늦었습니다."

학교의 스피커에서 종소리가 울리자 아이들은 놀이를 그만두고 교실을 향해 뛰어가기 시작했다. 잠깐 사이에 운동장에는 사람 그림자가 사라졌다.

모래 먼지만이 쓸쓸히 남았다.

2

1987년 9월.

나는 미타무라 미용실을 그만두었다. 미타무라 사장이 사직을 만류하기 위하여 딱 한 번 집까지 왔지만, 내 모습을 보고 나서는 안 되겠다고 생각했는지 5분도 채 지나기 전에 돌아갔다.

류가 없는 내 생활은 마치 물에 빠진 각설탕처럼 무너져갔다. 눈을 뜨는 것은 오전 10시였고, 화장실에 다녀와서 다시 이불로 들어가 정오 가까이까지 누워 있다가, 배가 고파 견딜 수 없으면 일어나서 인스턴트 식품을 캔 맥주와 함께 목으로 흘려 넣었다. 처음에는 350밀리리터짜리 캔을 마시면 두통 때문에 하루의 반 정도를 움직일 수가 없었지만 2주간 계속 마시다 보니 아무렇지도 않았다.

저녁때가 되면 화장도 하지 않고 집에서 입던 스웨터를 입은 채 편의점까지 걸어가서 도시락과 캔 맥주, 인스턴트 식품이나 컵라면 등을 잔뜩 사서, 돌아가는 길에 있는 놀이터 벤치에 앉아 먹었다. 조용한 그 놀이터에는 벤치 외에 그네나 미끄럼틀, 정글짐, 모래밭이 있는데, 낮에는 부모와 함께 오는 아이들이 많았지만 저녁때가 되면 대개 아이들만 놀고 있었다.

목욕탕에는 3일에 한 번 정도 마음이 내킬 때 다녀오고, 집에 돌아오면 텔레비전을 보면서 인스턴트 식품을 입에 넣거나, 기력이 있을 때는 컵라면을 먹었다. 텔레비전은 채널을 몇 초에 한 번씩 바꾸면서 새벽 2시 가까이까지 봤다. 잠이 올 것 같지 않으면 위스키를 한 잔 가득 마셨다. 그러면 금방 몸이 나른해지고 싫어도 이불 위에 눕게 됐다. 정신을 차려보면 고맙게도 어느샌가 아침이 되어 있었다.

12월 하순, 나는 술에 취해 집 계단에서 발을 헛디디며 굴러서 정신을 잃었다. 구급차로 병원에 실려 갔으나 뼈에는 이상이 없고 가벼운 뇌진탕이라고 했다. 그렇지만 간이 부어 있으니 술을 끊으라는 경고를 받았는데, 술이 없으면 잠을 잘 수 없다고 하자, 아모반과 사이레스라는 약을 처방해주었다. 아모반은 잠이 들게 하는 약이고 사이레스는 잠을 지속시키는 약이라고 했다. 이 약들을 복용하면서부터는 술 없이도 잠을 잘 수 있게는 되었지만, 그것은 잠을 잤다기보다 새벽 2시에서 오전 10시까지 시간이 없어진 듯한 느낌이었다. 잠이 들기 전의 권태감, 피로, 절망이 눈을 떴을 때에도 그대로 남아 있었다. 잠을 잤는데도 마치 24시간 동안 한잠도 못 자고 생활하고 있는 듯한 느낌이었다.

세상은 어느새 새해가 되어 있었다. 텔레비전에 나오는 출연자가 모두 설에 입는 옷을 입고 있었다. 새해 복 많이 받으세요, 라는 말만 떠들어대는 방송뿐이었다.

텔레비전을 켜놓은 채 집을 나서자 차가운 공기가 피부를 찔렀다. 붉은 태양이 서쪽으로 사라지려 했다. 엷은 어둠이 내려앉은 길을 어슬렁어슬렁 걸어 언제나 도시락을 먹던 놀이터에 들어섰다.

네 살 정도의 여자아이가 혼자 모래밭에서 놀고 있었다. 흰 점퍼에 빨간 스커트, 검은 타이츠. 머리에는 핑크색 리본을 달고 있었는데 부모의 모습은 보이지 않았다.

나는 그네에 앉아 땅을 발로 찼다. 그네에서 끼익하는 소리가 났다. 여자아이가 얼굴을 돌려 가만히 이쪽을 봤다. 눈이 동글동글하고, 볼이 통통한 귀여운 아이였다. 나는 웃어주었지만 여자아이는 표정을 바꾸지 않았다. 흥미를 잃은 듯이 다시 모래로 눈을 돌렸다.

여자아이는 빨간 장난감 삽을 잡고 홀린 듯한 얼굴로 묵묵히 모래를 팠다. 그 옆모습에는 간섭을 거부하는 분위기마저 감돌았다.

해는 완전히 져서 동쪽 하늘에 어둠이 깔렸고, 공기는 더욱 차가워졌다. 나는 그네에서 일어서서 모래밭에 다가가 여자아이 옆에 앉았다.

"꼬마야, 뭐하니?"

"구멍을 파고 있어요."

"구멍을 파서 뭘 하는데?"

"들어갈 거예요."

"……누가?"

"미이짱이요."

"미이짱이라니?"

"내 이름이에요."

여자아이는 대답하면서도 쉬지 않고 땅을 팠다.

"이런 구멍에 들어가면 옷이 더러워지는데."

"괜찮아요."

"아줌마가 도와줄까?"

여자아이가 손을 멈추고 얼굴을 들었다.

"정말요?"

"응. 그 삽, 빌려줄래?"

"좋아요."

나는 빨간 삽을 손에 들고 모래를 팠다. 구멍이 점점 깊어졌다. 여자아이는 구멍 속을 가만히 보고 있었다.

나는 마치 내 무덤을 파고 있는 것 같다는 느낌이 들었다. 이 여자아이는 나를 지옥으로 유혹한다. 죽음의 신이 나를 찾아온 것일까? ……아, 또 바보 같은 생각을 했다.

땀이 배어 나와 나는 잠시 삽을 내려놓고 쉬었다.

"휴우, 좀 힘들다."

여자아이가 입을 삐죽댔다. 작업을 중단한 것이 불만인가 했더니 "배고파요"라고 말했다.

그 말하는 태도가 귀여워서 나는 웃어버렸다.

"엄마는?"

"잠깐 밖에서 놀래요. 부르러 올 때까지 집에 돌아오면 안 된다고 했어요."

"그래……. 춥지 않니?"

"조금 추워요."

"그렇겠지. 애야, 아줌마 집에 갈래? 컵라면이라도 해줄까?"

여자아이가 만면에 웃음을 지었다.

"네!"

나는 미이짱의 손을 잡고, 놀이터를 나왔다. 미이짱이 길을 걸으며 노래를 흥얼거리기 시작했는데 멜로디는 엉망진창이었으나 잘 들어보니 텔레비전 만화영화의 주제가인 듯했다. 나도 가능한 한 소리를 맞춰 노래하자 미이짱이 잡은 손을 앞뒤로 흔들기 시작했다. 노랫소리도 커지고 발도 음악에 맞추어 신나게 나아갔다. 미이짱은 나의 시선을 느꼈는지 갑자기 발을 멈추며 입을 다물고는 불안한 눈빛으로 나를 올려다봤다.

나는 웃어주었다.

미이짱이 안심했다는 듯이 웃는 얼굴을 보여주었다.

나는 집에 돌아와서 주전자에 물을 붓고 불에 올려놓았다. 물이 끓는 사이에 쭉 깔아두었던 이불을 개어 수납장에 집어넣었다. 모아두었던 빈 캔이나 쓰레기는 봉투에 넣어 문밖에 내놓았다. 구석에 처박아 두었던 코타츠를 방 한가운데로 옮겨 전원을 켰다. 오랜만에 몸을 움직여서 숨이 차올랐다. 겨우 미이짱과 내가 앉을 자리가 마련됐다.

컵라면은 딱 2개 남아 있었다. 신에게 감사했다.

끓는 물을 붓고 3분 동안 기다린 후, 잘 먹겠습니다, 라고 함께 말했다.

미이짱은 정말로 맛있는 듯이 먹었다. 다 먹자 손을 정확히 맞대고, 맛있게 먹었습니다, 라고 했다.

남은 국물을 싱크대에 버리고 방에 돌아오니 미이짱이 코타츠 위에 뺨을 대고 자면서 숨소리를 내고 있었다. 나는 담요를 들고 와서 등에 덮어주고 미이짱의 옆에 앉았다. 입을 약간 벌리고 천진하게 자는 얼굴. 아무리 보고 있어도 질리지 않았다. 동그스름한 볼을 손가락으로 만지다가 한번 눌러봤다. 믿을 수 없을 정도로 부드러웠다.

미이짱이 얼굴을 찡그리며 눈을 뜨고는 얼굴을 들었다. 두리번거리며 주위를 둘러보다가 어리둥절한 눈빛으로 나를 보더니, 갑자기 울기 시작했다.

"미이짱, 왜 그래?"

"엄마! 엄마!"

"미이짱, 뭐 먹을래? 감자튀김 과자가 있는데."

내 목소리는 미이짱의 귀에는 들리지 않는 듯했고 미이짱은 천장을 보면서 계속해서 엄마를 불렀다. 굵은 눈물을 흘리며 엄마, 엄마, 하고 반복할 뿐이었다.

집의 초인종이 울렸다.

나는 계속 울고 있는 미이짱과 문을 차례로 봤다. 초인종이 또 울렸다.

"미이짱, 잠깐 기다려."

나는 문으로 뛰어갔다.

"누구세요?"

현관 렌즈로 보니 경찰관이 서 있었다.

"밤늦게 죄송합니다. 잠깐 옆집 일로 물어볼 일이 있어서요."

"지금 좀 바쁜데요."

"얼마 걸리지 않습니다. 금방 끝납니다."

나는 할 수 없이 문을 열었다. 문이 확 하고 힘 있게 열렸다.

"잠깐, 뭐하시는 거예요?"

"미사키!"

경찰관 뒤에서 울어서 눈이 부은 여성이 뛰어들어왔다. 신발을 신은 채였다.

"엄마!"

미이짱이 그 여성에게 뛰어들었다. 여성은 미이짱을 껴안았다.

"미사키, 미안해, 미안해."

"이 애가 틀림없지요?"

경찰관이 물었다.

여성이 미이짱의 머리에 얼굴을 묻은 채, 틀림없습니

다, 라고 소리쳤다.

나는 천천히 경찰관을 돌아봤다.

"서까지 동행해주시겠습니까?"

"제가 왜요?"

"유아 유괴 혐의가 있습니다."

"그런 게 아니라⋯⋯."

"서에 가서 듣겠습니다."

집 밖에 나서니 눈 아래에 경찰차의 빨간 불이 번쩍이고 있었다. 구경꾼인 듯한 사람들이 모여 있었고 나는 그들의 시선을 받으면서 경찰차에 태워져 연행되었다.

조사실에서는 있었던 대로 이야길 했다. 여자아이가 혼자서 쓸쓸한 듯이 있어서 놀이 상대가 되어준 일. 춥고 배고프다고 해서 집에 데려와 라면을 먹인 일. 경찰관이 아이가 왜 울고 있었는지, 학대는 하지 않았는지 등을 물었으나, 나도 정확한 이유는 모르겠고 아마도 엄마 모습이 보이지 않으니까 불안했던 모양이고 학대는 절대 하지 않았다고 대답했다. 조사해보면 금방 알 일이지만, 전에 두 번 복역한 사실도 스스로 이야기했다. 그런 탓인지 소변검사도 받았다. 그날 밤은 유치장에서 보냈다. 유치장은 추워서 콧물이 나와 짜증이 났다.

다음 날 조사는 정오 전에 시작됐다. 담당관이 소변검

사 결과는 음성이며 집에서도 마약은 발견되지 않았고, 내 진술이 여자아이의 증언과 일치한다고 들려주었다.

결국 나는 엄중한 주의를 받는 것에서 그치고 풀려났다. 경찰서에서 내쫓기듯 나온 후 집까지 1시간이나 걸려 걸어왔다. 집은 구석구석 수사한 듯 모든 물건이 조금씩 자리가 바뀌어 있었다.

저녁이 되자 예순 살이 넘은 주인집 노인이 찾아와서 경찰에 연행됐던 사정을 듣고 싶다고 해서 나는 경찰에서 이야기한 것을 반복했다. 결국 집주인은 나가달라고 했다. 일주일 이내라며 기한까지 일방적으로 결정했다.

"오노시마 부탁합니다."

나는 택시 운전수에게 말하고 나서 좌석에 몸을 기댔다. 코트 깃을 올리고 크게 숨을 내쉬었다. 차창 밖을 바라보니 사가 역이라는 글씨가 보였다. 순간 꿈을 꾸고 있는 듯한 느낌이 들어서 선글라스를 벗었다. 그러나 틀림없이 사가 역은 그곳에 있었다. 내가 왜 여기에 있는 것일까? 뭘 하고 있는 것일까? 오노시마? 혹시 나는 집에 돌아가려고 하고 있는 것일까?

택시는 역 앞 도로에서 남쪽으로 가다가 혼조마치후쿠로 교차점에서 좌회전했다. 국도 208호선을 달려 미츠노리 교차점에서 현도 258호선으로 우회전하니 도로 옆에 새로운 러브호텔이 서 있었다. 신문 판매점이나 그 지방 기업의 사원 숙소가 나란히 있는 거리를 빠져나가자 그 다음에 눈에 들어오는 것은 모두 논밭이었다.

하야츠에 강에 들어서면 길가에 다시 건물이 늘어난다. 우체국이나 슈퍼마켓에 섞여 도쿄에서도 자주 볼 수 있는 이름의 편의점이 들어서 있었다.

차는 하야츠에 교의 서쪽 T자 길에서 좌회전해서 하야츠에 교에 접어들었다. 하야츠에 강의 넉넉한 흐름이 눈 밑에 펼쳐졌다.

마지막으로 오노시마에 돌아왔던 것은 오노데라와 오고토에 가기 직전이었기 때문에 15년 만의 귀향이었다.

"치쿠고 강에 놓는 다리는 이미 완성되었나요?"

"신덴 대교 말씀이군요. 이미 한참 전에 건설되었는데요. 아주 큰 다리로 길이가 800미터가 넘는다고 합니다."

"이 길을 따라 곧장 가면 갈 수 있나요?"

"네."

"그러면 그 다리를 건너주세요."

"오노시마를 지나가는데요."

"괜찮아요. 어떤 다리인지 보고 싶어서요."

차는 하야츠에 교를 지나서 오노시마에 들어섰다. 도

로변에는 처음 보는 건물이 대부분이어서 고향에 돌아왔다는 느낌이 들지 않았다.

오노시마를 횡단하는 도로는 2킬로미터도 되지 않았다. 완만한 커브를 돌고 나서 눈앞에 마치 하늘을 향하고 있는 듯한, 길고 쭉 뻗은 오르막길이 나타났다. 그 정점에 새빨간 쇠로 된 아치가 마치 신전처럼 솟아 있었는데, 그 거대함은 하야츠에 교와는 비교도 되지 않았다.

"저겁니다."

차가 다리 직전에서 녹색 신호를 받아 직진해서 오르막을 오르기 시작하자 엔진 소리가 커졌다. 차가 올라가면서 치쿠고 강의 전모가 보이기 시작했다. 300미터는 될 듯한 폭 전체에 엷은 녹차 색의 강 표면이 닿아 있었다. 중앙에 있어야 할 제방은 물에 잠겨 보이지 않았다.

"비가 왔어요?"

"정월 초에 큰 비가 이틀이나 계속 왔어요. 어제 오후에 겨우 그쳤지요."

오른쪽 먼 곳에는 아리아케 해가 연결되어 있었다. 왼쪽 바로 밑을 보니 나룻배 부두가 아직 남아 있었다. 카나키 준코는 아직 이곳에 살고 있을까?

"나룻배는 어떻게 됐어요?"

"다리가 개통되고 얼마 후에 없어졌습니다. 처음에는

다리를 건너길 무서워하는 사람이 많아서 배를 사용했습니다. 특히 연세 드신 분들이요."

차가 다리의 정상에 올랐다. 탁해진 강 표면이 눈에서 멀어지고, 마치 비행기로 하늘을 나는 듯이 붕 뜨는 느낌이 들었다.

차가 내리막에 들어섰다.

"다리를 건너서 어떻게 하시겠습니까? 오노시마로 유턴할까요?"

"아뇨. 첫 번째 신호에서 우회전해서 내려주세요."

택시에서 내린 나는 걸어서 신덴 대교를 건너 오노시마에 돌아가기로 했다.

서쪽 하늘을 향해 직선으로 뻗은 오르막길은 300미터 정도 될까. 그 앞에 높이 솟아 있는 거대한 아치가 공중에 떠 있는 듯이 보였다.

나는 살짝 긴장한 채 걷기 시작했다. 오르막을 올라가니 발뒤축에 확실히 경사가 느껴졌다. 보도의 폭은 한 사람이 겨우 지나갈 수 있을 정도였고, 더구나 차도와의 사이에 펜스도 없고, 다만 한 단 높여져 있을 뿐이었다. 통행하는 차량이 바로 옆을 지나쳐가는데, 잘못해서 손이라도 내밀면 튕겨나갈 것 같았다. 특히 덤프트럭이 지나가면 풍압에 빨려 들어갈 것 같았다. 이러니 연세 드신 분들이 무서워했던 것도 이해가 갔다.

이 오르막을 200미터 정도 올라가서 다리 본체에 도달할 쯤이 되니, 다리의 근육이 팽팽해지고 심장도 빠르게 고동쳤다. 여기서부터는 보도의 폭이 넓어지고, 차도와의 사이에도 펜스가 설치되어 있었다. 다시 다리의 정상을 향해 걸었다.

그리고 마침내 정상에 도달하자 너무 높아서 눈앞이 아찔해졌다. 차로 지나갈 때는 느끼지 못했던 기류나 소리, 진동이 전신의 피부로 느껴지면서 하늘을 날아다닌다기보다는 공중에서 낙하하고 있는 듯한 착각에 빠졌다. 무의식적으로 멈춰 서서 난간에서 밑을 내려다보자 차가운 빗물을 삼켜버린 강물에 빨려 들어갈 듯했다.

이곳에서 떨어지면 죽음을 면할 수 없다.

지금 누군가가 등을 밀면 몇 초 후에 나는 죽는다.

이 난간을 넘는 것만으로 몇 초 후에 나는 죽는다.

어쩌면 나는 이 순간, 지금까지 살아온 동안 가장 죽음에 가까이 있는 것이 아닐까?

순간 강한 바람에 휩싸이면서 다리가 휘청거리고 몸이 휘이익 떠올랐다. 하반신에 쾌감과도 같은 전류가 흘러 허리의 힘이 빠지고 일어서지도 못할 정도였다. 코트 깃을 꽉 잡고서 거친 숨을 반복했다. 등에 땀이 흐르고 심장이 고동쳤다.

나는 웃고 싶어졌다. 몸은 죽음을 바라지 않고 있는 것이다. 여기까지 와서도 아직 살려고 발버둥치고 있었다.

나는 아리아케 해를 향해 심호흡을 하면서 바람 속에서 고향의 향기가 느껴진다고 어렴풋이 생각했다.

우리 집이 있던 자리엔 눈에 익은 빨간 지붕이 아니고, 상자처럼 생긴 현대식 2층 구조의 집이 들어서 있었다. 정원에는 잔디가 심어져 있고 작은 화단도 만들어져 있었다. 주차 공간에는 최신식 사륜구동 자동차가 주차되어 있었다. 문패에는 확실하게 '카와지리'라고 쓰여 있었다.

해가 기울어서 손목시계를 보니 이미 오후 5시가 지났다. 도쿄라면 벌써 어두워졌을 시간인데 이곳은 아직 하늘이 훤했다.

문 앞에 섰지만 내가 뭘 하고 싶은지 잘 몰랐다. 왜 이곳에 돌아온 것인지? 뭘 찾으려 하는지?

그러나 이 집에는 내가 원하는 그 무엇이 존재하고 있는 듯했다.

갑자기 현관문이 열리고 어린 남자아이가 나왔다. 검은 바지에 모자가 달린 재킷을 입고 있었는데, 한눈에 남동생 노리오의 아이라는 것을 알 수 있었다. 아이는 잔디를 향해 뛰어가 주저앉더니 장난감처럼 생긴 것을 들어 올려서 그것을 가지고 금방 집으로 들어가려 했다. 그러더니 문득 멈춰 서서 나를 쳐다봤다.

"안녕하세요?"

남자아이가 부끄러운 듯 머리를 숙였다.

"안녕?"

문을 밀어보니 열려 있기에 나는 미소를 지으면서 안으로 들어간 후, 남자아이 앞에서 허리를 굽혔다. 남자아이의 맑은 눈동자에 내 얼굴이 비쳤다.

"넌, 이 집 애니?"

"응."

"이름이 뭐야?"

"쇼."

"쇼라고 하는구나. 멋있는 이름이네. 몇 살이니?"

"다섯 살."

남자아이가 오른손 손가락을 쫙 펴서 앞으로 내미는 시늉을 했다.

"이 집에서 아빠, 엄마하고 사니?"

"그리고 할머니."

"저, 쇼, 집에 또 한 명······."

"어, 손님이 오셨나?"

철컥 소리가 들리며 현관문이 열렸다. 노리오였다. 회색 바지에 밤색 스웨터. 설 기분을 내느라 술이라도 마셨는지 눈 주위가 빨갛고 입에 이쑤시개를 물고 있었다. 이와이야의 옥상에서 만났을 때와 그렇게 변하지 않았다는 느낌이 들었다.

나는 천천히 일어섰다. 노리오가 눈을 깜박이다가 이쑤시개를 잡아 발밑으로 내던지고 남자아이에게 말했다.

"쇼, 안에 들어가 있어."

남자아이가 바이바이, 하며 내게 손을 흔들고 집으로 들어갔다. 노리오가 문이 닫히는 것을 확인한 후에 바지주머니에 손을 쑥 집어넣었다. 다시 꺼낸 손에는 자동차 키가 들려 있었다.

"여기에서는 이야기할 수 없어. 타."

노리오가 사륜구동 자동차에 타고, 나는 조수석에 탔다. 노리오가 키를 돌리자 엔진 소리가 나면서 거칠게 자동차가 출발했다. 차에서 술 냄새가 났다.

"왜 돌아온 거야?"

노리오가 앞을 본 채 딱딱하게 물었다.

"아직 용서해주지 않는 거니?"

"사람까지 죽이고 용서해달라고? 어떻게 그런 말을 해?"

"아까 그 아이, 네 아들이지?"

"응⋯⋯."

"나에게는 조카네."

"누나는 없는 것으로 되어 있어. 애한테 쓸데없는 말 한 거 아니지?"

"아무 말도 안 했어."

"그럼 됐고."

차가 하야츠에 교를 건너 285호 길을 북상했다.

노리오는 아무 말도 없이 표정 없는 눈으로 앞만 보고 있었다.

"저기, 노리오."

대답이 없었다.

"쿠미는 어떻게 지내고 있니?"

노리오가 흘끗 나를 보며 한숨을 쉬었다.

"그 집에는 없어?"

"쿠미는 죽었어."

"⋯⋯죽었다고?"

"그래, 쿠미는 이미 죽었어."

내 발과 다리를 움직이고 있던 끈이 툭 하고 끊어졌다. 내가 마지막으로 확인하고 싶었던 것을 확실하게 알았다. 그것은 이미 이 세상에는 없었다.

"작년 가을에 걸린 감기가 악화돼서 폐렴이 됐어. 쿠미의 마지막 말, 뭔지 알아?"

나는 고개를 좌우로 저었다.

"언니, 잘 돌아왔어. 그렇게 말하고 나서 웃으면서 죽었어."

차는 미츠노리 교차점에서 왼쪽으로 돌았다.

노리오가 헤드라이트를 켰다. 의미 없는 풍경이 눈앞을 휙휙 스쳐 지나갔다. 엔진 소리가 크게 들렸다. 앞 유리창에 다자이후텐만구*의 부적이 흔들리면서 금색 문자가 반짝 하고 빛났다.

정신을 차리니 차가 서 있었다.

"내려."

밖을 쳐다보니 사가 역이라는 글씨가 보였다. 나는 비틀거리며 차에서 내렸다.

"노리오……."

"두 번 다시 오지 마."

노리오가 몸을 길게 늘여 조수석 문을 닫았다. 꽝 하는 소리가 났다.

노리오의 사륜구동 차가 나를 내버리고 달려갔다.

●신사 이름.

3

손목시계를 보니 새벽 2시였다. 셔츠를 만지니 축축하게 젖어 있었다. 목 뒤까지 땀으로 뒤범벅이었다.

나는 일어나서 형광등을 켠 후, 에어컨 스위치를 올리고 곧장 샤워를 하러 갔다. 뜨거운 물을 뒤집어쓰고 나서 캔 맥주를 땄다. 텔레비전을 켜고 침대에 앉았다.

잠을 자며 땀을 흘린 것은 더위 때문만은 아니었다. 꿈을 꾼 것이다. 내용은 잊어버렸는데 마츠코 고모에 관한 꿈이었던 건 틀림없다.

지금 나는 아마도 마츠코 고모에 대해서 어느 누구보다도 잘 알 것이다. 다만 류 씨가 떠난 후의 이야기는 몰랐다. 사와무라 씨의 이야기로 추측해보면 처량한 생활을 했던 것 같았지만 혹시 사와무라 씨와의 만남을 계기로 뭔가가 변했던 것은 아닐까? 그렇게 되었기를 바랄 뿐이다.

마츠코 고모의 인생은 대체 무엇이었을까? 비극, 불행 같이 흔한 단어들로는 절대 표현할 수 없었다. 애초의 시작은 교사 2년차 때 수학여행지에서의 도난 사건이었다. 아니, 그 전에 당시 교장에게 겁탈당할 뻔한 사건도 있었다. 그런 사건들이 없었다면 마츠코 고모는 평온한 인생을 살았을지도 몰랐다. 고향을 떠나는 일도 없었을지 몰랐다. 어린 나와 놀아주었을지도 몰랐다. 함께 쿠미 고모의 간병을 하고, 그 사이에 좋은 사람을 만나 결혼하여 자식도 낳고, 가끔 놀러오면 내가 그 아이들과 놀고…….

정신이 번쩍 들었다.

나는 아직 마츠코 고모의 인생이 빗나가기 시작했던 나이도 되지 않았다. 마츠코 고모의 인생을 다른 사람의 것처럼 생각해왔으나, 앞으로 나에게 똑같은 일이 발생하지 않으리란 보장은 없었다. 사와무라 씨가 말한 것처럼 어떤 계기로 살인을 하게 되는 일도 있을 수 있고, 살인까지는 아니더라도 살아 있는 이상 예상도 하지 못했던 사건이 많이 일어나게 될 것이다.

확실하게 말할 수 있는 것은 나도 마츠코 고모처럼 시

간이 지나면 늙어가고 언젠가는 틀림없이 죽게 된다는 사실뿐이다. 시간은 한정되어 있는데 그 한정된 시간을 어떻게 보내야 하는 것일까?

아마도 나는 아직 잘 모르고 있다고 생각했다. 마츠코 고모의 진짜 슬픔도, 인생도.

'마츠코 고모, 미안해요. 지금의 나에게는 이게 전부입니다. 조금 더 어른이 된다면 더 많이 이해해드릴 수 있을지도 모르겠어요.'

살아 계실 때 정말로 만나보고 싶었다. 만나서 이야기를 듣고 싶었다. 내 이야기도 들어주길 바랐다.

그것보다도…….

왜, 어디서, 누가, 무엇 때문에 마츠코 고모를 죽였을까? 사인은 내장 파열이라고 아버지가 말했지만 왜 그 정도까지 폭행을 가해야만 했을까?

마츠코 고모는 뼈로 남았지만, 마츠코 고모를 죽인 범인은 지금도 어디선가 살아 있다. 내 마음속에서 범인에 대한 증오가 점점 더 커져가고 있었다.

성신을 차리자 커튼이 새하얗게 빛나고 있었다. 텔레비전에서는 떠들썩한 토크쇼가 방송 중이었다. 깜빡 잠이 들었던 것 같다. 나는 눈을 비비면서 일어났다.

"잘 잤어, 안녕?"

"안녕……. 앗!"

침대 옆에서 아스카가 무릎을 껴안고서 나를 바라보고 있었다.

"뭐야, 너, 언제 들어왔어?"

"1시간 전쯤인가. 초인종을 눌러도 대답이 없어서 가지고 있던 열쇠로 열고 들어왔지. 체인을 걸어놓지 않았더라고. 조심해."

"지금까지 뭐했어?"

"쇼의 자는 얼굴을 봤지."

아스카가 킥킥대며 웃었다.

"귀엽던데."

"고향에 갔었잖아?"

"어제저녁에 돌아왔어."

"빨리 왔네. 좀 더 이따가 오는 줄 알았는데."

"그러는 게 좋아?"

"그렇지는 않지만."

나는 아스카의 얼굴을 찬찬히 쳐다보았다.

"왜 그래?"

"아니, 인생에는 예상도 하지 못한 일이 생길 수 있다는 생각이 들어서."

"무슨 말이야?"

"아무것도 아니야. 밥 먹었어?"

"아직."

"밖에서 먹을까?"

"좋아."

우리는 우선 역까지 걸어가서 거기서 적당한 가게에 들어가기로 했다. 나는 길을 걸으면서 류 씨에게 들은 걸 간추려서 이야기했다. 아스카는 묵묵히 듣고 있었다. 내가 이야기를 마치자 아스카는 툭 하고 한마디 했다.

"쇼, 변했네."

"뭐가?"

"처음에는 마츠코 고모에 대해서 전혀 관심 없다고 했는데, 지금은 마치 죽은 친구 일을 이야기하는 것 같잖아."

"나도 잘 모르겠어. 역시 혈연관계 때문이 아닐까?"

"그래도 전혀 모르는 사람이었잖아?"

"그건 그렇지만 류 씨의 말을 들어보니까……. 아, 생각났다. 류 씨가 있는 교회, 꽤 가까이에 있어. 나중에 가볼까?"

"아니, 됐어."

나는 무의식적으로 아스카의 옆얼굴을 쳐다보았다. 류

씨와 이야길 하고 싶다고 하나님에게 부탁한 건 아스카였는데……. 아스카는 입을 꽉 다물고 생각에 잠긴 듯한 눈으로 앞을 봤다.

"아스카, 무슨 일 있어?"

"응……."

뭘까? 나와 아스카 사이에 투명한 막이 쳐져 있는 것 같은 느낌이 들었다. 손을 내밀면 만질 수 있을 것 같은데 그렇게 할 수 없었다.

"최근에 다시 한 번 생각한 거지만, 나라는 놈은 너에 대해 아무것도 모르고 있어."

"무슨 말이야?"

"너한테 언니가 있는 것도 몰랐고, 다른 형제가 있는지, 가족이 몇 명인지 들어본 적 없잖아. 또 어릴 때는 어떤 아이였는지, 먹는 건 어떤 걸 좋아하는지."

"왜 물어보지 않았어?"

"아마도 나는 눈앞에 있는 아스카가 전부라고 생각한 것 같아."

"지금은 그렇지 않은 거야?"

"음……. 뭐라고 말해야 좋을까. 여기 있는 아스카는 태어나서 지금까지 여러 사람들과의 관계나 경험을 쌓았기 때문에 비로소 존재하는 것이라고나 할까……. 내가 하는 말 알겠어?"

아스카가 픽 하고 웃었다.

"알 듯해."

"아스카와 사귀기 시작해서, 아, 아스카에게 이런 면이 있었구나, 하고 새롭게 발견한 점도 많았지만, 너는 아직도 내가 깜짝 놀랄 만한 것을 여러 가지 가지고 있을 수도 있다는 생각이 들어."

아스카가 얼굴을 들어 하늘을 봤다. 가슴을 활짝 펴고 숨을 내쉬었다. 그리고 뭔가를 떨쳐버리려는 듯 숨을 길게 내쉬었다.

"우리 엄마는 내가 어릴 적에 남자하고 가출했어."

어제 날씨를 이야기하는 듯한 말투였다.

"나 말이야, 텔레비전에 출연한 일이 있어. 옛날에 많이 있었잖아. 아내가 집을 나가서 남자가 눈물 흘리면서 '요시코, 돌아와 줘'라고 소리치는 거. 잘 기억은 안 나지만 친척에게 강력하게 권유받았는지, 나도 아버지와 언니와 함께 텔레비전에 나갔대."

"어릴 때라니, 몇 살 때?"

"유치원 다닐 때니까, 대여섯 살 정도."

"그래서 어머니는 찾았어?"

"지금도 행방불명이야."

나는 갑자기 혹시나, 하는 생각이 들었다.

"마츠코 고모에 대해서 집착했던 건, 혹시……."

아스카가 힘없는 얼굴로 고개를 끄덕였다.

"그래. 아마도 나도 모르는 사이에 마츠코 고모를 엄마와 겹쳐 보고 있었는지도 모르지. 살아 있다면 비슷한 나이니까 말이야."

아스카가 눈을 깜빡이며 웃음을 지었다.

"나는 말이야, 엄마가 싫어. 그렇잖아? 자기가 행복해지기 위해서 아버지와 우리를 버리고 도망가버리다니, 용서할 수가 없지."

"응."

"……그래도 엄마가 너무 불행해지지 않았으면, 하고 생각해."

"왜?"

"왜 그럴까? 이미 불행의 늪에 빠져 있다면 미워하기 힘들어지니까 그런 걸까?"

"행복해지길 바라는 거지, 엄마가."

"틀림없이 엄마도 많이 고민했을 거라고 생각해. 고민에 고민을 거듭한 결과 가족을 버리고 다른 남자와 같이 사는 걸 선택한 거지. 아마도 일생에 한 번뿐인 결심이었을 거라고 생각해. 그렇게까지 했는데 행복해지지 않으

면 안 되지. 이렇게 우리를 엄마 없이 고생시키면서 말이
야. 나 이상한가?"

"이상하지 않아."

아스카가 아스카다운 웃음을 오래간만에 보여주었다.

"어때, 깜짝 놀랐어?"

"놀랐어."

아스카가 진지한 표정으로 돌아왔다.

"말 나온 김에 하나 더, 깜짝 놀라게 해줄까?"

"뭔데?"

"나도 큰 결심을 하기로 했어."

나는 발을 멈췄다. 아스카가 입술을 꽉 깨물고 한 번 숨
을 들이마신 후에 말했다.

"학교를 그만두기로 했어."

"정말?"

아스카가 나와 마주 봤다.

"왜?"

"다시 한 번 시험을 쳐서 의과대학에 들어가고 싶어."

나는 입이 딱 벌어졌다.

"……의사가 되는 거야?"

"그럼."

"농담 아니지?"

"진담이야."

나는 어떻게 반응해야 할지 알 수 없어서, 그런 나를 숨기려는 듯 웃었다.

"하지만 아스카와 의사라, 왠지 어울리지 않아. 근데 왜 의사가 되려고 생각한 거야? 혹시 엄마와 관계있는 거야?"

아스카가 머리를 좌우로 저었다.

"엄마는 관계없어. 프레데릭 그랜트 밴팅이라는 사람 알아?"

"프레데……. 몰라. 그게 누구야?"

"캐나다의 의학자인데, 1921년에 의학도였던 C. H. 베스트와 힘을 합쳐서 단 두 달 만에 인슐린 추출에 성공한 사람이야."

"인슐린이라면 당뇨병 치료에 쓰이는……."

"그래. 밴팅이 추출한 인슐린 표본이 당뇨병으로 죽어가던 열네 살의 소년에게 투여돼서 그 소년의 생명을 구한 것이 8개월 후였는데, 당뇨병은 그때까지 죽음의 병이라고 여겨졌기 때문에 정말 획기적인 일이었지. 2년 후에는 그 업적으로 노벨의학상을 받았어. 그런데 그 후 제2차 세계 대전에 출정해서 비행기 사고로 죽었어. 겨우 마흔아홉 살이었대."

"그러고 보니 생물 참고서에서 그런 이야기를 읽은 듯

한 기억이 있기는 하지만, 그 사람이 아스카가 의사가 되려는 것과 어떤 관계가 있지?"

"밴팅과 베스트라는 단 2명의 인간이 발견한 인슐린은 노인부터 젊은 사람까지 몇억 명의 당뇨병 환자를 구해왔고, 지금도 계속 살려내고 있는 거야. 발견자가 죽은 후에도 말이야. 정말 대단한 일이라고 생각하지 않아?"

"그래, 그건 그렇네……."

"고등학교 생물 시간에 선생님이 밴팅에 관한 이야기를 해주셨어. 그때 한 번이라도 좋으니까 세상에 기여하는 일을 해보고 싶다고 깊이 생각했어. 밴팅처럼 자신이 살았다는 증거를 세상에 남기고 싶다고 말이야."

"그래서 의사가 되기로 한 거야?"

"그래. 그런데 졸업과 동시에 의대에 들어가기에는 약간 실력이 모자랐어. 아버지와 언니는 도전해보라고 격려해줬지만, 아무래도 자신도 없었고, 무난한 길을 선택했는데……."

"무난이라."

나의 대학 합격은 담임선생님이 '기적'이라고 평가했었던 게 떠올랐다.

"하지만 타협해버린 것이 마음속에서 항상 걸렸어. 대학에 들어와서 쇼와 만난 건 정말 좋았다고 생각해. 그런데 최근 들어서 정말 이대로라면 죽을 때 확실히 후회할 거라는 생각이 들었어. 왜 그때 과감하게 내 꿈에 정면으로 도전하지 못했는지. 왜 자신의 가능성을 철저하게 시험해보지 않았는지."

이야기하는 아스카의 눈이 반짝반짝 빛나고 있었다.

"지금이라면 아직 그게 가능하거든."

아스카는 내 손이 닿지 않는 곳에 가려고 하고 있었다. 직감적으로 그런 생각이 들었다. 나는 이제부터 이별을 겪게 되는 것이다. 아마도 인생에서 무엇보다 중요한 이별 중의 하나를 말이다.

"알았어."

나는 말했다.

"아스카의 꿈을 응원할게."

아스카가 미소를 지었다.

"고마워."

"어느 의대를 생각하고 있어?"

"아직 정하진 않았지만 도쿄 쪽으로는 오지 않을 거라고 생각해. 지금으로서는 나고야 대학에 가고 싶어. 어렵겠지만 말이야."

나는 다음 질문을 하는 것이 무서웠지만 피할 수는 없었다.

"그러면 우리는 어떻게 되는 거지?"

아스카가 머리를 숙였다. 잠시 아무 말도 없다가 조용히 말했다.

"친구로 돌아갈 수 없을까?"

발끝이 허물어져가는 느낌이었다. 아스카는 자신의 인생을 걷기 시작한 것이다. 내게는 멈추게 할 권리도 없었고, 멈추게 할 성질의 것도 아니었다.

좋다. 기쁘게 보내주자.

"그래? 어쩔 수 없겠네. 의대 들어가려면 공부해야 되잖아?"

아스카의 볼이 떨렸다. 젖은 눈을 들더니 뭔가를 이야기하려 했다. 나는 그것을 막으려는 듯이 말을 했다.

"꿈, 꼭 이루어야 해."

아스카가 나를 쳐다봤다.

"응."

찡한 느낌이 가슴으로 밀려들어왔다. 눈물이 나올 것 같아, 나는 먼저 걷기 시작했다. 아스카가 따라왔다.

"퇴학 신청은?"

나는 일부러 가볍게 물어보았다.

"방학 끝나면 하려고 해."

"그럼 지금부터 한 달 정도 여유가 있다는 말이네."

"쇼, 나, 아주 나쁜 사람이지?"

나는 멈춰 서서 돌아보았다.

"왜?"

"쇼보다도 내 꿈을 중요하게 생각하니까."

"……가족을 버린 어머니와 똑같다고 생각하는 거야?"

"쇼도 실은 화가 나잖아? 상의도 없이 결정했다고."

"아스카."

나는 할 수 있는 한 낮은 목소리로 말했다.

"이 카와지리 쇼를 그 정도로 보았다면 곤란해."

아스카가 나를 유심히 쳐다봤다. 눈물을 흘리면서 웃더니 내 가슴에 얼굴을 파묻었다. 나는 아스카를 껴안고서 키스를 했다. 아무 말도 필요 없었다.

갑자기 나의 휴대전화가 울렸다. 최면술이 풀린 것처럼 서로의 몸이 떨어졌다. 나는 주머니에서 휴대전화를 꺼내 귀에 댔다.

누구야, 정말!

"아, 나야."

고토 형사였다.

"많이 기다렸지? 붙잡혔어, 네 고모를 죽인 놈들."

4

코쿠분지 시 니시모토마치의 집에서 쫓겨난 나는 가전 제품이나 식기 등을 모두 처분하고, 최소한의 필요한 물건만 가방에 넣고 여행을 떠났다. 센다이, 모리오카, 아오모리를 돌아 츠가루 반도의 타츠비자키까지 북쪽으로 갔지만, 아카기 씨가 있을 홋카이도까지는 가지 않았다.

틀림없이 아카기 씨는 나에 대해 유키노라는 이미지를 계속 가지고 있을 것이다. 내가 늙고 추해져도 아카기 씨의 마음속에는 언제까지나 젊고 아름다운 내가 살아 있을 것이다. 그것이 지금 나에게는 단 하나의 위안이었다. 만약 아카기 씨를 찾아내 만난다면 그 이미지를 허물어 버리는 게 될 것이다. 게다가 혹시라도 아카기 씨가 이미 죽어버렸다면 내 마지막 희망마저 없어져버린다.

나는 결국 도쿄로 돌아오기로 했다. 북쪽에 살지 않기로 결정한 이유는 엄청나게 춥다는 것과 사투리가 너무 심해서 말을 못 알아들을 지경이었기 때문이다. 아무래도 누구의 간섭도 받지 않고, 간섭하지 않아도 되는 도쿄가 내 성격에 맞았다.

조반 선을 타고 우에노로 가고 있을 때, 차창을 내다보니 눈 아래로 커다란 강이 보였다. 아라카와 강이었다. 치쿠고 강과 비슷하다고 생각했다. 잠시 뒤에 전철이 속도를 줄이고 정차하자 나는 가방을 들고 내렸다.

역 앞의 상점가를 걷다가 부동산을 발견했다. 그곳에서 집을 빌리려는 생각이었다. 아라카와 강 가까이에 빈집이 있었다. 지은 지 10년이 지났고 목욕탕은 없었지만 임대료는 쌌다. 실제로 가서 보니 아담하고 예쁜 집이었다. 바로 결정하고 그날로 입주했다. 보증인은 없었지만 보증금을 지불한다면 문제가 없다고 했다.

그때 내 예금통장에는 사창가에서 모아두었던 돈이 아직 천만 엔 이상 남아 있었다. 교도소에서 보낸 9년 동안에는 생활비가 필요 없었고 사회에 나와 있을 때는 미용실에서 일했다. 코쿠분지에서 보낸 3년 동안에는 류와의 생활을 위해 절약했기 때문에 오히려 저금이 늘어났다.

결국 날 배반하지 않은 것은 돈뿐이란 말인가? 멜로드라마 같은 결론에 쓴웃음만 나왔다.

그래 좋아. 그렇다면 나에게도 생각이 있었다. 더 이상 누구도 믿지 않을 것이다. 누구도 내 인생에 끼어들지 못하게 하겠다.

나는 신문의 구인광고를 보고 가끔씩 아르바이트를 했다. 슈퍼마켓의 계산원, 빌딩 청소 등 무엇이든 다 했다. 술집 호스티스에도 지원했지만 면접에서 떨어졌다. 이력서에는 전과를 적지 않았다. 어차피 남들은 알 수 없기 때문이다. 취직을 해도 대개 반년도 못 돼 그만뒀다. 어느 직장에 들어가도 적응이 되지 않았다. 나는 돈만 벌 수 있다면 주위 사람들에게 미움을 받거나 비난을 받아도 아무렇지 않았지만, 주위 사람들은 그렇지 않았나 보다. 미용실에 취직하려는 생각은 아예 하지 않았다. 가위를 보는 것만도 지겨웠다.

마흔한 번째 생일이 두 달 정도 지났을 무렵, 심한 현기증이 찾아왔다. 구토가 나서 서 있는 것도 어려웠다. 체온을 재보니 40도에 가까웠다. 이불에 한번 누우니 일어날 수가 없었다. 물도 마시지 못하고 하루 종일 천장을 쳐다보고 있었다. 이대로 죽을지도 모른다고 생각했다. 이틀 동안 아무것도 먹지 못했다. 3일째 아침이 되자 몸이 약간 가벼워진 듯했다. 기어서 냉장고로 가 안에 있던 것을 닥치는 대로 먹었다. 그날 점심이 지나자 드디어 일어날 수 있었다. 쉽게 죽지는 않는구나, 하고 생각했다. 그리고 생리가 오랫동안 없다는 것을 알아챘다. 임신은 분명히 아닐 것이다. 지난 5년간 섹스를 하지 않았다.

폐경이었다. 열다섯 살부터 계속되었던 여자라는 증거가 없어져버린 것이다. 설마 이렇게 빨리 끝나게 될 것이라고는 생각지도 못했다. 내 육체는 더 이상 여자가 아닌 것인가? 그렇다면 뭐지? 다만 먹고, 자고, 움직이는 추한 존재인 것인가?

겨우 걸을 수 있게 되어 집 근처 편의점에 나갔다. 도시락과 샌드위치 등을 잔뜩 샀다. 그걸 집으로 가지고 와서 하루 종일 먹었다. 먹는 즐거움이란 것이 무엇인지 알았다.

자기 전에는 매일 술, 특히 위스키를 마셨다. 마음이 흔들릴수록 시간의 흐름이 더욱 빨라졌다. 밤에 위스키를 컵에 따라 단번에 마시고 누워 자다가, 다시 정신이 들었을 때에는 이미 밤이 되어 다시 위스키를 컵에 따르려하고 있었다. 11월이 되었다고 생각했는데, 어느새 크리스마스가 되어 있었고, 정신을 차리자 쇼와시대가 끝나고, 벚꽃이 피어 있었다. 장마가 늘어나 짜증난다고 생각했는데, 어느새 다시 벚꽃이 피어 있었다. 계절이 통째로 없어진 듯 시간이 빨리 흘렀다.

새로운 위스키 병을 따면서 오늘이 쉰 번째 생일이라는 것을 알았다. 지난 10년 가까이 내가 뭘 하고 지내왔는지 전혀 기억이 없었다. 손에서 힘이 빠져서 술병을 놓쳐 깨뜨렸다.

예전에 비해 배 주위에 살이 많이 붙었고 피부는 거칠어졌으며 얼굴에 주름이 늘었다. 기미도 늘었는데 화장은 하지 않게 되었다. 방이 더러워졌고 냄새가 나도록 불결해졌다. 확실히 세월이 흘렀다. 믿어지지 않았다.

이대로 불결하게 늙어 혼자서 쓸쓸하게 죽어가겠지. 거짓말이라고 생각하고 싶었다. 이건 뭔가 잘못된 거야. 나쁜 꿈을 꾸고 있는 거야. 하지만 아무리 기다려도 꿈에서 깨어나는 일은 없었다.

다음 날 새 위스키를 사려고 밖에 나갔다. 가는 길에 한 마리의 고양이가 날 가로질렀다. 발이 주춤하더니 움직일 수가 없었다. 왜 고양이 따위를 무서워하는 것인지, 나도 이해할 수가 없었다. 고양이뿐만이 아니었다. 까마귀가 울어도 머리를 안고 웅크렸고, 뒤에서 작은 소리가 나면 비명을 질렀다. 참지 못하고 집으로 돌아왔다. 커튼을 치고, 방 한가운데에서 무릎을 끌어안았다. 나도 모르게 심장의 맥박 수를 세고 있었다. 맥박이 가끔씩 불규칙적이었다. 머리털이 거꾸로 섰다. 심장이 멈추려는 거야, 정말로 그렇게 생각했다. 심장이 계속 뛸 수 있도록 빌었다. 심장의 고동을 의식하지 않으려고 하면, 걱정이 돼서 미칠 것 같았다. 아무것도 손에 잡히지 않았다. 그리고 갑자기 화가 폭발했다.

타도코로, 왜 나를 겁탈하려고 했고, 왜 나를 학교에서 쫓아낸 거야?

사에키, 왜 나를 감싸주지 않았어?

테츠야, 왜 나를 데려가지 않았어?

오카노, 왜 나를 가지고 놀았어?

아카기, 왜 확실하게 사랑을 고백해주지 않았지?

아야노, 왜 행복해지지 않았어?

오노데라, 왜 나를 배반했어?

시미즈, 왜 나를 기다려주지 않았어?

메구미, 왜 나를 단념했어?

류, 왜 나를 놔두고 도망친 거야?

부모님, 왜 나를 사랑해주지 않았어요?

노리오, 왜 나를 용서해주지 않았니?

쿠미, 왜 마음대로 죽어버린 거니?

내가 이렇게 된 건 모두 당신들 때문이야!

정신을 차려보니 나는 아무도 없는 벽을 향해 소리를 지르고 있었다.

깜짝 놀랐다.

나는 파멸되어간다…….

곧장 나는 병원으로 뛰어가서 정신과 진찰을 받았다. 증상을 호소하고 몇 가지 항불안제를 처방받았다. 약을 복용하자 머리가 멍해졌다. 멍해 있는 사이에도 시간은 가차없이 흘러갔다.

2001년 7월 9일.

병원에 비치되어 있는 텔레비전에서는 NHK 정오 뉴스를 방송하고 있었다. 화면에는 눈에 익은 건물이 비쳤다. 그건 하카타 텐진의 오래된 백화점인 이와이야가 사실상 도산을 했다는 뉴스였다.

"불경기구먼. 도대체 이 나라는 어떻게 되는 거야."

뒤의 긴 의자에서 한 노인의 목소리가 들려왔다. 확 망해버려라, 라고 생각했다.

"카와지리 씨, 카와지리 마츠코 씨."

여직원이 목소리를 높였다. 나는 의자에서 일어섰다. 언제나처럼 돈을 지불하고 약 처방전을 받아 병원 출구로 가려 할 때였다.

"마츠!"

놀라서 숨을 죽이고 돌아봤다. 한눈에 누군지 알 수 있었다. 고상한 회색의 볼레로풍 정장에 날씬한 체형은 변하지 않았다. 젊은 남자를 데리고 있었다.

"메구미……."

"역시 그랬구나. 마츠구나!"

메구미가 활짝 웃으며 내 손을 잡았다. 섹시한 느낌의 향기가 확 풍겼다. 나는 머리는 산발에 위에는 다 해진 너덜너덜한 티셔츠, 아래는 처음에 무슨 색이었는지조차 알 수 없이 바래고 펑퍼짐한 긴 치마 차림이었다. 나는 나의 몸냄새가 신경 쓰였다. 땅속으로 꺼지고만 싶었다.

"오랜만이야. 잘 지냈어?"

나는 슬금슬금 손을 빼내 뒤로 숨기고 머리를 숙였다.

"마츠, 지금 뭐하고 지내?"

"그냥……."

"왜 그래? 나 잊어버린 거 아니겠지?"

"미안해, 나, 급해서 가야겠어."

억지웃음을 머금고, 옆으로 지나려 하자 메구미가 말했다.

"잠깐 기다려!"

나는 눈을 감고 멈춰 섰다.

"왜 그래? 그게 18년 만에 만난 친구에게 할 말이야?"

나는 돌아서서 메구미를 노려봤다.

"친구? 나는 너를 친구라고 생각한 적 없어."

메구미가 머쓱해하더니 입술을 찡그리며 웃었다.

"그래? 그래, 좋아. 그런데 미용사는 계속하는 거야?"

나는 머리를 좌우로 흔들었다.

"혼자 살아?"

고개를 끄덕였다.

"어디서?"

"히노데마치의…… 네가 상관할 바가 아니야."

"일하고 있지?"

"……지금은 하고 있지 않아."

메구미가 불쌍한 듯한 눈빛으로 나를 봤다. 그런 눈으로 보지 마.

"그럼 우리 회사에서 일 안 할래?"

나는 눈을 깜빡였다.

"전속 미용사가 필요해. 마츠라면 충분히 할 수 있어."

"말도 안 돼!"

나는 빽 하고 소리를 질렀다.

"왜?"

"미용사라니, 몇 년 전 이야기를 하는 거야? 가위 잡는 법도 잊어버렸어."

"손이 기억하고 있을 거야. 마음만 먹는다면 가능해."

"할 수 없어. 할 수 있을 리가 없어."

"왜 그렇게 생각하는 거야? 해봐야 알지?"

"더 이상 잡지 말아줘. 나는 됐어. 이대로가 좋아."

"뭐가 좋다는 거야. 전혀 좋지 않아. 지금 자신의 얼굴, 거울로 본 적 있어? 마츠, 지금 자신이 잘 살고 있다는 느낌이 들어?"

"잘난 척하지 마. 너한테는 남편이 옆에 있잖아. 내 마음을 이해할 수 없어."

메구미의 얼굴에 애처로운 웃음이 퍼졌다.

"남편은 이미 옛날에 죽었어. 암으로 말이야. 나라고 편안하게 살아온 줄 알아? 2명의 아이들과 함께 살기 위해서 창피를 무릅쓰고 필사적으로 일해왔어."

"나는 너하고 달라! 너처럼 무슨 일에든 당당하게 대처하는 강한 인간이 아니야. 더 이상 잡지 마, 부탁이야!"

나는 메구미에게 등을 돌렸다. 순간 팔을 잡혀 강제로

돌려세워졌다. 메구미가 손에 뭔가를 쥐여주었다.

"알았어. 그렇게 말한다면 더 이상 마츠에게 관여하지 않을게. 간섭하지 않을게. 하지만 만약 다시 한 번 미용사로 일할 마음이 생기면 꼭 여기로 연락해."

그것은 메구미의 명함이었다.

사와무라 메구미. 사와무라기획 대표이사.

나는 명함을 쥐고 도망치듯이 그곳을 떠났다.

"기다릴게, 마츠."

메구미의 목소리가 등 뒤에서 심장을 꿰뚫었다.

병원을 나오자 열기가 몸을 감쌌다. 태양이 바로 위에 떠 있었다.

나는 파도치는 감정을 무시하면서 계속 걸었다. 좁은 골목을 빠져나와 큰 도로를 횡단하고, 기타센주 역 앞에서 상점가를 지나갔다. 보통 때라면 병원에서 돌아가는 길에 역 앞의 편의점에 들러 서서 잡지를 보거나 도시락을 사거나 하지만, 오늘은 그럴 마음이 생기지 않았다.

몸에 배지 않은 빠른 속도로 계속 걸으니 숨이 차왔다. 게다가 이렇게 더운 날씨에 말이다. 멈춰 서자 땀이 줄줄 흘러내렸다. 나는 어느새 센주아사히 공원에 와 있었다. 학교 운동장처럼 넓은 이 공원에는 곳곳에 나무가 심어져 있었다. 공원의 바로 북쪽에는 8층짜리 맨션이 서 있었다.

나는 차량통제용 바리케이드 사이를 지나 공원으로 들어갔다. 공원 중앙에 심어놓은 나무를 둘러싸고 둥근 벤치가 놓여 있었다. 마침 그늘이 져 있어서, 나는 그곳에 앉았다. 손에는 아직 메구미의 명함이 쥐어져 있었다. 땀이 배어나왔다.

"뭐가 마츠야. 바보 취급을 하면서……."

양손으로 명함을 구겨서 땅 위에 내팽개치고는 일어서서 발로 밟았다.

누가 너한테 신세 질 줄 알아?

나는 다시 한 번 명함을 비벼 밟고는 걷기 시작했다.

집 가까이에 또 하나의 편의점이 있었다. 그곳에서 캔맥주와 안주, 컵라면, 과자, 빵을 마구마구 샀다.

집에 돌아와서 입고 있던 옷을 전부 벗고 젖은 수건으로 몸을 닦았다. 세탁해두었던 속옷을 입고, 사 가지고 온 캔 맥주를 따서 한 번에 마셔버렸다. 큰 소리로 트림을 했다. 머리가 어질어질해서 방에 대자로 누웠다.

눈을 뜨니 방이 어두웠다. 불을 켜고 시계를 봤다. 저녁 8시 15분. 크림빵을 먹은 후에 세숫대야와 수건을 가지고 대중목욕탕에 갔다. 넓고 여유로운 탕에 1시간 이상 들어가 있었다. 아무것도 생각하지 않았다.

집에 돌아오자마자 위스키를 컵에 따랐다. 입에까지 가지고 갔으나 마시지 않고 내려놓았다. 호박색의 액체가 항의하듯 흔들렸다. 그걸 보면서 나는 메구미가 내뱉은 말을 다시 생각해봤다. 그러나 바로 얼굴을 저었다.

"안 돼. 할 수 있을 리가 없어……."

왜 그렇게 생각하는 거야? 해보지 않으면 모르잖아?

나는 양손을 펴서 눈앞의 허공으로 올렸다.

찰칵.

스위치 켜는 소리가 머리 뒤에서 들렸다.

로트를 마는 시늉을 해봤다. 가위를 잡는 시늉도 해봤다. 핀 파마, 스트로크 커트, 층을 내고 마지막에는 핑거 블로. 손을 움직이면서 생각나는 대로 기술을 재현해보며 몰두했다. 손가락이 즐거워했다. 지난 십수 년간 멈춰 있던 피가 다시 흐르기 시작했다. 의식이 선명해졌다. 봉인되어 먼지를 뒤집어쓰고 있던 재능이 되살아났다. 할 수 있어. 기억하고 있어.

정신을 차리자 2시간이 지나 있었다. 그 사이에 상상 속에서 완성한 머리 모양은 10가지 이상이었다. 나는 부들부들 떨릴 정도로 흥분하고 있었다.

"하자."

다시 한 번 해보자. 밑져야 본전이지 않은가. 할 만큼 해보자.

"메구미에게 사과해야 되는데……."

갑자기 정신이 번쩍 들었다. 나는 메구미의 명함을 버렸다. 그것이 없으면 연락처를 알 수 없다. 나는 집을 뛰쳐나가 센주아사히 공원으로 뛰었다. 아침까지 기다릴 수가 없었다. 이렇게 마음이 설레는 밤은 류의 출소 이후처음이었다.

공원에 가까이 가자 꺄악꺄악 하는 교성이 들려왔다. 공원에서 젊은이들이 불꽃놀이를 즐기고 있었다. 5, 6명 정도도. 가로등은 공원 정중앙에 하나밖에 없었다.

메구미의 명함을 버린 곳이 어디쯤이지? 아마도 나무 아래의 벤치였는데. 나는 어림짐작으로 공원 안을 뛰어다녔다. 본 적이 있는 벤치가 있어서 지면을 샅샅이 뒤졌다. 확실히 이 근처에서 발로 밟았었는데. 하지만 명함 비슷한 물건은 떨어져 있지 않았다. 메구미의 명함은 도대체 어디 있는 것일까?

"이거 노숙자 아니야?"

"비누 냄새가 나는데."

목소리가 들리자 나는 얼굴을 들었다. 불꽃놀이를 하던 젊은이들이 눈앞에 서 있었다. 십 대 여자애들도 섞여 있었다.

 "뭐야, 이거. 내가 쓰는 비누 냄새잖아?"

 나는 주춤거리며 일어섰다.

 "저기, 너희들, 이 근처에 명함 떨어져 있는 거 못 봤니? 꾸깃꾸깃 구겨져 있는…….."

 명치에 뭔가가 파고들자 숨이 멈췄다. 나는 땅속에 처박혔다. 위에서 뜨거운 것이 역류해왔다. 입 안에 시큼한 크림빵의 맛이 퍼졌다. 아이들이 발로 나를 굴려서 나는 하늘을 보게 되었다. 들뜬 것 같은 웃음소리가 밤하늘에 울려 퍼졌다.

 "더러워, 토했어."

 "잘됐어. 건방지잖아. 내가 쓰는 비누를 쓰다니."

 "우리가 처벌해주자고."

 괴물 같은 눈들이 나를 둘러싸고 있었다. 무슨 일이 벌어지는지 알 수가 없었다…….

 눈을 떠보니 나는 어두운 공간에 있었다. 벽에 손을 대고 일어섰다. 그러나 허리에 힘이 빠져 도로 주저앉았다. 딱딱한 무엇인가가 엉덩이에 닿았다. 충격으로 배가 아파서 신음이 나왔다. 기침을 하자 가래가 튀어나왔다. 엉덩이 밑의 딱딱한 물건을 손으로 만져보니 변기인 듯했다. 다시 한 번 일어서서 눈앞의 벽을 누르자 쉽게 열렸다. 나는 비틀대면서 밖으로 나왔다. 미적지근한 공기가 폐로 들어왔다. 가로등이 켜져 있었다. 그 빛이 황록색으로 보였다. 인기척은 없었다.

생각이 났다. 이곳은 공원이다. 메구미의 명함을 찾아야지. 그런 생각을 한 순간 배 속에서 뜨거운 액체가 올라왔다. 나는 신음하면서 그것을 땅에 뱉어냈다. 입 안이 얼얼하게 아팠다. 손으로 입언저리를 닦았다.

밤하늘을 올려다보았다. 아무것도 보이지 않았다. 눈을 내리뜨고서 호흡을 가지런히 한 후, 발을 내디뎠다. 걸을 수 있었다. 한 발 한 발 나아갔다. 공원을 나서서 아스팔트를 힘껏 밟으며 골목길을 걸어 나아갔다. 다른 건 생각하지 않고 다만 앞으로 계속 걸었다. 발이 돌에 걸려 넘어져서 얼굴이 땅바닥에 박혀 모래를 씹으며 일어섰다. 전신주에 손을 대고 침을 뱉었다. 걸어야 돼.

다시 발을 내디뎠다. 쉬면서, 쉬면서 계속 걸었다. 앞만 보고 넘어지려는 몸을 지탱했다. 굉장히 오랜 시간이 흐른 끝에 히카리 아파트까지 돌아왔다. 집 앞에 서서 주머니를 뒤적거렸다. 열쇠가 없었다.

공원에서 떨어뜨렸나…….

뒤를 돌아보자 눈물이 흘렀다. 혹시나 하는 마음에 손

잡이를 잡아서 돌려보니 문이 열려 있었다. 잠그는 걸 잊었나 보다. 볼을 찡그리며 웃었지만 목소리는 나오지 않았다.

문을 열고 집으로 들어갔다. 형광등을 켰다. 모든 것이 황록색으로 보였다.

구토가 나서 싱크대로 뛰어갔다. 입을 벌렸지만 신음 소리 이외에는 아무것도 나오지 않았다. 배 속이 부패된 듯했다. 손발이 무거워져왔다. 심장만이 굉장히 빠른 속도로 뛰고 있었다. 코 안에 단내가 퍼져왔다. 심장 고동이 더욱 빨라졌다.

컵에 수돗물을 받았다. 입까지 가져갔지만 마시지 않고 싱크대에 버렸다. 눈앞이 어두워지더니 아무것도 보이지 않게 되었다. 몸이 떨리기 시작했다.

다시 앞이 보이기 시작했다. 나는 어느 사이엔가 바닥에 쓰러져 있었다. 엎드린 채 일어서려고 해도 몸이 움직이지 않았다. 눈꺼풀도, 손가락도 움직이지 않았다. 추워졌다. 다시 눈앞이 어두워졌다.

흰빛이 번쩍였다.

나는 빨간 지붕을 올려다봤다. 내가 이 세상에 태어난 집. 아기, 어린아이, 초등학생, 중학생, 고등학생의 내가 가족에게 둘러싸여 지냈던 집. 대학을 나와 어른으로 1년 간 지낸 집. 아무것도 변한 것이 없었다. 전선에 앉아 있는 까치가 긴 꼬리를 위아래로 흔들고 있었다.

나는 미닫이문을 열고서 발을 들여놓았다. 거무스름해진 기둥도 그대로였다. 그때와 같은 냄새. 같은 공기. 시계가 울렸다.

구두를 벗고 집으로 들어갔다. 방을 들여다보니 아버지가 등을 펴고서 신문을 펼쳐놓고, 신경질적인 얼굴로 읽고 계셨다. 아버지는 나를 알아보고 눈만 올려 보고서는 작게 고개를 끄덕인 후, 금방 신문으로 다시 눈을 돌리셨다.

계단에서 활기찬 발소리가 났다. 눈앞에 갑자기 누군가가 나타났다.

쿠미.

숨을 헐떡대며 믿지 못하겠다는 얼굴로 나를 봤다. 변함없이 아름다운 눈. 창백하고 둥근 얼굴. 여린 몸매.

"언니!"

쿠미가 환성을 질렀다. 어린애처럼 웃는 얼굴이었다. 쿠미가 펄쩍 뛰더니 내 목을 껴안았다.

"우와! 언니가 돌아왔어, 언니가 돌아왔어!"

쿠미가 나에게 달라붙어 소리를 질렀다. 천진한 웃음

소리가 집 안에 울려 퍼졌다.

"언니, 잘 돌아왔어!"

내 몸에 따뜻한 기운이 꽉 찼다. 나는 쿠미를 껴안고서 쿠미의 머리에 코를 묻었다. 어릴 적부터 버릇이 되어 익숙해 있던 냄새를 가슴 한껏 들이마셨다. 그리고 웃으면서 속삭였다.

다녀왔습니다.

종장

기도

마츠코 고모를 죽인 범인은 열일곱 살에서 스물한 살 사이의 남녀 5명이었다. 그중 3명이 도내의 대학생이고, 열일곱 살과 열여덟 살의 여자 2명은 아르바이트생이었다. 여자애들은 모두 주범격인 스물한 살의 남자와 인터넷에서 알게 되어 남자 친구 2명을 소개받았다고 한다. 그 친구 중 1명이 센주아사히초의 맨션에 혼자 살고 있었는데, 사건 당일 5명은 그 집에서 술을 마셨다고 한다. 밤이 되어 불꽃놀이를 하려고 가까운 센주아사히 공원으로 나갔는데, 우연히 마주친 마츠코 고모를 죽이게 된 듯했다. 마츠코 고모를 죽인 이유는 밝혀지지 않았다. 재판에서는 확실해질 거라고 고토 형사가 말했다.

사건으로부터 4개월이 넘게 지난 11월 초에 대학생 3명의 첫 공판이 있었다. 나는 지하철 카스미가세키 역에서 류 요이치와 만나 함께 도쿄 지방법원으로 향했다. 어제까지 계속 내린 가을비는 이른 아침에 그쳤고, 카스미가세키 역을 나왔을 때는 투명한 창공이 펼쳐져 있었다.

마츠코 고모를 죽인 사람들이 나와 아스카와 같은 세대였다는 사실은 충격이었다. 지금부터 그들과 실제로 만나게 된다. 어떤 아이들일까? 가능하다면 직접 물어보고 싶었다. 왜 마츠코 고모를 죽인 것인지. 어떤 마음이었는지. 자신들이 한 일을 어떻게 생각하고 있는지. 마츠코 고모에게 하고 싶은 말은 있는지.

그리고 너희들은 도대체 뭐하는 놈들인지.

"아스카 씨는 이미 대학을 그만두고 고향으로 내려갔다면서요?"

류 요이치가 조용히 말했다.

"성경을 가져다준 것에 대한 인사를 한마디라도 하고 싶었는데."

"공부하느라 바빠요. 의대에 들어가는 것이 그렇게 쉽지 않죠."

"대단하네요. 꿈을 꿈으로 끝내지 않고 도전한다는 사실이 존경스럽습니다."

솔직히 말해서 나도 아스카의 결단력에 압도당한 느낌이었다. 나에게도 어릴 적에 꾸었던 꿈은 있지만 지금도 그것에 도전할 수 있냐고 누군가가 내게 묻는다면 "말이 돼?"라며 농담처럼 흘려보낼 것이다. 꿈은 버리는 시기가 있다. 꿈을 버렸을 때 비로소 어른이 된다. 그런 글을 읽은 적이 있는데, 아무래도 거짓말인 것 같다.

"나는 열다섯 살 때부터 뭔가가 조금씩 뒤틀렸고, 그 뒤틀림은 결국 시간이 흐르면서 돌이킬 수 없이 커져버렸습니다. 만약 아스카 씨와 같은 지혜와 용기가 있었다면 어디에선가 바뀔 수 있었을지도 모르겠지만……."

"그래도 류 씨는 훌륭하게 바뀌셨잖아요? 약간 늦기는 했지만요."

"내 힘이 아닙니다. 하나님이 도와주신 겁니다."

나는 "아" 소리를 냈다.

"왜 그래요?"

"지금 생각났는데, 아스카도 하나님의 힘을 빌려서 결단을 내린 겁니다."

류 요이치가 고개를 갸웃했다.

"제가 아스카와 함께 류 씨의 성경을 교회에 가져다주었을 때 목사님의 권유로 기도 흉내를 냈습니다. 돌아오는 길에 아스카가 이야기했어요. 신은 교회에 있는 게 아니고 자신의 마음속에 있다고. 고민하고 있을 때 기도하는 것으로 마음의 소리를 들을 수 있다고. 아스카는 그때 틀림없이 머뭇거림을 떨쳐버리고 의사가 되기로 결정했을 겁니다. 그녀가 갑자기 고향으로 돌아간 것은 가족들에게 자신의 결단을 이해시키기 위해서였던 것 같아요."

"그런 일이 있었습니까?"

"만약 류 씨가 성경을 떨어뜨리지 않았다면 아스카도 그런 결단을 내리지 않았을지도 모릅니다."

"쇼 씨에게는 죄송하게 되었네요."

나는 과장되게 손을 흔들었다.

"그런 의미가 아니에요. 나는 아스카의 꿈을 응원하고 있으니까요."

류 요이치가 기쁜 듯이 고개를 끄덕였다.

"떨어져 있으면 만나기도 어렵겠네요."

"헤어지기로 했습니다."

그가 멈춰 서서 의아한 눈으로 나를 봤다.

"왜요? 서로 좋아하잖아요?"

"지금 류 씨가 말씀하신 대로입니다. 멀리 떨어져 있으니 쉽게 만날 수가 없어요. 확실히 우리들은 좋은 사이였지만 아스카는 시험공부에 몰두해야 하고, 그런 현실을 생각하면 교제를 지속하는 것이 어렵다는 생각이 들었습니다. 게다가 우리들은 아직 젊잖아요?"

"아스카 씨와 헤어지면 바로 다른 사람을 만날 수 있을 거라고 생각하세요?"

"……그럼요, 여자는 아스카만 있는 게 아니니까요."

"아스카 씨는 이 세상에 1명밖에 없어요. 비슷한 사람은 있을지 몰라도 아스카 씨는 단 1명뿐입니다."

"그건 그렇지만……."

"제 인생을 생각해보십시오. 인생에 많은 만남이 있었지만, 정말로 좋은 만남은 거의 없었습니다. 아스카 씨와의 만남은 쇼 씨에게 있어서 얼마 안 되는 좋은 만남 중의 하나가 아닙니까? 더 소중하게 생각해야 하지 않을까요? 이대로 아스카 씨를 잃게 되어도 정말 후회하지 않겠어요?"

나는 머리를 숙이고 아무 말도 안 했다.

"미안합니다."

류 요이치가 당황한 듯이 사과를 했다.

"주제넘는 말을 해버렸네요. 쇼 씨와 아스카 씨가 결정한 거니까 내가 끼어들 수는 없죠."

그는 머리를 살짝 숙이고 걷기 시작했다. 나는 그에게 약간 뒤처져 걸었다.

류 요이치가 말하지 않아도 그 정도는 알고 있었다. 그러나 아스카는 이제부터 열심히 시험을 준비해야 하기 때문에 방해하면 안 된다.

아니, 그건 거짓말이었다. 나는 아스카와 연인 사이로 남고 싶었다. 하지만 떨어져 있는 상태에서 교제를 계속한다고 해도, 고향에서 아스카에게 새로운 연인이 생길지 몰랐다. 의대에 들어가면 똑똑한 사람들이 많을 것이고, 나에게도 어떤 새로운 만남이 생길지 몰랐다. 그때 서로의 존재가 짐이 되거나 서로를 원망하게 되는 것은 싫다. 지금이라면 즐거웠던 추억으로 간직하는 것이 가능하다. 쉽게 말하자면 교제를 지속해나갈 자신이 없는 것이다.

아니, 이것도 진심이 아닌 것 같다. 그럴듯한 이유를 만들어서 자신을 속이고 있을 뿐이다. 나도 나의 마음을 모르겠다. 정리가 되지 않았다. 엉망진창이다.

"여기네요."

류 요이치의 목소리에 정신을 차렸다.

그 밋밋한 빌딩은 도쿄 고등법원과 합동청사였다. 건물 입구에 경비원이 서 있었다. 법원. 사람이 사람을 재판하는 장소다.

입구는 직원용과 일반 내방객용으로 나뉘어져 있어서 나와 류 요이치는 일반 내방객용 자동문을 통과했다. 경비원은 힐끗 이쪽을 보았을 뿐, 아무 말도 하지 않았다.

들어가자 경찰관처럼 제복을 입은 직원이 소지품 검사를 했다. 휴대품은 바로 옆의 벨트컨베이어에 놓여 엑스선 투시장치를 통과했다. 나와 류 요이치는 금속탐지기가 달린 문을 통과했다. 아무 소리도 나지 않았다.

"들어가십시오."

금속탐지기 담당직원이 정중한 말투로 말했다. 류 요이치가 소지품 검사를 담당하는 직원에게 서류봉투를 받았다.

소지품 검사를 끝내자 넓은 로비가 나왔는데, 천장이 이상하리만큼 높았다. 넓디넓은 공간의 여기저기에 양복을 입은 사람들과 캐주얼한 옷을 입은 사람들이 서서 이야기를 하고 있었는데, 나처럼 청바지 차림의 젊은 남자도 있었다. 정면에 경비원이 서 있는 안내 데스크가 있었다.

"저기에서 찾아보면 됩니다."

류 요이치가 주저하지 않고 안내 데스크로 향했다. 젊은 경비원이 앉아 있었는데, 우리가 앞에 가도 아무 반응이 없었다. 류 요이치가 박스 위에 놓여 있는 공판 개정 예정표를 펼쳤다. 나는 옆에서 들여다봤다.

이 표에는 재판이 열리는 법정, 담당 재판관의 이름, 개정 시간, 사건명, 죄명, 피고인명 등이 적혀 있었다. 개정 시간과 피고인의 이름을 고토 형사가 가르쳐주었기 때문에, 표를 보고 해당하는 재판을 찾았다. 고토 형사가 구체적인 법정 위치는 법원에서 찾아보라고 했다.

류 요이치가 페이지를 넘기던 손을 멈췄다. 가리킨 곳에서 피고인의 이름을 발견했다.

하시모토 마사미 외 2명.

이것이 마츠코 고모를 죽인 놈들의 이름이다.

본 적도 들어본 적도 없었다.

죄명 난에는 살인, 사건명 난에는 폭행 치사 사건이라고 적혀 있었다. 폭행이라는 단어가 차갑게 느껴졌다. 개정 시간은 오후 3시. 법정은 40X호실.

나와 류 요이치는 엘리베이터를 타고 4층으로 올라갔다. 문이 열리자 아무 소리도 들리지 않는 공간이 눈앞에 펼쳐졌다. 천장이 높고, 폭이 넓은 복도가 좌우로 100미터 정도 연결되어 있었다. 차갑게 느껴지는 공간에는 인기척이 없었고 쥐 죽은 듯이 조용했다.

천장에 매달려 있는 게시판에 법정 번호 안내표시가 있었다. 안내표시를 따라가자 양쪽으로 여는 유리문이 있었는데 그 유리문을 열고 들어가자 여러 법정이 모여 있었다.

각 법정의 출입구는 방청인용과 변호사·검사용으로

구분되어 있었는데, 방청인용 문에는 들여다볼 수 있는 사각형 모양의 창이 나 있었다.

나는 법정 번호를 확인하고 문에 있는 창으로 안을 들여다보았다. 불은 켜져 있었지만 아무도 없었다.

"아무도 없는데요……."

"시간이 너무 이른 것 같습니다. 들어가서 기다리죠."

나와 류 요이치는 문을 열고 법정으로 들어갔다. 아무도 없다고 생각했으나 안경을 쓴 여직원이 돌아다니면서 개정을 준비하고 있었다.

방청석은 3열로 되어 있었고, 전부 40석 정도였다. 방청석과 법정은 나무로 된 낮은 칸막이로 구분되어 있었다. 나와 류 요이치는 가운데 열, 제일 뒤에 앉았다.

변호사·검사용 문이 열렸다. 풍성한 백발을 뒤로 쓸어 올린, 신사 분위기가 물씬 풍기는 남자가 젊은 남자 2명과 함께 들어왔다. 모두 회색 계통의 양복을 입고 있었다. 그들은 왼쪽 자리에 앉았다.

"피고측 변호사입니다."

류 요이치가 속삭였다.

왼쪽 방청인용 문이 열리고 중년 남녀가 들어왔다. 남자는 오십 대 중반. 비싸 보이는 양복을 입고 단추는 풀어 헤쳤다. 우리를 보더니 못마땅하다는 듯 입을 약간 삐죽거렸다. 여자는 아직 쉰 살은 되지 않은 듯했지만 얼굴에 생기가 없었다. 시선은 한곳에 머무르지 않고 계속 남자 뒤를 뒤쫓는 느낌이었다. 둘이 같이 변호사에게 인사를 했다. 변호사가 손을 가볍게 들어 인사를 대신했다. 중년의 남녀는 왼쪽의 제일 앞좌석에 앉았다.

개정 시간이 가까워지면서 방청인이 늘어났다. 범인의 부모나 친척, 친구로 보이는 사람들도 있었다. 중년의 남녀는 변호사와 무언가를 이야기하고 있었다.

"이런 일로 저 아이의 장래에 상처를 남기면……."

손수건으로 눈을 훔치고 있던 중년 여인에게 백발의 변호사가 위로하는 표정으로 말을 걸었다.

"이건 사고야."

어디선가 여자 목소리가 들려왔다. 역시 범인의 친척인 듯했다.

변호사·검사용 문이 열렸다. 짙은 회색 양복을 입은 젊은 남자가 들어왔다. 손에 두꺼운 서류를 들고 있었다. 법정을 가로질러 오른쪽 자리에 앉았다. 검사였다. 짧고 흰 머리카락에 볼이 야위었고 어딘지 모르게 건강해 보이지 않았으나 눈이 크고 열정이 느껴졌다.

검사석 가까이 있는 문이 열리고, 검은 망토 같은 옷을 입은 남자가 서류가 쌓여 있는 캐리어를 밀면서 들어왔다. 남자는 서류들을 제일 높은 단에 가지런히 놓았다. 그는 서류를 모두 놓고서는 한 단 아래에 앉았다. 서기관인 듯했다.

서기관이 들어왔던 문이 다시 열렸다. 경찰 제복을 입은 법원 직원 2명이 남자들을 사이에 두고 같이 들어왔다. 남자는 3명.

"이놈들이……."

"범인입니다."

마츠코 고모를 죽인 놈들. 손목에는 수갑이 채워졌고 허리에는 검은 줄이 묶여 있었다.

첫 번째 남자는 청바지에 하얀 긴팔 티셔츠를 입고 있었다. 짧은 머리의 끝부분만 금색으로 염색되어 있었다. 체격은 날씬하고 연약해 보이며 안색도 좋지 않았다. 테 없는 안경 때문인지 우등생처럼 보이기도 했다.

두 번째 남자는 남색 양복을 입고 있었다. 머리 모양은 평범했다. 키가 크고 얼굴은 햇볕에 탄 듯 약간 검고 몸집도 건장해서 야구라도 하는 듯했다.

세 번째 남자는 딱 붙는 청바지에 운동용 점퍼를 걸치고 있었다. 3명 중에서 가장 키가 작고 야위었다. 파충류 같은 얼굴을 숙이고 입언저리를 찡그리며 들어왔다.

3명 모두 본 적이 없었다.

이놈들이 마츠코 고모의 내장을 발로 차서 파열시켰다. 이놈들이 없었다면 마츠코 고모는 지금도 살아 있을 것이다.

내 심장이 고동치기 시작했다. 마음은 냉정한데 심장만이 흥분하고 있었다.

3명은 법원 직원이 수갑과 허리에 묶인 줄을 풀어주자 피고인석에 앉았다. 칸막이 바로 앞이었다.

법정 정면의 문이 열리고, 3명의 판사가 들어왔다.

"기립!"

아까 왔다 갔다 하던 여직원이 소리쳤다. 법정에 있던 모든 사람이 일어섰다. 검은 법복을 입은 판사가 제일 높은 단에 앉자, 모두 자리에 앉았다.

"준비되었나요?"

한가운데 앉은 판사의 목소리가 법정에 울려 퍼졌다. 변호사와 검사가 진지한 표정으로 고개를 끄덕였다.

"네, 그러면 개정하겠습니다. 피고인, 일어서세요."

3명이 몸을 일으켰다. 등을 구부리고 고개를 숙이고 있었다.

"순서대로 본적, 주소, 직업, 이름을 말해주세요. 우선 좌측 분부터 시작하세요."

"에…… 본적은 가나가와 현 요코하마 시 코호쿠 구 히

요시혼초 1초메 XX번지 X호. 주소는 도쿄 도 분쿄 구 혼고 3초메 XX번지 X호, 선라이즈 코포 302호, 대학생입니다. 이름은 하시모토 마사미입니다."

제일 처음 우등생이 답을 했다. 하시모토 마사미의 목소리는 가볍고, 심각함이 느껴지지 않았다. 뿐만 아니라, 마치 학교에서 강사의 질문에 대답하는 듯한 어리광이 섞여 있었다. 적어도 나는 그렇게 느꼈다.

판사가 이름을 반복하고 한자를 확인한 후, 그럼 다음 분, 이라고 재촉했다.

건장한 남자는 스도 노리유키, 파충류처럼 생긴 남자는 모리 요스케, 라고 각각 이름을 댔다. 스도 노리유키는 효고 현, 모리 요스케는 도야마 현이 본적이었다.

"검사, 기소장을 낭독해주세요."

젊은 검사가 일어섰다.

"좌기 피고 사건에 대해 공소를 제기한다. 공소 사실. 피고인 하시모토 마사미, 스도 노리유키, 모리 요스케 3명은 서기 2001년 7월 9일 오후 11시 30분경, 도쿄 도 아다치 구 센주아사히초 30번지의 센주아사히 공원에서 2명의 여성 미성년자와 함께 불꽃놀이를 즐기던 중, 도쿄 도 아다치 구 히노데마치 XX번지 히카리 아파트 104호에 살고 있던, 당시 53세의 카와지리 마츠코에 대하여, 자신들이 모여 있는 공원에 함부로 들어왔고, 더욱이 자신들을 무시하는 것을 건방지다고 생각하여 살해할 것을 결의하고, 집단으로 때리고 발로 차는 등의 폭행을 반복하여, 내장 파열에 의한 출혈성 쇼크를 일으키게 하고, 의식을 잃은 피해자를 죽었다고 생각하여 센주아사히 공원 공중화장실 안에 방치했다. 피해자는 그 후 일단 의식을 찾아 자택까지 걸어서 도착하였으나, 힘이 다하여 사망에 이르렀다."

"죄명과 벌칙 조항은요?"

"죄명, 살인. 벌칙 조항, 형법 제199조."

검사가 자리에 앉자 판사가 기침을 했다.

"지금부터 심리에 들어갑니다만, 그전에 피고인에게 주의를 주겠습니다. 피고인에게는 묵비권이 있습니다. 심리 중에 피고인은 여러 가지 질문을 받게 되는데, 대답하고 싶지 않은 것은 대답하지 않아도 됩니다. 또한 이야기하고 싶은 것이 있으면 판사의 허가를 받아 언제라도 이야기할 수 있습니다. 다만 피고인이 이 법정에서 진술한 것은 모두 유, 불리에 관계없이, 이 사건의 증거가 되니까 잘 생각해서 발언하시기 바랍니다. 됐습니까?"

3명이 네, 라고 대답했다.

"그러면 질문하겠습니다. 낭독한 공소 사실에 틀린 곳

은 없습니까? 뭔가 다른 의견이 있으면 이야기하시길 바랍니다. 우선 하시모토 씨."

"저…… 죽일 생각은 없었습니다. 죽는다고는 생각도 못했습니다. 단지 놀이의 연장이라는 생각으로, 모두 기분이 들떠 있었기 때문에, 내친김에 잠깐 장난치려는 생각으로…… 가벼운 마음으로 그랬습니다. 정말로 그런 일로 죽는다는 건……. 하지만 정말 죄송한 일을 저질렀다고는 생각하고 있습니다."

나는 숨을 멈췄다. 심장이 얼어붙었다.

무슨 말을 하고 있는 거야, 이 자식.

"변호인은 어떻게 생각합니까?"

변호사가 일어섰다. 그 백발 신사였다.

"방금 피고인이 말한 대로 살의에 대해서는 부정합니다. 상세한 것에 대해서는 모두 진술 때 이야기하려고 합니다."

스도 노리유키도 같은 이유로 살의를 인정하지 않았다. 스도 노리유키의 변호인을 맡고 있는 듯한 젊은 남자도 백발 신사와 같은 말을 입에 올렸다. 모리 요스케도 똑같았다. 판에 박은 듯이 죽일 생각은 없었다, 가벼운 생각으로 장난치려고 했을 뿐이다, 그러나 대단히 죄송한 일을 저질러서 반성하고 있다고 반복했다.

"그럼 피고인은 착석해주시기 바랍니다."

하시모토 마사미, 스도 노리유키, 모리 요스케가 가볍게 고개를 숙였다. 하시모토 마사미가 귀를 손가락으로 긁고 있었다.

"잠깐 기다려."

소리가 들려왔다. 내 목소리였다.

"뭐가 죄송해? 어?"

"쇼 씨."

류 요이치가 내 팔을 잡았다.

"방청인, 조용히 하세요."

나는 일어섰다. 류 요이치가 내 몸을 붙잡았다.

"쇼 씨, 진정해요!"

"애들 장난도 아니고, 뭐하는 거야!"

3명이 돌아보고서는 눈을 동그랗게 떴다.

"너희들이 무슨 짓을 했는지 알기나 해? 장난치는 정도로 사람이 죽는다니 말이 되냐고? 마츠코 고모가 어떤 심정으로……. 이것들이!"

"방청인에게 퇴정할 것을 명합니다."

법정 직원이 달려왔다. 나는 양팔을 붙잡힌 채, 자리에서 끌려 나갔다. 하시모토 마사미, 스도 노리유키, 모리 요스케가 입을 벌린 채 멍하니 있었다. 그 모습이 멀어져 갔다.

"뭐라고 말 좀 해봐, 이 자식들아!"

눈앞에서 문이 닫혔다. 나는 법정 밖에 남겨졌다. 부글부글 끓어오르던 분노가 갈 곳을 잃고 내 몸 안에서 미친 듯이 날뛰었다. 문을 향해 주먹을 들어 올렸다. 팔이 붙잡혔다. 류 요이치였다.

"쇼 씨."

류 요이치가 고개를 좌우로 저었다.

"이제 갑시다."

나는 류 요이치의 팔을 뿌리쳤다. 그를 노려보면서 문을 향해 손가락을 들이댔다.

"저런 놈들을 용서하라고 하는 겁니까? 하나님은 재미로 사람을 죽이는 놈까지 용서합니까?"

목소리가 떨렸다. 류 요이치의 눈빛이 슬퍼 보였다.

"용서할 수 없는 인간을 용서하는 것. 그것이……."

"싫어요."

"……쇼 씨."

"난 용서 못 해. 저 놈들은 절대 용서 못 해!"

류 요이치가 묵묵히 고개를 끄덕였다. 나는 그의 옆으

로 지나쳐갔다. 유리문을 밀어제치고 복도를 달렸다. 계단을 뛰어내려가 법원을 나왔다. 아스팔트 위를 마구 걸었다. 분노에 몸을 맡기고 앞으로 무작정 나아갔다. 어디를 어떻게 걸었는지 알 수 없었다. 그렇지만 멈추지 않았다. 멈추면 몸이 폭발해버릴 것 같았다.

어느 사이엔가 해가 저물어 고층 빌딩의 검은 그림자가 노을에 뚜렷하게 보였다. 자동차의 헤드라이트가 줄지어 지나쳐갔다.

나는 혼잡한 거리에서 계속 앞으로 걸어갔다. 사람들의 웃음소리. 이야기 소리. 자동차 경적 소리. 브레이크 소리. 도시의 소음과 떠들썩함이 스쳐 지나갔다.

분했다. 나는 그냥 계속 분했다. 눈물이 넘쳐흘러서 앞이 보이지 않았다. 멈춰 서서 양손으로 눈을 닦았다.

그때였다. 바람이 몸속을 스쳐 지나갔다. 나는 숨을 멈추고 천천히 하늘을 올려다봤다.

그때 확실히 들었다. 진짜 들었다고 생각했다.

또르르 하는 다정한 소리를.

혐오스런 마츠코의 일생 下 (원제 : 嫌われ松子の一生)

1판 1쇄 2017년 10월 30일
    2쇄 2017년 12월 27일

지 은 이 야마다 무네키
옮 긴 이 지문환
발 행 인 주정관
발 행 처 북스토리(주)
주   소 경기도 부천시 길주로 1 한국만화영상진흥원 311호
대표전화 032-325-5281
팩시밀리 032-323-5283
출판등록 1999년 8월 18일 (제22-1610호)
홈페이지 www.ebookstory.co.kr
이 메 일 bookstory@naver.com

ISBN 979-11-5564-156-9 04830
        979-11-5564-154-5 (세트)

이 도서의 국립중앙도서관 출판시도서목록(CIP)은 서지정보유통지원시스템 홈페이지(http://seoji.nl.go.kr)와 국가자료공동목록시스템(http://www.nl.go.kr/kolisnet)에서 이용하실 수 있습니다. (CIP제어번호 : CIP2017024256)

동시대의 감성과 지성을 담아내는 **북스토리(주) 출판 그룹**

북스토리 | 문학, 예술, 만화, 청소년
북스토리아이 | 유아, 어린이, 학습
북스토리라이프 | 취미, 실용
더좋은책 | 교양, 인문, 철학, 사회, 과학